초능력이 생긴다면
아빠부터 없애볼까

초능력이
생긴다면
아빠부터
없애볼까

청예
장편소설

초능력이 생긴다면
아빠부터 없애볼까

4쇄 발행 2023년 5월 16일

지은이 청 예
펴낸이 배선아
편 집 유민우
디자인 엄인경
펴낸곳 고즈넉이엔티

출판등록 2017년 3월 13일 제2022-000078호
주소 서울특별시 마포구 성지1길 35, 4층
대표전화 02-6269-8166 **팩스** 02-6166-9199
이메일 gozknockent@gozknock.com
홈페이지 www.gozknock.com
블로그 blog.naver.com/gozknock
페이스북 www.facebook.com/gozknock
인스타그램 www.instagram.com/gozknock

ⓒ 청예, 2022
ISBN 979-11-6316-234-6   03810

차 례

01

소멸하는 우주

그럴 일은 없다. 변덕으로 자른 단발머리가 하루아침에 허리까지 닿는 일, 자기 전 두 시간씩 휴대폰을 본 탓에 나빠진 시력이 갑자기 2.0으로 회복되는 일, 그리고 어젯밤 생긴 멍이 하루 만에 깔끔하게 사라져버리는 일들 말이다.

오른쪽 팔뚝을 매만지며 한숨을 뱉었다. 술에 취한 아빠가 내 표정을 불만 삼아 팔을 확 낚아채는 바람에 멍이 생겼다. 많이 아프진 않았지만 아마도 근육이 놀랐나 보다. 다행히 이번 주까진 춘추복이 혼용되는 기간이라 친구들에게 들키지 않았다. 하지만 월요일부터는 하복을 입어야만 한다. 사실은 왼쪽 팔꿈치 쪽에도 지난달에 생긴 상처가 남아 있다.

그때는 또 뭐였더라, 기억이 틀리지 않았다면 설거지를 제대로 하지 않았다며 던진 그릇에 맞아 살갗이 까진 상처다. 딱지만 빨리 떨어지면 괜찮을 텐데. 도대체 언제쯤 낫는 거야. 숨 쉬는 순간마다 나의 우주가 소멸했다. 아주 작게, 잘게, 보잘것없게.

아무튼, 여기까지가 주말 시간을 쪼개서 카디건을 사러 온 이유였다. 오전에 일어나자마자 답답한 집에서 빠져나와 독서실에 간다는 핑계로 옷가게부터 들렀다. 하복 기간에도 얇은 면 카디건을 걸치는 건 허용되니까 그걸로 상처를 가리면 된다.

남은 용돈은 독서실 주말 비용을 제외하면 2만 원뿐인데 질이 좋아 보이는 것들은 죄다 3만 원이 넘었다. 원단이 까슬까슬하고 금방이라도 실오라기가 풀려버릴 듯한 옷은 1만5천 원이면 살 수 있지만 사고 싶지 않네. 제일 마음에 드는 건 밝은 레몬색 면 카디건인데 은근한 스판기까지 있어서 점심을 배불리 먹고도 단추를 채울 수 있어 보였다. 하지만 이건 무려 3만5천 원이다. 포기가 정답이지만 너무 탐나 카디건의 소매를 놓지 못했다. 카디건이 마치 '언니, 그냥 날 입어. 친구한테 돈 빌려'라고 말하는 듯이 내 손을 붙잡았다. 아니, 사실 내가 카디건을 붙잡고 있었다.

"학생 그거 살 거야? 아까부터 뭘 붙잡고만 있어."

"돈이 조금 부족해서요."

"얼마 있어? 적당한 거 봐줄게."

"2만 원이요."

망설임을 지켜보다 질려버렸는지 점원 아주머니가 대뜸 말을 붙였다. 그녀는 나의 주머니 사정을 듣더니 옷가게 구석의 재고 캐비닛을 열어 무언가를 찾기 시작했다. 비닐로 된 옷 포장재의 마찰음이 부스럭거리며 귓가에 들려왔다. 돈도 없으면서 괜히 번거로운 일만 만드는 손님이 된 듯해 머쓱한 기분이 들었다.

다른 옷을 찾는 시늉을 하며 티셔츠 코너 앞으로 이동했다. 어차피 티셔츠 살 돈은 없지만, 가만히 서 있긴 부끄러웠으니까. 공연히 목걸이에 달린 촌스러운 십자가 펜던트를 만지작거리며 딴청을 피웠으나 온 신경이 아주머니에게 집중됐다.

가슴팍에 어떤 디자인이 프린트됐는지 보기 전에 가격 태그를 먼저 뒤집어봤다. 습관이었다. 앞자리가 '1'이 아닌 '2'면 뒷자리는 보지도 않고 태그를 다시 원상태로 돌려놓았다. 요즘은 옷 한 벌 사기도 참 쉽지 않다. 나중에 졸업하면 꼭 알바를 해서 예쁜 옷을 사고 싶다. 보드랍고 질 좋은 옷을 사 입어보고 싶다. 그런 옷들은 대부분 가격 앞자리가 최소 '2' 아니면 '3'으로 시작했다. 지금보다 두세 배는 더 노력하며 살아야 입을 수 있다는 뜻이겠지. 혹은 지금보다 두세 배는 더 잘살아야만 남들처럼 행복해질 수 있다는 뜻이거나.

당장은 큰 의미가 없는 별별 생각을 다 해보며 아주머니의 뒷모습을 흘끔거렸다. 내가 티셔츠 네 벌의 가격 조사를 마친 후에야 그녀는 먼지를 툴툴 털며 카디건 하나를 들고 나왔다. 드디어 제대로 된 물건을 찾았다는 미소와 함께였다.

"이게 딱 하나 남아 있네. 학생, 고양이 좋아해?"

"고양이요? 엄청 좋아해요."

"그럼 딱이네."

비닐을 뜯어 카디건을 펼쳐 보였다. 무난한 검정 카디건의 가슴팍에 커다랗고 우스꽝스럽게 생긴 고양이 자수 패치가 박혀 있다. 귀엽다기보다는 음, 엉성하게 생긴 고양이였다. 눈 양쪽은 고장 난 자수 기계로 만들었는지 높낮이가 약간 달랐고 수염은 중간이 끊겨 있었다. 그래도 계속 보니 귀여운 것 같기도 하고. 가만, 이게 고양이가 아니라 호랑이 그림인가? 묘하게 생긴 녀석이었다.

입고 있는 긴팔 티셔츠 위에 카디건을 걸쳐 입어보았다. 두께감이 적당했다. 하복 위에 입어도 더울 것 같지 않네. 컬러가 검정인 건 마음에 들지 않지만, 재질이 적당히 보드랍고 스판기도 있다. 불편한 옷은 아니었다. 가슴팍의 우스꽝스러운 고양이인지 호랑이인지 모를 녀석의 얼굴이 은근히 시선을 끌지만 익살스러운 캐릭터로 받아들인다면 그냥 넘어갈 수도 있겠다. 시우가 놀리려나. 일단 양쪽 팔뚝의 멍과 상처를 가리기에는 부족함이 없는 옷이었다.

"얼마죠?"

"2만5천 원인데 학생한테 잘 어울리니까 2만 원에 해줄게."

"이 고양이가 무슨 캐릭터인지 혹시 아세요?"

"몰라."

알 리가 없지. 그녀는 퉁명스럽게 모른다는 답을 내뱉고선 나의 다음 멘트를 기다렸다. 그건 아마도 '이걸로 할게요'라는 말일 것이다. 나는 거울 속의 모습을 좀 더 바라보았다. 자수 속 고양이와 눈이 마주쳤다. 인제 보니 얼굴이 노르웨이숲 묘종을 닮은 것 같기도 했다. 고양이라면 사족을 못 쓰는 나라서 보면 볼수록 괜한 정이 들 것 같았다.

손으로 자수 패치를 더듬어보니 까끌까끌한 감촉이 느껴졌다. 역시나 싸구려 자수. 지금 나의 경제력에 가장 잘 어울리는 녀석이구나. 내가 키울 수 있는 고양이는 이런 엉성한 가짜 고양이뿐이겠지. 친구들에게서도 느껴보지 못한 기묘한 동질감이 이 녀석에게서 느껴졌다. 화려하지 않고 못생긴 녀석, 이 정도면 나한테 딱이네.

유쾌한 동병상련은 아니었다.

"저 현금……인데."

"현금가가 2만 원이야. 카드면 2만2천 원."

"아까는 그냥 2만 원이라고 하셨는데."

"사기 싫으면 말고."

"아니에요. 이걸로 할게요."

졌다. 천 원이라도 아끼면 독서실 가기 전 편의점에서 삼각김밥 하나를 살 수 있을 텐데 아쉬웠다. 떨떠름한 표정으로 가게 문을 힘껏 밀어 거리로 나갔다. '또 와'라며 아주머니가 무미건조한 작별 인사를 내 등에 남겼다. 아마 또 올 일은 없을 것 같아요. 그래도 예산을 초과하지 않고 적당한 카디건을 구매했으니 다행이었다.

옷가게 밖은 어느덧 정오 시간이라 햇빛이 쨍쨍했다. 긴팔 티셔츠를 입고 왔더니 겨드랑이에 땀이 맺혔다. 꽤나 더웠다. 하지만 팔뚝의 상처가 신경 쓰여 소매를 더 길게 잡아 내렸다. 더운 것이 부끄러운 것보다 낫다. 차라리 반팔을 하나 챙겨서 그걸로 갈아입은 다음에 카디건을 걸친다면 덜 더울 텐데. 집에서 너무 급하게 나왔나 보다.

독서실로 향하는 길 내내 괜히 아까 보았던 레몬색 카디건이 아른거렸다. 언니나 동생이라도 있었다면 쉽게 돈을 빌릴 수 있었을 텐데. 나는 왜 혼자일까. 애초에 언니랑 동생이 있었다면, 하다못해 속썩이는 어린 남동생이라도 있었다면 두 팔뚝의 상처도 나눌 수 있지 않았을까. 그러면 굳이 여름을 앞두고 카디건을 살 필요도 없었겠다. 나만 왜 혼자일까. 친구들은 힘든 일을 나눌 형제자매가 있던데 왜 나는 없을까. 불공평한 세상이다. 불공평해.

꼬리에 꼬리를 무는 생각이 독서실 앞에 다다라서도 좀처럼 끝나질 않았다. 생각하면 할수록 서글퍼졌다. 우스꽝스러운 2만 원짜리 카디건 하나에 그럭저럭 잘 샀다며 만족해야 하는 내가 싫었다. 이걸 사게끔 만든 아빠도 싫었고.

어른들의 입에 오르내리는 '구질구질한 집구석'이 무엇을 말하는지 어렴풋이 알 것 같았다. 이 세상에서 가장 불행한 딸이 있다면 그건 바로 내가 아닐까? 아무리 생각해도 인생은 불공평투성이잖아.

독서실 5층, 여학생 지정석으로 올라가는 긴 계단이 외로웠다. 주말에는 마음 편히 집에 누워 있고 싶은데. 유튜브나 웹툰을 보면서 한가롭게 시간을 보내고 싶다고. 차라리 공부하더라도 침대 위에서 편하게 하고 싶어. 불공평해. 거기다 불합리하기까지 해. 나는 길거리에다 쓰레기를 버린 적도 없고 무단횡단 한번 한 적 없이 착하게 살았단 말이야. 지난번 하굣길에 횡단보도를 건너는 할머니를 부축해드린 적이 있는데, 이런 건 인생에 반영 안 해줘? 신은 대체 뭘 하는 거야. 나 같은 건 보고 있지도 않은 걸까.

새옹지마라느니, 인과응보라느니 그런 건 다 틀린 말이었다. 적어도 내 삶은 아무리 노력해봤자 행복과 등가교환 되지 않았다. 행복과 불행에는 사이클이 없었다. 내게도 기쁜 일이 생겼으면 좋겠다. 진심으로.

독서실 자리에 앉아서도 거무튀튀한 생각이 가시질 않았다. 영어책을 펼치니 내 마음처럼 검고 구불거리는 지렁이들만 있다. 안경을 쓰고 머리를 질끈 묶어도 도통 집중이 되질 않았다. 계속해서 서운한 생각을 하면 눈물이라도 왈칵 쏟아질까 봐 겁이 났다. 이럴 때는 휴대폰이나 보는 게 최고겠지. 데이터가 부족해서 웹 서핑도 마음대로 할 수 없지만, 괜히 휴대폰을 만지작거렸다. 시우에게 재촉 메시지라도 보내보자.

너 오늘 안 와? 빨리 와.

날씨 좋아서 공부하기 싫은데.

그럼 저녁에 올래? 독서실 근처에서 아이돌 토크나 하자.

그 말을 기다렸다. 오케이.

시우에게는 '프로매니저'라는 별명이 하나 있다. 좋아하는 아이돌이 바뀔 때마다 그들의 프로필과 일정을 꿰차기 때문이다. 프로매니저답게 공연장과는 가깝지만, 책장과는 먼 친구였다. 공부에 큰 관심이 없어 주말마다 독서실로 불러낼 구실이 없었다. 하지만 아이돌 이야기라면 눈을 빛내며 먼 거리를 단박에 달려오는 친구였다.

혼자 독서실에서 보내는 시간이 우울해지면 꼭 시우를 불렀다. 아마 이쯤 되면 시우도 내가 아이돌 토크보다는 본인과 함께 보내는 시간에 관심이 있다는 점을 눈치챘을지도 모르지. 그럼에도 귀찮다는 내색을 한 적은 한 번도 없었다. 공부하자는 강요만 없다면 언제든 내 곁으로 달려와줬다. 어쩌면 시우는 나의 프로매니저일지도 모른다.

하지만 저녁까지는 시간이 한참 남았다. 어쩔 수 없이 프로매니저를 기다리며 고독히 일정을 소화해야만 한다. 슬프고 우울한 생각을 떨쳐내고 억지로라도 책과 머리를 맞대자. 인기 있는 아이돌이 사인회에서 텅 빈 웃음으로 팬에게 악수해주듯, 나 역시 공허한 눈빛으로

14

펜을 꼭 쥐었다. 매니저가 오기 전까진 아무리 마음이 공허할지라도 이 펜을 붙잡고 있어야만 한다. 손가락에 들어간 힘은 그저 의무다.

오늘 같은 무기력함은 늘 있었으니까, 오늘도 버틸 수 있을 거다. 어떻게든 견디면 시간은 어김없이 저녁을 향해 달려가게 돼 있다.

아, 그런데 정말 공부하기 싫다.

02
나와 너의 집

저녁 7시까지 시간을 죽인 뒤에야 시우에게서 연락이 왔다. 엄마가 해준 볶음밥을 챙겨 왔으니 근처 공원에서 저녁밥으로 먹자는 솔깃한 제안과 함께였다. 마침 분식집에 갈 돈도 없어서 돈을 빌려야 하나 고민하던 와중이었는데 다행이었다.

호출을 받자마자 부리나케 자리를 정리했다. 꼭 쥐었던 펜의 뚜껑을 미련 없이 닫고 일어났다. 문제집 진도를 꽤 나가기는 했다. 그런데 오늘 한 공부가 머리에 남았는지는 모르겠다. 머리랑 협의가 안 된 상태였지만, 손가락이라도 꾸준히 움직여준 덕분에 아빠에게 독서실에서 공부했다는 증거를 보여줄 순 있을 것 같다. 기록은 많이 남았다.

물론 묻지도 않겠지만 만일을 대비해서다. 나는 유비무환을 무려 한자로도 쓸 수 있거든. 이로써 하루 종일 아빠를 원망한 죄에 대한 알리바이를 챙겼다. 누가 보면 착하게, 열심히 공부만 한 줄 알겠어?

밖이 어둑해졌으니 카디건을 벗어도 괜찮겠지. 얼른 옷을 벗어 가방 안에 담았다. 대신에 티셔츠 소매를 죽 잡아 늘여 손등까지 안전하게 덮었다. 흡족하게 공원으로 향했다.

시우가 공원 입구 정문에서 큰 몸짓으로 팔을 흔들고 있었다. 나를 반겨주는 모습을 보자 무의식적으로 미소가 흘러나왔다. 오늘 처음으로 얼굴 광대 근육을 썼다. 나도 덩달아 큰 몸짓으로 시우에게 달려갔다.

"매니저!"

"오늘도 제 최애에 대한 전반적인 브리핑을 해드리러 왔습니다."

"볶음밥 챙겨 왔다며?"

"서운하네. 내가 배민이야? 밥 배달에만 관심이 있다니."

"에이 무슨 말을! 난 누구보다도 우리 김 매니저를 아낀다네. 항상 지금처럼만 해주게."

"됐어! 나는 최애한테만 열과 성을 바치거든."

우리는 멀티가 가능한 관계였다. 입으로는 알맹이 없는 대화를 주고받았지만, 눈으로는 열심히 빈 벤치를 탐색했다. 거기다 기막힌 농담이 생각나면 손짓으로 우스꽝스러운 제스처까지 추가했다. 공부하는 순간보다 아무것도 남지 않는 이 순간이 더 치열하고 즐거웠다. 온종일 시우랑 이렇게 걷기만 한다 해도, 아니 평생 걷기만 하라고 해도 좋겠다. 늦은 시간에서야 찾아온 평안을 만끽했다. 나의 주말이 이제 겨우 시작됐다.

성실한 멀티태스킹 중에 시우는 똑똑하게 빈 벤치를 발견해냈다. '저기!'라며 목표물을 손가락으로 가리켰다.

"늦게 앉는 사람이 후식으로 젤리 사기."

나는 대뜸 외치고 냅다 뛰기 시작했다. 시우도 질세라 뒤쫓아 왔다. 우리는 까르륵거리며 별안간 경주를 벌였다. 남들이 보면 다 큰 여자 애들이 망아지처럼 공원에서 뛰어다닌다며 손가락질하겠지만 신경 쓰지 않았다. 오직 시우가 가리켰던 곳만 바라보았다. 저녁의 찬 바람이 뜀박질하는 몸에 부딪힐 때마다 마음이 환기됐다. 내가 원하는 주말은, 그냥 이런 것이었다.

"나 매니저로 취업도 못 해보고 숨차 죽겠어."

시우가 가슴을 부여잡고 차오르는 숨을 간신히 내쉬며 말했다. 체력은 내가 훨씬 더 좋기에 달리기 내기를 하면 시우는 언제나 2등이었다. 그럼에도 시우는 나의 흥을 맞춰주기 위해 별 소질 없는 경주에 언제나 참여해줬다. 고마우니 젤리는 받지 않기로 했다. 그녀가 앉을 벤치 위의 흙을 맨손으로 탈탈 털어주며 나름의 고마움을 표현해봤다.

우리는 벤치에 앉아 한동안 계속 숨을 고르느라 대화를 하지 못했다. 그 모습이 서로 웃겼는지 헉헉거리는 와중에도 잔잔한 미소가 섞여 나왔다. 아마 진정이 되면 나보다는 시우가 먼저 대화의 포문을 열 것이다. 언제나 비슷한 패턴이었다. 얌전히 대화가 시작되기를 기다렸다.

"일단 우리 밥부터 먹으면서 얘기할까? 뛰었더니 배고파."

시우가 에코백 안에 담아 온 락앤락 두 개를 꺼냈다. 안에는 1인분이 조금 안 돼 보이는 볶음밥이 각각 담겨 있었다. 김치와 잘게 썬 스팸 조각, 감자, 김 가루 그리고 고소한 깨소금이 뒤섞여 있다. 따뜻한 상태에서 담았는지 반찬통의 뚜껑 안쪽에는 작은 물방울들이 맺혔다. 시우를 대신해서 뚜껑을 허공에 털어 물기를 제거했다. 짭조름한 볶음밥 향이 코를 스치자 잊고 있었던 허기가 몰려왔다.

"오늘도 고마워."

"그냥 볶음밥인데 뭘."

락앤락과 함께 건네받은 수저를 손으로 쓱쓱 닦았다. 이미 깨끗하겠지만 이렇게 하면 왠지 소풍 온 기분이 드니까.

"잘 먹겠습니다!"

"오냐."

차라리 이 벤치가 내 집이었으면 좋겠다. 시우가 숨겨진 이복 자매거나 어린 시절에 나 몰래 분리된 삼쌍둥이 뭐 그런 거였으면 좋겠다. 볶음밥을 한입 가득 우적우적 씹으며 쓸모없는 공상을 했다.

오직 소망으로만 끝나는 모든 생각의 끝에는, 결국 아무런 소망도 실현할 수 없다는 무력함이 있다. 시우랑 아무리 친하다 하더라도 우리는 가족이 아니기에 즐거운 시간이 끝난 뒤에는 각자의 집으로 돌아가야만 한다. 시우의 집에 계실 아빠는 우리 아빠와는 완전히 다른 사람이겠지.

시우에게 꼬박꼬박 존댓말을 해도 좋으니 신이 나를 그녀의 여동생으로 뒤바꾸어줬으면 좋겠다. 이런 볶음밥, 나더러 매일 만들라고 시켜도 괜찮으니 지금 같은 시간을 계속 보내고 싶다. 어떤 조건이 달려도 괜찮으니 집에만 돌아가고 싶지 않다는 거다.

왜 우리는 너무나도 다른 집으로 가야만 하는 걸까. 우리가 대체 무엇이 다르기에.

"매번 먹는 맛이네. 그래도 괜찮지?"

"아냐. 진짜 맛있어. 나도 너희 집에서 살고 싶어."

"우리 엄마 잔소리 대박인데? 너 3일도 못 버틸걸. 근데 너처럼 주말마다 독서실 가는 딸이라면 엄마가 좋아하겠다."

"그럼 바꿀래?"

시우는 대답하지 않았다. 앞만 바라보며 쓰게 웃을 뿐이었다. 나는 차라리 대답을 해주지 않아서 고마웠다.

무거워진 마음을 애써 감춘 채 볶음밥을 마지막 한 숟갈에 꾹꾹 눌러 담았다. 봉긋한 언덕 모양이 만들어졌다. 오늘의 처음이자 마지막 식사를 입 안으로 밀어 넣었다. 고소하고 짭조름한 언덕, 밥알들의 둥근 면이 혀에 닿을 때마다 괜스레 마음이 울적해졌다. 돌아가야 할

20

나의 언덕도 이 볶음밥처럼 즐겁고 향기로운 곳이면 좋겠다.

"엄마가 자꾸 과외하래 짜증 나."

"과외? 좋겠다."

"뭐가 좋아. 밤에 최애 영상 볼 시간도 없단 말이야."

"그래도 네 성적이 걱정되시겠지."

"너도 엄마한테 과외 해달…… 아, 아니다! 나 무슨 얘기 하려고 했더라. 뭐였더라."

"……."

나의 언덕은 무섭고 차가운 곳, 그 언덕 위를 지키고 있는 건 차가운 파수꾼. 자꾸만 꼬리잡기로 이어지는 우울한 생각에 눈물이 나려했다. 즐겁게 경주하고, 맛있게 밥 먹고, 이제 와 눈물을 흘리면 얼마나 우스꽝스러울까? 이런 걸 청승이라고 하겠지. 돌발 행위는 시우를 곤란하게 만들지도 모른다. 나는 얼굴에 머리카락이 붙었다 둘러대며 눈가를 손으로 문질렀다. 아직 물방울을 이루지 못한 눈물 조각들이 손끝에 묻었다. 재빨리 물기를 바지에 툴툴 털어내야지, 아무렇지 않게. 즐겁고 유쾌한 이야기를 시작해야겠다. 나랑은 아주 상관없는 이야기들을.

"오늘은 솔깃한 이슈 없어?"

"밥 다 먹었으니 브리핑 시작해볼게. 드디어 최애가 찍은 향수 광고가 공개됐어."

"축하해. 꽃길 걷네."

"촬영 스케치 보는데 조향사들이랑 열심히 회의하더라. 그걸 보고 이번 생은 조향사가 돼야겠다고 생각했지."

"조향사?"

아이돌 이야기가 시작되면 시우는 달리기에 재능 없는 소녀에서 눈이 반짝이는 프로매니저로 변신했다. 주먹을 불끈 쥐고 조향사가 되겠다고 말하며 얼굴이 상기됐다. 지난주에는 같은 얼굴로 패션 코디네이터가 되겠다고 말했다. 그녀의 꿈은 주로 자신이 좋아하는 최애의 스케줄에 따라 바뀌는 편이었다.

"향기를 만드는 직업이래. 세상에 존재하는 향을 조합해서 가장 아름다운 향기를 창조하는 직업, 진짜 멋있어."

관심이 생겨 조사한 내용이 많다며 조향사에 대한 지식을 줄줄 읊었다. 조향사라, 분명 멋진 직업이었다. 뷰티숍을 갈 때마다 일렬로 진열된 예쁜 향수들을 보고 누가 만드는 것일까 궁금했었는데. 조향사라는 직업이 따로 있구나. 하지만 귀담아듣지는 않았다. 나랑은 상관이 없었다.

"최애가 디저트 광고 찍으면 파티시에가 되겠다고 할 거야?"

"에이, 조향사 될 거라니까."

"지난주에는 코디네이터였잖아."

"고지식하긴. 사람이 어떻게 하나의 꿈으로만 사니? 많을수록 좋지."

시우는 오늘도 내가 따분하다며 오른손과 왼손을 쫙 펼쳐 두어 번 흔드는 제스처를 취했다. 아마 이것도 좋아하는 아이돌이 자주 보여 준 제스처일 것이다. 그리곤 재빨리 휴대폰을 꺼내 저장해놓은 조향사 관련 정보들을 재차 알려줬다. 친구들 중 이렇게 자주 꿈이 바뀌는 경우는 없기에 그 모양새가 웃겨 입꼬리를 씰룩거렸다.

하지만 생각해보면 수십 개의 꿈을 짧게나마 스케치했던 시우와 달리 난 한 번도 꿈을 가진 적이 없었다. 무언가가 되고 싶다거나, 어떤 길을 걷고 싶다거나 하는 염원을 품은 적이 없었다. 주말마다 독서실에 억지로 앉아 있으면서 나는 미래를 기대한 적이 없었다. 그저 현실에서 도피하기 위해 독서실로 숨은 것뿐이었다. 이런 나보다는 변덕스러운 시우가 역시 더 멋진 사람이겠지? 하나의 꿈으로만 살 수 없다는 마지막 말이 왠지 머리에 자꾸 맴돌았다.

하나의 꿈조차 없는 난 무엇을 위해 살아야 할까. 내가 바라는 일은 어디에 있을까. 애초에 내게도 꿈이란 게 생기긴 할까. 그건 특정한 직업을 말하는 걸까. 추상적인 질문들이 줄을 잇고 머릿속에 등장했다. MBTI 유형이 N이라서 그런 건 아니었다. 요즘 부쩍 생각이 많아졌다. 이런 식으로 대화를 하다 심연까지 땅굴을 파는 일이 한두 번이 아니었다.

어떤 생각이든 결국은 가정에 대한 원망으로 종결됐다. 마음 편히 꿈이라도 좇을 수 있는 집에서 나고 자랐다면 시우처럼 속 편히 여러 갈래의 길을 두리번거리며 살 수 있지 않았을까.

지난밤 술을 먹고 난동을 피우던 아빠의 모습이 확 떠올랐다. 등허리에 오소소 소름이 돋았다. 대체 뭐가 그리 화가 났는지. 이상한 말들을 잔뜩 뱉으며 소리치던 새벽, 나는 겨우 엄마 뒤에 숨어 아빠가 알아서 멈추기만을 바랐다. 그러면서 엄마의 등을 몇 차례 쿡쿡 찌르며 어떤 행동이라도 해달라 무언의 압박을 보냈다. 실은 엄마도 나만큼이나 약해서 아빠에게 대항할 수 없다는 사실을 알고 있다. 엄마는 여린 사람이기에 아빠에게서 스스로를 지키는 일만으로도 충분히 벅찰 거란 사실도 안다. 하지만 나는 비겁했다. 그런 엄마의 등 뒤에 숨어 방패가 스스로 달려 나가길 바라고 바랐다.

엄마는 어떻게든 나를 지키기 위해 안간힘을 썼지만 무자비한 아빠는 결국 내게도 손을 뻗었다. 절대 엇나가지 않는 패턴. 한바탕 소란이 지나가고 나면, 아빠에 대한 미움보다 엄마를 향한 복잡 미묘한 감정이 올라와 마음이 어지러웠다.

엄마가 제대로 날 지켜주지 못했어, 원망. 내가 엄마를 지켜주지 못했어, 미안함. 두 감정이 쌍곡선을 이루며 마구 물결쳤다. 그 어떤 수학 공식으로도 풀지 못할 곡선들이었다. 나는 새벽이 끝날 때까지 곡선의 교차점에서 괴로워만 했다. 엄마와 나의 세상은 값이 자꾸만 변하는 좌표가 돼 광활한 마음을 헤엄쳤다. 아빠는 x축이자 곧 y축이어서 우리의 세상을 단단히 막아뒀다. 그 어떤 좌표로 도망쳐도 벗어나지 못하게끔 곡선의 세계를 규정하면서.

멍과 상처가 있는 두 팔을 감싸며 미세하게 떨었다. 시우가 휴대폰에 저장된 이미지들을 보여주다 나의 이상 행동을 보고 깜짝 놀라며 호들갑을 떨었다.

"추워? 요즘 일교차가 커. 감기 걸리면 안 돼."

"아냐. 나 카디건 산 거 있어서 괜찮아."

"어서 입어. 감기 걸릴라."

"괜찮아. 조향사 얘기 더해주라. 그래서 이 사람들이 무슨 일을 한다고?"

"뭐야? 여태까지 계속 휴대폰으로 보여줬잖아. 집중 안 했네."

시우는 실망한 듯이 휴대폰을 주머니에 찔러 넣고는 나를 빤히 쳐다보았다. 다른 생각을 했다는 걸 들키는 것보다 혹시나 움켜쥔 팔에 상처가 있단 걸 들킬까 봐 긴장이 됐다. 거짓말을 잘 못하는 성격이라 두 눈은 갈팡질팡 길을 잃었다. 시야에 담긴 시우의 표정이 더 매섭게 변하지 않도록 애써 다른 주제로 대화를 돌렸다.

"그…… 너 고양이 좋아하지?"

"좋아하지. 근데 왜 물어? 너 조금 이상해. 뭔가 숨기는 일이 있어?"

"없어. 오늘 내가 산 고양이 카디건 자랑하려고."

재빨리 새로 산 카디건을 꺼내 펼쳐보았다. 고양이 자수 부분을 손가락으로 연신 가리키며 그녀의 시선을 옮기려 했다. 시우는 의심스러운 눈초리로 나를 훑다 이내 고양이 자수에 시선을 두었다. 역시 고양이는 만능이라니깐.

"으하하하, 이게 뭐야? 이렇게 못생긴 고양이는 처음 본다."

"왜. 귀여운데."

시우가 고양이 자수를 어루만지면서 못 참겠다는 듯이 웃었다. 이 상하게 생긴 고양이 덕분에 오늘 위험을 면했네. 자연스럽게 최근 귀여운 고양이가 있는 카페를 발견했다는 얘기부터 고양이 전문 유튜브 채널 이야기까지 고양이를 키워드로 한 대화들이 이어졌다. 우리는 마치 인생이라도 걸린 양 최선을 다해 말을 주고받았다. 시우와 함께하는 대화가 다시금 즐거워졌다. 몇 차례 깔깔거리며 웃었고 눈을 반짝였다. 아무런 보상이 돌아오지 않는 대화에 이토록 최선을 다하는 게 신기했다.

남몰래 요동치는 감정을 숨기고 있는 나와 달리 시우는 처음 만난 순간부터 지금까지 늘 한결같았다. 항상 쾌활하고 밝았다. 함께 이야기를 나누면 짧게나마 시우의 모습을 흉내 낼 수 있었다. 이따금 우울의 심연에 닿다가도 그녀가 건져 올려주면 또 언제 그랬냐는 듯이 웃었다. 내겐 소중한 친구였다. 좀 더 함께 있고 싶다…….

"이제 가야겠다."

……라는 생각을 한 게 무안해졌다. 시우가 자리에서 일어나 엉덩이를 털었다. 시간이 벌써 밤 9시를 향하고 있었다. 우리의 하늘은 주

홍빛 노을에서 칠흑 같은 어둠으로 이미 바뀐 상태였다. 시간이 늦어지는 걸 알고 있었지만 굳이 말하지 않았다. 시우가 벤치에서 엉덩이를 떼버리면 내 마음도 쿵, 떨어질 것만 같았다. 하지만 그녀는 휴대폰 액정 속 야속한 숫자를 발견하고선 기어코 자리에서 일어났다.

"더 놀다 가면 안 돼?"

"엄마한테서 카톡 잔뜩 왔어. 빨리 오래."

"집에 가기 싫은데."

"내일 학교에서 또 보잖아. 오늘 알려준 고양이 채널 꼭 구독해!"

시간에 순응하는 척 일어나긴 했으나 집으로 당장 돌아갈 마음이 없었다. 적어도 11시까지는 시간을 죽여야 했다. 왜냐하면 그때쯤이 돼야 아빠가 잠드니까. 괜히 깨어 있는 시간에 집에 갔다가는 아무리 공부를 하고 왔다 할지라도, 별의별 이유로 험한 꼴을 당할까 겁이 났다. 즐길 수 없다면? 피하라. 그게 내 모토였다. 아빠와의 싸움에서 절대 이길 수 없다는 걸 알기 때문에 최선을 다해서 피하는 것만이 방책이었다. 블로그에서 본 도시 괴담들, TV에 소개됐던 흉악한 범죄들, 한가닥 할 것처럼 생긴 옆 학교 학생들보다 집이 더 무서웠다.

공원의 정문에서 시우와 내키지 않는 작별 인사를 한 다음 나는 등을 돌리는 시늉만 했다. 그러곤 한참 동안 시우의 뒷모습을 바라보았다. 다시 몸을 돌려 나를 보면 한 번 더 인사를 하려 했지만 엄마의 재촉이 심했는지 뒤를 돌아보지 않고 뛰었다.

서둘러 집으로 돌아가는 그녀가 부러웠다. 내가 시우처럼 빠른 걸음으로 집을 향한 적이 언제였던가. 시우에게 집이란, 아니, 내가 아닌 친구들에게 집이란 무슨 의미일까. 새까만 도시의 밤보다 환한 형광등 아래 거실이 더 어둡다는 건 아무도 몰라주겠지. 밤공기가 마음만큼이나 찼다.

이런저런 생각으로 공원을 두 바퀴쯤 돌았다. 늦은 시간이 되면 공원엔 어린아이들이 모두 사라지고 어른들만 남는다. 가끔 술 취한 아저씨들이 주정을 부리는 진풍경도 구경할 수 있다. 이 시간에 공원을 혼자 배회하는 여고생은 나뿐이었다. 그래서 때로는 내 모습에 흥미를 느끼고 접근하는 어른들을 마주하기도 했다. 오후 3시에 혼자 공원을 서성이는 여고생은 그저 여고생일 뿐이지만, 오후 11시에 공원을 배회하는 여고생은 가출청소년이 된다. 밝을 때나 어두울 때나 나는 나일 뿐인데 세상은 시간과 함께 하루에도 몇 번씩 바뀌었다. 다행히 근처에 파출소가 있어 난처한 일을 당한 경험은 없었다.

하지만 자꾸만 같은 사람을 마주치면 무서워지는 것은 어쩔 수 없었다. 공원을 세 바퀴쯤 돌면 이전에 마주친 사람이 뒤를 따라온다는 사실을 눈치챌 때가 있다.

몇 개월 전, 오늘과 다름없던 날이었다. 공원을 두 바퀴 돌고 한 바퀴 더 돌 때 너무 속상해서 화장실 근처에 쭈그려 앉아 운 적이 있다. 그 모습을 보고 누군가 말을 걸려 했는데 그날 하루 동안 두 번 정도 마주친 남자였다. 얼굴을 본 순간, 겁이 나 바로 집으로 도망쳤다. 나에게 도움을 줄지도 모르는 일이지만 나쁜 일이 날 확률이 더 높을 거란 합리적 의심에 도망을 선택했다.

그 이후로도 공원을 돌다 보면 누군가가 나를 따라오고 있다는 생각을 지울 수 없었다. 여러 번 마주친 사람이 있는 날에는 더더욱 그랬다. 어떻게 생겼더라. 전부 비슷한 얼굴이었다. 어쩌면 같은 사람일지도 몰랐다. 아무튼 선명히 기억이 나지는 않았다. 그러니 세 바퀴쯤부터는 슬슬 겁이 났다.

그리고 지금이 딱 세 바퀴째다. 가방끈과 휴대폰을 만지작거리며 공원을 걸었다. 그러던 중 타이밍 좋게 전화가 걸려왔다. 엄마였다.

"딸 어디야? 시간이 너무 늦었어."

"아빠는?"

"아빠 오늘은 일찍 잠들었어. 얼른 들어와."

"오예! 웬일이래?"

"밥은 먹었어? 차려놓을까?"

"시우랑 먹었어. 괜히 그릇 소리 내다가 또 아빠 깨우면 안 돼. 바로 갈게."

다행이었다. 아빠가 자고 있다면 집이 무서울 이유는 없었다. 오늘처럼 아빠가 원래의 취침 시간보다 일찍 잠자리에 들면 내게는 집에서 누릴 평화의 시간이 생겼다. 그렇다면 굳이 어둡고 무서운 공원을 챗바퀴처럼 돌지 않아도 된다.

얼른 공원의 궤도를 이탈하여 집으로 향했다. 발걸음이 가볍다. 발가락 끝에 좀 더 힘을 담아 빠르게 걸었다. 마치 시우처럼 뛰기도 했다. 내기가 걸려 있지 않아도 괜찮다. 아무런 보상이 없어도 좋다. 집에 갈 수만 있다면, 집이 평온한 상태라면! 땀이 흐를 때까지도 뛸 수 있다.

03
능력이 생긴다면

조심스럽게 도어록 비밀번호를 누르고 들어오니 거실에는 TV 조명뿐이었다. 엄마만 홀로 어두운 거실 소파에서 나를 기다리고 있었다. 여느 날처럼 뉴스에선 험악한 이야기가 흘러나오고 있었다.

'오늘 오후 안락동에서 절도 범죄가 발생했습니다. CCTV 확인 결과 청소년으로 추정되는 무리의 범인들이 금은방을 털어 …… 목격자와 증거가 모두 없어 수사에 난항을 …… 지난번 기물파손 용의자와 같은 인물로 추정…….'

옆 동네에서 청소년 절도 범죄가 발생했나 보다. 저런 뉴스를 보면서 엄마는 분명 날 걱정했을 거다. 무서운 세상, 늦게까지 들어오지 않는 딸을.

까치발로 조용히 걸어가 엄마 옆에 앉았다. 소파의 가죽 겉면이 차갑게 식어 있었다. 아마도 엄마는 앉은 자리에서 미동도 없이 가만히 TV만 보고 있었던 듯했다. 오늘 산 카디건을 펼쳐 엄마에게도 보여주었다.

"오늘 산 거. 하복 입을 때 팔 가리려고."

"귀여운 카디건이네. 멍 아직도 심해?"

"괜찮아. 한 2주 있으면 없어질 거야."

"그래. 얼른 씻고 자."

"엄마도 뉴스 다 보면 들어가서 자."

짧은 대화를 나누고 방으로 들어가 가방을 푼 다음 옷을 갈아입었다. 시우와 함께 디자인을 맞춰 산 짱구 파자마가 있었다. 다음에 누군가의 집에 놀러 갈 일이 있으면 같이 입고 인증 샷을 찍자며 구입한 옷이었다. 이걸 입고 나는 훈이, 너는 짱구 아니면 유리라며 콘셉트를 잡고 상황극을 하면 재미있겠다는 이야기를 나누었다. 그러나 그 배경이 결코 우리 집이 될 수는 없겠지. 아무리 귀여운 옷을 사고, 즐거운 상상이 가득한 하루를 보내더라도 우리 집에서는 일어날 수 없는 일이었다. 언젠가 있을 친구와의 파자마 파티를 손꼽아 기다리면서도 집에서 이 옷을 입고 있노라면 괜스레 마음이 아렸다.

얇은 파자마의 팔뚝 부분을 걷어 상처와 멍 자국을 내려다보았다. 엄마에겐 2주라고 둘러댔지만 사실 이 정도 크기라면 조금 더 시간이 걸릴지도 모른다. 파자마를 입으나 벗으나 상처로부터 자유롭지 못하다는 사실을 삼키기 어려웠다.

샤워를 하고 싶었지만, 물소리로 아빠를 깨울까 걱정됐다. 결국 얼굴과 손발 그리고 목 정도만 씻는 것으로 만족했다. 방으로 돌아와 재빨리 침대로 몸을 던졌다. 오늘 빨리 잠들어야만 내일 일찍 일어날 테고 학교에도 빨리 갈 수 있다.

침대에 누운 채로 손만 뻗어 캐비닛 첫 번째 칸을 열었다. 상비약이 보관돼 있으며 일전에 독감에 걸렸을 때 받아 온 약이 아직 남아 있다. 감기약 중에는 약효가 강해서 가급적 자기 전에 먹으라 권유받은 것들이 있다. 의사는 그 알약을 손으로 여러 번 짚어주며 설명했다. 나는 그걸 기억해뒀다. 그 약을 먹으면 잠이 솔솔 왔다. 그래서 독감 처방을 받았을 때 7일분의 약 중에서 그 약만 따로 빼서 보관해놓았다.

비록 감기 기운은 전혀 없지만, 이걸 사용하고 싶은 밤이야. 어른들이 내 세상에 아무것도 지원해주지 않으니 이렇게라도 내가 편할 구실을 찾아야만 했다. 약을 입에 넣고 어금니로 씹었다. 오도독 소리가 나며 쓴맛이 입 속 가득 퍼졌다. 씹어 먹으면 약효가 좀 더 빨리 도는 느낌이라 서둘러 잘 수 있다는 착각이 들었다. 이렇게 먹으면 위험하다는데……. 그럼 편안하게 하루를 보내는 방법이라도 좀 알려주고 경고하지 그래.

침구를 머리끝까지 잡아당겼다. 포근한 이불에 포위당한 침대는 세상에서 가장 아늑한 벙커가 됐다. 눈을 꼭 감고 새하얀 백지를 떠올렸다. 양을 세지는 않았다. 양을 세면, 그 행위에 집중하게 돼 오히려 잠들지 못했다. 차라리 아무것도 그려지지 않은 백지를 떠올리는 게 더욱 잠들기 쉬웠다. 새하얀 도화지 위에 아무런 그림도 그리지 않고 글자를 적지도 않고, 가만히, 조용히……

*
**

여긴 어딜까. 주변에 울창한 수풀이 보였다. 정글인가? 아니다. 지금 나는 꿈속에 있다. 둥둥, 발걸음을 내디딜 때마다 무중력 공간에 있는 것처럼 튀어 올랐다. 평화로웠다. 아름답고 붉은 꽃들이 많네.

이곳에는 햇살이 가득했다. 악몽은 아닌 것 같았다. 좋은 꿈인가 봐. 자유롭게 수풀을 헤치고 앞으로 나아갔다. 두 팔을 뻗으면 뻗는 대로 풀이 휘어져 길이 생겼다. 모세의 기적 대신 풀숲의 기적이었다. 마치 누군가가 나를 부르고 있는 것 같다. 땅과 하늘이 동시에 반짝였다. 신성한 곳을 지나는 느낌이었다. 통통 튀어 오르며 열심히 앞으로 걸어갔다. 저 먼발치에 무언가 있었다.

반짝거리는 생명체의 실루엣이 보였다. 곡선의 형태가 사람은 아니었다. 네발로 일어서 있는 동물이었다. 꽤 큰 덩치에 흠칫 놀라 뒷걸음질 쳤으나 커다란 짐승은 나를 가만히 바라보고만 있었다. 으르 렁거리지도, 입질하지도 않았다. 서서히 두려움이 사라졌다.

더 가까이, 가까이.

실루엣이 살아있는 형상으로 바뀌는 영역까지 다가갔다. 접근하는 동안 아무런 방해도 받지 않았다. 마치 이 길로 꼭 가야만 하는 듯이. 어쩌면 이 꿈속의 주인은 내가 아니라 저 녀석일지도.

짐승의 코앞까지 접근했다. 비로소 외형이 보이는 그 녀석은 오히려 하얀 녀석이었다. 새하얗고 커다란, 그리고 윤기 있는 털이 잔뜩 돋아난, 호랑이였다. 백호가 꿈에 나온 걸 보니 이건 분명 길몽이네. 이번 주에는 좋은 일이 생길 건가 봐. 내심 기쁜 마음에 웃으며 녀석을 올려다보았다.

백호 역시 근엄한 표정으로 나를 마주했다. 털만큼이나 하얀 눈동자에 새까맣고 깊은 동공이 박혀 있다. 반짝이는 코끝에는 고결함이 감돌았다. 신성해 보이기까지 했다. 꿈속에 나온 그 어떤 존재보다도 신비로운 존재였다. 나의 꿈이 만든 녀석 중 가장 멋진 생명체! 무의식이 언제 이런 백호를 만든 거지? 손을 뻗어 녀석의 털을 한 움큼 쥐어보려 하는 순간.

"네가 나를 부른 게 아니라 내가 너를 불렀다."

백호가 말을 했다. 그것도 짐승의 언어가 아닌 인간의 언어로 말이다. 깜짝 놀랐으나 이 모든 상황이 꿈임을 재인지하고 편하게 마음을 먹었다. 어떤 일이 일어나도 이상하지 않을 순간이잖아. 이 모든 감각과 장면들은 환상이니까. 호흡을 가다듬고 대화를 이어갔다.

"날 왜?"

"너는 불행한 아이다. 태어날 때부터 지금까지 줄곧."

불행. 단어를 듣자마자 미간을 찌푸렸다. 왜 갑자기 내게 시비를 걸어? 백호의 말은 나를 충분히 불쾌하게 만들었다. 스스로 불행하다고 인정하는 거랑 남이 나를 불행하다고 평가하는 건 다르거든. 화라도 내려는 찰나 백호는 내 두 눈을 집어삼킬 듯이 바라보며 말을 덧붙였다.

"그래서 너는 능력을 받을 자격이 있다."

능력. 이번에는 미간을 찌푸리지도 않았다. 꿈은 꿈이구나. 근엄한 자태로 허무맹랑한 말을 시작하려는 백호가 못마땅했다. 길몽인 줄 알았는데 그냥 개꿈. 너 사실 고양이지? 오늘 고양이 카디건을 사서 널 만난 걸까.

"너는 세상을 어떻게 생각하고 있지?"

세상. 백호가 물었다. 할 말이 아주 많았지만, 굳이 꿈에서까지 우울한 이야기를 늘어놓고 싶지는 않았다. 더군다나 개꿈 속의 백호와 할 이야기는 더더욱 아니었다. 간단하게만 응수했다.

"불공평한 환경들의 연속."

짧게 답했다. 잔잔한 바람이 불어 백호의 털끝이 살랑거렸다. 그때마다 털이 햇살을 머금으며 빛났다. 나 같은 사람이 꿈으로 허비해버리기에는 참으로 아름다운 형상이었다. 아쉽게도 몇 시간 후에는 기억도 나지 않을 개꿈 속에 간히겠지만.

백호는 나의 업신여김을 못 느꼈는지 시종일관 근엄한 자태로 말을 이어갔다.

"언제나 불행하게 살아온 아이에게 세상은 불공평하지. 그렇기에 너에게 능력을 주려 한다. 나의 능력으로 너는 여태껏 겪어본 적 없는 세상을 살게 될 것이다. 이제 모든 변화가 너에게 달려 있다."

백호의 신비로운 목소리가 울릴 때마다 풀들이 양옆으로 흔들렸다. 하지만 귓가에 담긴 문장들은 이해하기 힘든, 비현실적인 내용이었다. 능력? 변화? 마치 만화에서나 볼 법한 키워드들이었다. 신의 계시를 받아 초능력을 얻게 되는 주인공? 요즘 만화를 많이 보지도 않는데 왜 이런 상황이 연출되는 거지. 대화를 좀 더 나눠봐야겠다.

"무슨 능력을 줄 건데?"

"내가 주는 모든 능력은 그 능력을 받을 아이들이 가진 불행에서 비롯된다. 너의 불행은 고통과 상처로부터 시작됐다. 그러니 네가 가질 능력도 마찬가지다."

백호는 주저 없이 능력에 대한 설명을 덧붙였다. 고난도 수학 문제처럼 들으면 들을수록 정말로 무슨 의도인지 알기가 어려웠다. 하지만 아무리 생각해도 이게 현실일 리 없었다. 찌푸린 눈가로 의심이 드러났지만, 백호는 나의 의사가 별로 중요하지 않다는 표정이었다. 말대꾸하기도 귀찮으니 이 꿈에 토를 달지 않아야겠다. 버티다 보면 알아서 깨겠지.

"그래그래. 마다하지 않을게. 고마워."

"능력을 주는 이유는 네 불행을 행복으로 바꾸기 위해서다. 네가 진정한 행복을 느끼게 된다면 능력도 자연히 소멸한다."

"공짜로 주는 게 아니야? 갑자기 없어진다는 건 또 뭐야?"

"능력을 어떻게 사용할지는 너에게 달렸다. 목적은 네 삶의 불행을 상쇄하고 행복에 접근하는 일임을 잊지 말아야 한다."

그게 뭐야. 능력을 주는 이유가 행복 찾기 미션이라도 된다는 거야? 줬다 뺏는 게 어디 있어. 담임선생님도 아니면서 나에게 과제를 주겠다고? 아직 구체적으로 설명도 해주지 않았으면서 불행을 행복으로 바꾸라는 조건을 거는 게 마음에 들지 않았다. 그리고 행복을 느끼면 능력이 소멸해버린다니. 얼마나 허약한 힘이기에 행복해지면 사라진다는 걸까.

따지듯이 되물었다.

"그럼 내가 맛있는 음식이라도 먹고 행복해지면 능력이 사라지는 거야?"

"진정한 행복을 말한다. 네 인생에서 가장 중요한 목표이자 근원적인 행복. 능력은 그것을 찾을 때까지만 함께한다."

황당했다. 거꾸로 생각해보면, 능력을 유지하기 위해선 불행해야만 한다는 말이잖아. 하늘에서 돈벼락을 내리는 능력이 아닌 이상 그 능력을 유지하기 위해 굳이 불행할 필요는 없다. 그럴 바엔 기를 쓰고 능력을 거부하는 게 더 맞지 않을까? 납득이 가지 않는 조건이었다.

백호가 내 마음을 꿰뚫은 듯 말을 이었다.

"이해하기 어려울지도 모르지. 하지만 분명 네게 줄 능력은 큰 힘이다. 받고 난 후에 초능력을 탐하느라 행복을 망각하지 않을 자신이 있는가? 이제 두 가지 선택지가 주어졌다. 불행에 익숙해지며 능력을 키우고 유지할지, 혹은 진정한 행복을 찾고 능력을 포기하는 용기를 키울지. 어떤 쪽이든 너에게는 지금보다 좋은 일이다. 불행한 세상이 불공평하다 원망하지 않았느냐."

"이봐. 넌 꿈속의 허무맹랑한 호랑이니까 날 잘 모르겠지만 네가 말한 대로 내 삶은 불행해. 지금도 충분히 힘들고 불공평한 삶을 살고 있어. 그런데 나에게 미션까지 주는 이유가 뭐야? 왜 날 괴롭히려 하는 거지?"

눈에 힘을 주고 백호를 노려보았다. 큰 짐승이 나를 해하려 입질을 하면 어쩌나 잠깐 두려웠지만 이건 아무리 생각해도 내 꿈이잖아. 마음대로 바꿀 수 있어. 하지만 바꾸기 전에 해야 할 말은 해야겠어. 꿈속에서까지 시련을 겪고 싶지 않아.

잔뜩 힘준 눈을 매섭게 부라리며 목소리의 피치까지 높여보았으나 백호의 표정은 바뀌지 않았다. 그리고 어째서인지, 감정이 변화했음에도 내 꿈속은 처음처럼 평온하기만 했다. 계속해서 나와 백호는 햇살을 받고 있었으며 우리의 공간은 바람이 불 때마다 반짝였다. 나는 백호의 털끝조차 통제하지 못했다. 이 꿈의 주인은 정말 내가 아닌 걸까.

"불행한 아이여. 네가 바라던 공평함이 당도했도다. 지금부터 맞이할 변화들은 신이 아닌, 너의 선택이리라."

백호는 충분하지 못한 답변을 남기고 서서히 사라졌다. 이해하기 어려운 영화의 마지막 장면이 페이드아웃돼버리듯, 잡을 수 없는 속도로 흐려졌다. 손을 휘적거려 백호의 털을 잡아보려 했지만 잡히지 않았다. 일방적으로 과제만 떠안았다는 생각에 화가 나기까지 했다.

풍경이 흐려지고 반짝임이 퇴색돼갔다. 백호가 없어지자 꿈의 세계를 채우던 풀숲도 함께 소멸했다. 그리곤 마치 어젯밤의 공원처럼 어둡고 차가운 공간이 펼쳐졌다. 나는 꿈속의 백호를 쫓아보려 뛰어봤으나 사라진 방향조차 알 수 없었다.

*
**

오전 6시 30분. 알람이 울렸다. 눈을 뜨기도 전에 알람 시계의 버튼을 눌러 소리를 멈췄다. 잠깐 눈을 깜빡였는데 벌써 아침이라니. 내일은 내일의 해가 뜬다지만, 월요일의 해는 그만 뜨는 게 좋겠다. 딱히 상쾌하거나 기쁘지 않은, 축 늘어진 몸으로 맞이하는 눅진눅진한 아침이었다. 침대에 바로 앉아 기지개를 켰다.

꿈속의 백호가 떠올랐다. 내게 '능력'을 준다고 했지? 꿈인 걸 알면서도, 잠자다 일어난 뇌의 농간인 걸 알면서도, 괜스레 시도해보고 싶어졌다. 기지개를 켠 겸에 그대로 주먹을 쥐고 나지막이 외쳤다.

"변신!"

변신물에서는 이렇게 하면 화려한 조명이 켜지고 옷이 바뀌건만. 이럴 줄 알았어. 아무런 일도 일어나지 않았다. 진부한 영웅놀이에 내가 초대됐을 리 없지. 애초에 초능력이라는 것이 과학적으로 가능할 리도 없고. 사실 근본적으론, 나 따위에게 신의 계시가 내려질 만큼 세상은 공평하지 않으니까.

허무한 꿈에 속아 허망한 외침을 한 사실이 머쓱해 머리를 긁적였다. 그래도 혹시 몰라 앞머리를 손가락으로 휘적거렸다. 이마에 혹시라도 번개 자국이라던가, 신비한 문양 같은 게 찍힌 건 아닐까 하고. 옷을 벗어 거울에 등을 비췄다. 한가운데 못 보던 여드름이 두 개 올라온 거 말고는 아무것도 달라지지 않은 너른 등판이었다. 엉덩이까지 샅샅이 살펴봤지만 징표는 없었다.

하긴 정체불명의 징표가 진짜로 생겼으면 더 곤란했을지도 몰라. 난 세상을 구하는 일엔 취미 없다고. 내신 성적도 못 구하고 있고만. 괜히 아침부터 소란만 떨었네. 목에 두른 십자가를 깜빡하고 부끄러운 짓을 했다. 내 세상에서 신은 자기 능력을 나눠주지 않는다.

샤워 후 아침을 먹기 위해 부엌 식탁에 앉으려다 아빠를 보았다.

나보다도 일찍 식탁 한 자리를 차지하고 엄마가 차려준 아침밥을 먹고 있었다. 평소 내가 좋아하는 김치찌개와 계란프라이, 콩나물무침, 무김치, 껍질이 바삭할 정도로 구워진 간고등어 그리고 아침에 새로 만든 시금치무침이 오늘 메뉴였다. 코를 간질이는 참기름 냄새가 부엌을 꽉 채웠다. 고기를 좋아하는 나지만 이 정도라면 아침부터 진수성찬이었다. 며칠 동안 폭군의 난동에 시달린 엄마가 최대한 그의 심기를 거스르지 않기 위해 아침상에 신경을 쓴 거다.

채소 반찬으로 아침 식사를 할 때면 나는 엄마에게 그리스에 왔다는 농담을 하곤 했다. 차려준 메뉴들이 신선한 지중해식이니 이 순간 우리는 산토리니에서 아침을 맞이하는 거라며 우스갯소리로 엄마를 위로했다. 내가 학교로 가버리면 엄마는 텅 빈 공간에서 홀로 나를 기다려야 하니까 아침에라도 엄마를 웃겨주고 싶어서였다. 하지만 아빠가 부엌에 먼저 앉아버린 이상 오늘은 엄마에게 농담하지 못할 것 같다. 내가 좋아하는 찌개와 반찬, 허기진 배. 너무나도 먹고 싶었으나 아빠와 겸상을 하는 일이 내키지 않았다.

"엄마, 다녀올게."

"밥 안 먹고? 그럼 삼각김밥 같은 거라도 꼭 사 먹어."

"저거, 지 아빠는 쏙 빼고 인사하는 것 봐. 아침부터 밥맛 떨어지게. 요즘은 어린것들이 절도를 저지르질 않나, 기물파손을 하질 않나. 하여간 이 나라의 미래가 암울하다니깐!"

부엌을 스쳐 지나가려는데 궤변이 귓가에 콕 박혔다. 내가 누구 때문에 진수성찬도 마다하고 학교에 가는데? 초여름에도 꾸역꾸역 카디건을 입고 등교하는데? 자신이 한 일은 전혀 모르는 걸까. 아니면 내게 한 짓을 알면서도 상냥한 딸로 남아주길 바라는 걸까. 아빠가 미웠다. 얄미운 표정으로 아침밥을 먹는 아빠를 힐끔 쳐다보니 먹지도 않은 무언가가 올라올 듯 속이 상했다. 아무리 가족이라지만 정말로 나는 저 사람이 미워.

'체해버리라지.'

재빨리 고개를 돌린 다음, 무의식적으로 아빠가 체하기를 바랐다. 맛있게 먹었으면 기분 좋게 나를 보내줘도 되잖아. 아침부터 오첩반상을 받아놓고 왜 나에게 괜한 말을 하는 거야. 그럴 바에야 먹지 않는 게 나아.

"오늘 찌개에 소금을 너무 많이 넣은 거 아냐? 속이 아프네. 갑자기 왜 이러지. 물이랑 약 좀 가져와."

"왜요? 어디 안 좋아요?"

"체한 것 같아. 가스가 차는 건지."

뭐야. 신발 끈을 고쳐 묶는 동안 아빠가 계속해서 배를 두드리며 불편함을 표현했다. 방금 체하라고 나쁜 생각을 해버려서 그런 걸까. 그렇다면…… 왠지 멈추고 싶지 않았다.

'아주 조금만 더 아팠으면!'

나도 모르게 한 번 더 주문을 걸었다.

"도저히 못 먹겠네! 빨리 약 가져와!"

정말…… 효과가 있는 거야?

다짜고짜 아빠는 약을 가져오라며 생떼를 쓰기 시작했다. 그리고 숟가락을 밥상 위에 거칠게 올려놓은 뒤 화장실로 달려갔다. 아침부터 소동이 일어나자 나는 또 아빠가 화풀이를 할까 두려워지기 시작했다. 재빨리 신발 끈을 마저 묶고 집을 나와버렸다. 현관문을 닫는 순간까지 아빠는 화장실에서 신경질을 부렸다.

등교하는 내내 마음이 찜찜했다. 아빠를 아프게 했다는 사실은 크게 개의치 않았으나 정말 나의 힘으로 아빠를 아프게 한 것인지는 알아내야 했다. 주문이 통했다면, 분명 어젯밤의 꿈과 관련이 있을 거다. 꿈속의 백호가 말한 초능력이 진짜인 걸까? 내게 주어진 능력이란 마음대로 상대를 조종할 수 있는 능력인가? 정체를 정확히 알고 싶었다.

04

신의 계획

익숙한 등굣길의 좌우를 살폈다. 매일 걷는 길, 똑같은 풍경인데도 대상을 물색하려고 살펴보니 모두 낯설었다. 갑자기 이질적인 세상에 들어오기라도 한 듯이 기묘한 감정이 스몄다. 스쳐 가는 행인들에게 내가 마법을 걸 수도 있을 거란 생각에 심장이 뜀박질했다. 좋아, 생각만으로도 이뤄지는 거라면 어차피 들킬 일도 없잖아. 한번 해보자.

이 시간대에 자주 마주치는 옆 남고 학생이 시야에 들어왔다. 우리는 친구도 지인도, 안면이 있는 사이도 전혀 아니지만, 오전 7시 30분에서 45분 사이에 늘 마주치는 관계였다. 옷깃만 스쳐도 인연이라는데 이 사람에게 도움을 좀 받아야겠다. 처음 보는 사람보다는 그래도 낯이 익은 사람에게 마법을 거는 일이 심적으로 편하니깐. 물론 나만 편하지만.

무슨 주문이 좋을까. 음, 그래. 역시 초능력이 생긴다면 응당 해야 할 일은 이거겠지?

'지금 당장 지갑에 있는 돈을 나한테 다 줘!'

두근두근. 과연 저 남자의 지갑에 얼마가 있을지 궁금했다. 대단한 부자로 보이지는 않지만, 하다못해 천 원짜리 정도는 몇 장 있겠지. 감사히 쓸게요. 내게로 다가와 돈을 헌납하기만을 기다렸다. 하지만 아무리 시간이 지나도 돈을 주기는커녕 지갑을 꺼내는 시늉조차 하지 않았다. 이상했다. 주문이 제대로 먹힌 것 같지 않았다. 다시 한번 더!

'앞에서 걷고 있는 옆 학교 학생, 너. 나한테 와서 지갑에 있는 돈 다 내놔!'

이쯤 되면 내가 초능력자가 된 건지 동네 양아치가 된 건지 헷갈리지만 난 이런 걸 제일 원했다고. 그를 향해 재차 마음속으로 주문을 외쳤다. 그런데도 주문은 실행되지 않았다. 뭔가 잘못됐나 봐. 아빠가 아침에 아팠던 건 우연의 일치였을까?

설마…… 주문의 장르를 바꿔야 하는 걸까.

'견딜 순 있지만, 살짝 거슬릴 만큼만 아파보길.'

"아오. 머리가 왜 이러지?"

엇, 통했다! 남자가 한쪽 손으로 머리를 살짝 쥐어 누르며 아프다는 행동을 보였다. 주문이 효과가 있었다. 아무런 죄가 없는 남자를 아프게 만들어서는 안 되기 때문에 나는 서둘러 생각을 철회했다. 그러자 남자 역시 머리에서 손을 내려놓고 다시 아무렇지 않다는 듯이 휴대폰을 만지작거렸다. 그에게 미안해졌다.

내가 생각을 철회해서 남자의 고통이 멈춘 거라면 아빠는? 아빠가 아플 때 주문을 철회하지 않은 채로 집에서 나와버렸는데 설마 지금까지 아픈 건 아니겠지? 혹시나 지금도 아빠가 복통을 호소하고 있을까 염려됐다. 아빠가 아프면 엄마가 곤란해진다. 내가 도망친 집에 화풀이 대상이라곤 엄마뿐이기 때문이다. 혹시나 아침에 먹은 반찬들을 탓하며 또 물건을 집어 던졌으면 어떡하지? 상을 엎지는 않았겠지? 끝까지 엄마에게만 인사를 하고 나왔는데 그걸 꼬투리 잡아 엄마에게 배로 화를 내진 않았겠지? 어떡해, 만약 그랬다면 어떡해. 엄마가 걱정됐다.

초조한 마음으로 전화를 걸었다.

"엄마, 집이야? 아빠는?"

"출근했지."

"배 아프다고 하던 건?"

"너 나가고 난 뒤에 바로 괜찮아지더라고."

"다행이다. 혹시나 또 엄마한테 화냈을까 봐."

"괜한 걱정하지 말고 학교나 조심히 가."

다행이었다. 아빠의 통증은 내가 집을 나서자마자 사라졌나 보다. 엄마도 무탈하니 걱정하지 않아도 되겠어. 셔츠 앞섶을 쓸어내리며 휴, 하고 깊은숨을 내뱉었다. 안도의 한숨이었다. 다음부터는 주문을 걸더라도 내가 책임질 수 있는 환경에서만 걸어야겠다. 조심스럽게 사용하자고 다짐했다. 엄마가 곤란해지면 안 된다. 그리고 도대체 왜인지는 모르겠지만 아빠에게도 잘못했다는 생각이 들었다. 악당에게 벌을 줬으니 분명 잘한 건데 빌어먹을 죄책감이 들었다. 역시 난 동네 양아치는 못 되나 보다.

내가 사라진 뒤 통증이 바로 사라졌다는 건 하나의 단서가 됐다. 만약 주문이 유효한 거라면, 이게 정말로 '능력'이라면? 중단하는 방법은 '철회'하겠다는 마음을 먹거나 상대방 곁에서 사라지는 것이었다. 즉 내가 아프라고 지시한다 해도 무한정으로 평생 아픈 건 아니라는 사실. 그렇다면 생각보다 무시무시한 능력은 아닐지도 모른다. 우연의 일치일 수도 있다. 우연이 거듭돼 마치 필연처럼 보이는 착각일지도? 아직까진 아빠가 복통을 느낀 것, 남자가 두통을 느낀 것 모두 신묘한 우연이 아니라고 호언장담하진 못한다.

정말로 이게 능력이고, 이 능력이 다른 생명체에게 고통을 주입하는 힘이라면 몇 가지 테스트를 더 거쳐볼 필요가 있겠다. 왼쪽 손바닥을 펼쳐 바라보았다.

'딱 1초 동안만 쿡 찌르는 고통.'

앗 따가워! 명령을 내리자 곧바로 찰나의 고통이 감돌았다. 참을 수 있는 정도의 통증이라 놀라지는 않았다. 하지만 이로써 분명해졌다. 능력은 실존했다. 나는 정말로 능력을 얻었다. 힘이 생겼다. 그렇다면 이 힘은 어디까지일까.

'딱 1초 동안만 가장 센 고통.'

으아아악! 깜짝이야! 순간 말로 표현하기 어려운 고통이 손바닥에 감돌았다. 화들짝 놀라 등에서 식은땀까지 났다. 전기에 감전된 듯이 찌릿한 손을 탈탈 털었다. 단 1초뿐, 거기다 손바닥인데도 온몸이 얼 얼했다. 뜨거운 불에 살갗이 타들어가는 것 같으면서 손바닥 전체를 이쑤시개로 찌르는 듯한 정체 모를 통증이었다. 하지만 죽지는 않았 다. 견디기 힘든 고통인 것은 맞으나 이 정도 고통이라면 생명에 지 장을 줄 정도는 아니었다. 이게 능력의 한계점인 걸까. 적당히 죽기 전까지 아프다고 느낄 만한 고통? 시시한데.

그런데 왜 하필이면 '고통'을 느끼게 하는 능력일까. 백호의 말이 사실이라는 점을 자각해도 기쁘지 않았다. 그 어떤 영웅도 이런 부정 적인 능력을 갖지는 않으니까. 만화 속 주인공들이 신의 계시를 받을 때는 그에 준하는 신성한 능력을 받는다. 그러나 지금의 난, 마치 악 마의 끄나풀처럼 어두운 힘을 얻어버렸다. 그것도 누군가를 죽일 정 도는 아닌, 어찌 보면 초능력치고는 사소한 힘을. 이런 걸 흑마법이 라고 하나.

백호 녀석, 자기는 근엄한 자태로 하얗게 빛나고 있었으면서 나한 테는 왜 이런 음울한 힘을 준 거지. 하다못해 하늘에서 돈 떨어지게 하는 능력이라거나 상대의 마음을 읽는 능력, 학교까지 날아서 갈 수 있는 능력, 그런 것들을 주면 좋잖아. 남을 아프게 하는 능력이라니.

매번 타인의 고통을 바랄 정도로 내가 악질은 아닌데. 나를 뭘로 본 거야?

등굣길이 길게 느껴졌다. 누군가 맞은편에서 걸어와 내 뒤로 사라졌다. 또 누군가는 내 뒤에서 나타나 나를 추월해 앞질렀다. 일상적인 길거리 풍경인데, 오늘따라 참 낯설었다. 이상한 능력을 얻어버려 일반인과 다른 존재가 됐다고 생각하니 외계인이 된 기분도 들었다. 어렸을 적 영웅이 나오는 만화를 보며 '내가 초능력을 가진다면 어떻게든 세계 최고 부자부터 됐을 거야. 은행을 털어야지' 하며 콧방귀를 뀌었던 기억이 떠올랐다. 화려하게 변신하여 세상을 구해주는 영웅들에게 감정을 이입하지 못한 대가가 이런 거무튀튀한 능력인 걸까. 남을 아프게 해서 좋은 일이 뭐가 있어. 아프게 협박한 다음에 돈 갈취하기? 일진 놀이밖에 더 되지 않아. 왜 백호는 나에게 이런 능력을 준 걸까. 백호와 나누었던 대화를 다시 회상했다.

'불행한 아이여. 네가 바라던 공평함이 당도했도다.'

백호는 공평함을 지키기 위해 능력을 준다고 말했다. 그래서 삶을 불공평하다고 느낀 나를 굳이 고른 것이다. 인생에서 박탈된 수많은 행복을 대신 채우기 위해서 이런 능력을 주었다. 하지만 나쁜 능력이 어떻게 박탈된 행복을 대신할 수 있을까. 신이 합리적이라면 차라리 아빠를 세상에서 둘도 없는 가정적인 사람으로 바꿔주거나 아예 없애버려야 하지 않나.

어쩌면 지금의 능력은 시작에 불과하고 점점 더 강화되는 걸지도 몰랐다. 아직 밝혀진 사실은 없었다. 하여간! 그보다도 어째서 고통이냔 말이야.

'내가 주는 모든 능력은 그 능력을 받을 아이들이 가진 불행에서 비롯된다.'

능력이 백호의 말처럼, 내 불행에서 비롯됐다면 이해는 할 수 있다. 어렸을 적부터 경험한 고통 때문에 너무나도 힘들었으니까. 고통이라는 단어를 떠올리는 일조차 꾸준히 외면했을 정도로 내 마음은 무척이나 찌그러졌다. 그러나 불행에서 비롯된 능력을 주는 것이 어째서 박탈된 행복을 대신하는 공평함인지는 알 수 없었다. 백호의 설명은 다시 떠올려봐도 지나치게 추상적이었다. 모든 신의 계시가 그렇듯, 철저히 생략하고 오직 결론만 전달했네. 신은 능력이 만들어지는 원리나 과정은 설명하지 않으니까.

'너의 불행은 고통과 상처로부터 시작됐다.'

만약 내 불행이 좀 더 고결하고 기품 있는 뿌리를 갖고 있었다면 내가 받을 능력도 달라졌으려나. 내가 가진 불행은, 불행이라 말하기조차도 부끄러운 일이라 어디 가서 내세우지 못할 능력을 받았나 봐.

'능력을 주는 이유는 네 불행을 행복으로 바꾸기 위해서다.'

그게 어떻게 가능한데? 도저히 납득할 수 없는 문장이었다. 나를 괴롭히는 모든 사람을 다 아프게 만들어버리고 비웃을까. 그러면 행복해지려나. 내가 아빠에게 받은 상처와 멍을 고스란히 다 돌려주고 아빠가 괴로워하는 모습을 바라볼까. 그게 나의 행복인 건가. 만약 그렇다면 아름다운 모습을 한 백호치고는 고약한 악취미였다. 잘 모르겠다. 그리고 왜 거부 의사조차 묻지 않고 다짜고짜 준 건지도 모르겠다. 신은 막무가내구나.

하지만 분명해졌다. 이제 나를 아프게 하는 사람들로부터 도망치지 않아도 돼. 누구에게든지 당당히 맞설 힘이 생겼다. 상대방의 털끝 하나 건드리지 않고도 바라는 아픔을 주입할 수 있다. 심심풀이로 누군가를 아프게 할 일은 없겠지만, 나를 괴롭히는 상대와 겨룰 만큼 강력한 무기가 생긴 거다. 이렇게 생각하니 가슴이 떨렸다. 나쁜 능력이더라도 초능력이잖아. 신의 계시잖아. 나는 이제 이 길거리의 누구와도 다른 사람이야. 난 달라. 선택받았어. 내가 무슨 선택을 하든지 그건 신의 책임이야. 신의 계획이겠지. 이제 정말 다른 삶을 살지도 몰라. 백호가 말한 대로!

'이해하기 어려울지도 모르지. 하지만 분명 네게 줄 능력은 큰 힘이다.'

맞아. 이건 잘만 사용한다면 큰 힘이 될 수 있어. 아주 크고 아무도 믿지 못할 무기! 나는 굳이 이유와 과정을 찾지 않기로 했다. 오직 결과만 받아들이기로. 신의 계시를 받은 그 누구도 신에게 '어째서'를 되묻지 않는다. 가브리엘에게 마리아가 수태고지를 받은 순간에, 마리아는 구태여 물어보지 않는다. 신이 그리 지도했으니 이유는 아무 소용이 없다. 하늘이 배 속에 신을 잉태하라고 하면 그런 것이고, 말도 안 되는 능력을 뚝딱 준다고 하면 그것도 그런 것이다.

나도 백호 가죽을 쓴 가브리엘의 계시를 받은 걸지도 모른다. 파고들수록 물음표가 끊임없이 이어지는 상황이지만 받아들이자. 심호흡을 하고 찬찬히 지워나가면 또 지워지는 의문들이었다. 앞으로 무슨 선택을 하든지 나는 이 능력으로 인해서 정당해진다. 나는 신이 선택한 사람이다.

인생은 등가교환이 아니라는 말을 취소하겠어. 내가 잃은 만큼 얻었으니 이거야말로 진정한 등가교환이네.

05

고통과 벌

자리에 앉으니 하나둘씩 아이들이 도착했다. 원래라면 조례 시간 전부터 오답 노트 과제를 하고 있겠지만 지금은 그게 중요한 것이 아니었다. 나는 한 아이를 기다렸다. 우리 반에서 제일 큰 영향력을 가진, 반장보다 더 높은 계급을 쥔 존재였다. 특기는 자기 손에 먼지 묻히지 않고 서열 낮은 애들을 주무르는 일이었다.

열받지만 그녀의 타깃 중 한 명이 바로 나다.

박윤영. 그녀는 일진 놀이를 하지 않는다. 누가 보아도 자신을 나쁜 사람으로 규정짓는 놀이는 촌스러운 유희니깐. 아이들은 훨씬 더 악랄하고 교묘한 움직임으로 권력을 만들며 견고히 지켰다. 윤영은 그 정점에 서 있다. 집안은 부유하며 외모는 우월하다. 동경의 대상이 되기 쉬운 위치였다. 소문으로는 아버지가 경찰 고위직이라고 하더라. 어른들의 세상에나 통할 것 같은 직업의 위계는, 자연스럽게 우리의 세상까지 침범했다. 추종자들이 생겼고 그 추종자들은 윤영의 뜻에 따라 움직여줬다. 그녀가 선택한 대상을 발견하면 최선을 다해 대신 멸시했다. 때리거나 물건을 내동댕이치는 물리적 폭력은 그녀의 손끝에서 절대 나오지 않았다. 윤영은 우리 반 아이들의 손끝에 있지 않다. 그녀의 자리는 언제나 머리끝, 제일 높은 곳이었다.

풍족하지 않고 어딘가 그늘이 있는 난 윤영에게 좋은 먹잇감이었다. 학기 초 그녀와 눈이 마주치면 항상 주변의 아이들이 내게 다가와 운동화나 가방의 브랜드를 물었다. 브랜드가 없는 제품인 걸 알면서 말이다. 오직 나를 무시하기 위해서였다. 한번은 아빠가 던진 물건에 이마를 맞아 앞머리로 겨우 상처를 가리고 등교한 적이 있었다.

"성형외과에서 필러 맞으면 이렇게 되지 않아?"

윤영의 주도적 농담에 주변 아이들이 모두 깔깔 웃었다. 말도 안 되는 저열한 농담이었지만, 고개를 숙이는 것보다 아빠가 만든 상처라고 말하는 게 훨씬 더 수치스러워서 아무런 반응을 하지 못했다. 상처인 줄 빤히 알면서도 말도 안 되는 놀림감으로 전락해버리는 나를 방치해야만 했다.

다행히 시우처럼 좋은 친구가 있기에 외롭지는 않았다. 시우도 윤영의 놀림감 중 하나였다. 매일 아이돌 팬 활동을 하는 모습이 멍청해 보인다는 이유에서였다. 윤영에게는 자신과 대등한 권력이 있는 사람이나 추종자들을 제외하면 모두 먹잇감일 뿐이었다. 그렇기에 모두가 그녀의 악행을 묵언했다. 밉보이면 당하니까, 내가 당해선 안 되니까 차라리 당연하게 여기고 말았다. 아이들은 비겁했고 그녀는 영악했기에 교실의 룰은 깨지지 않았다.

이제는 복수해도 돼. 신의 계시를 받았잖아? 어차피 죽을 만큼도 아니니 내가 받은 고통에 비하면 보잘것없는 아픔이겠지. 그러니 괜찮다. 반격을 할 시간이 왔다.

"안녕? 오늘은 카디건 입었네? 다들 이 카디건 좀 봐."

윤영이 교실에 등장하자마자 내게 다가와 시비를 걸었다. 문장만 보면 아무런 괴롭힘도 없는 그저 사실관계 확인이었다. 하지만 그녀의 얼굴에 핀 교활한 미소와 손가락은 분명 멸시를 말하고 있었다. 오늘은 고개를 숙이지 않을 거다.

"내 카디건이 뭐 어때서?"

평소엔 절대 하지 못할 말이었다. 난 승리가 확실한 게임은 포기하지 않는 편인데, 이제 윤영을 이길 만한 능력이 있으니 이 정도 응수는 가능했다. 그녀가 당돌하게 되묻는 나를 보고 '이것 봐라?' 하는 표정을 지었다.

동급생에게서 나올 만한 얼굴은 아니었다.

"아니이이. 그런 허접한 자수 카디건 입는 사람 처음 봐서."

그녀는 평소처럼 자신의 추종자들에게 눈빛을 보냈다. 아마 곧이어 추종자들이 좀 더 센 문장으로 나를 공격해올 것이다.

"뭐야 쟤? 자기가 촌스러운 옷을 입어놓고 왜 예민하게 굴어?"

"쇼핑몰 이름 좀 알려주라. 불매하려고."

뻔한 패턴. 이제는 마음이 아프지도 않았다. 나지막이 속으로 명령했다. 나를 보는 저 얄미운 눈들이 고통스럽게 아프라고.

"앗! 눈에 뭐가 들어갔어."

"나, 나도! 왜 이래? 아파!"

하나둘씩 눈을 부여잡고 아파했다. 그중에서도 윤영을 집중해서 바라보았다. 속으로 연신 '더 세게, 더 세게'를 외쳤다. 그녀는 주저앉아 이마가 허벅지에 닿을 만큼 상체를 푹 숙이고 고통스러워했다. 다른 아이들도 모두 통증을 느끼느라 우두머리를 보살펴주지 못했다.

"아아아악! 눈을 못 뜨겠어!"

윤영이 눈물을 줄줄 흘리며 머리를 흔들었다. 다른 아이들도 통증을 호소했다. 그 광경을 멀뚱히 바라만 보았는데 곧이어 기분이 좋아져 히죽히죽 웃음이 나오기 시작했다. 즐거움을 들키지 않기 위해 애써 입꼬리를 잡아 내리느라 곤란할 지경이었다. 이 정도면 썩 나쁘지 않은 경고가 된 것 같았다.

"너희 눈이 이상해서 내 카디건도 못나게 보이나 봐."

"뭐라고? 너 미쳤어?"

마지막으로 한 번 더 아파봐. 명령이 떨어지자마자 사방에서 비명이 들려왔다. 등교 후 각자 자리에서 조례를 준비하던 아이들이 하나둘 소란을 느끼고 뒤를 돌아보기 시작했다. 일이 커지기 전에 멈추는 게 좋겠다. 인제 그만 아파해도 괜찮아.

"너 두고 보자."

윤영의 추종자 중 한 명이 나를 매섭게 노려보았다. 두고 보면 어쩔 건데? 신이 날 선택했지, 널 선택했니? 나는 가증스러움을 담아 콧방귀를 뀌고선 등을 돌렸다. 윤영은 아무 말도 하지 않고 눈만 비볐다. 꼴좋다! 그러게 아침부터 왜 시비를 거냔 말이야. 자업자득이다 이 말이야. 괜히 나랑 시우를 또 괴롭히면 더 무서운 맛을 보여주겠어.

소란을 지켜본 시우가 후다닥 다가와 아직 주인이 등교하지 않은 내 옆자리에 앉았다. 그리고는 귓속말로 호들갑을 떨었다.

"대박, 다들 뭔 일이래? 단체로 눈병인가? 근데 왜 이렇게 통쾌하냐."

그녀의 목소리가 꼭 내 것처럼 들떠 있었다. 우리는 슬프게도 같은 처지였다.

"인과응보지 뭐."

"너는 괜찮아?"

"난 아무렇지도 않아."

"5교시 수학도 저렇게 아팠으면 좋겠다."

"수학은 왜?"

시우가 눈썹을 팔자로 휘어 불쌍한 강아지 표정을 지었다. 그녀에겐 억울한 일이 있었다.

"쪽지 시험 일곱 개 틀렸다고 수학이 대놓고 무시했잖아."

시우는 일전 수업 시간에 쪽지 시험을 치르고 망신을 당한 적이 있었다. 풀이 죽어 점심밥까지 먹지 못했을 정도였다.

"내가 우리 반에서 수1 성적이 제일 낮은 건 맞지만 그때 얼마나 쪽팔렸다고. 쟤들도 날 수학 꼴통이라고 비웃었잖아."

"복수해줄까?"

시우와 눈을 맞추고 웃음기 가득한 표정을 지었다. 마치 계략을 꾸미듯이 눈썹까지 씰룩거리자 시우는 전혀 모르겠다는 얼굴로 나를 응수했다.

"어떻게?"

"오늘 쪽지 시험도 왕창 틀려봐. 그리고 수학이 또 널 무시하면 내가 박윤영이 난리 친 것처럼 똑같이 해줄게."

"무슨 소리야?"

"일단 다 틀려봐. 어차피 쪽지 시험은 수행평가 아니니까 성적에 반영도 안 되잖아. 나만 믿어."

시우는 뚱딴지같은 소릴 한다며 고개를 휘저었다. 오늘만큼은 내가 고지식하거나 따분하지 않나 보다. 하지만 쉽게 동조하진 않았다. 후춧가루라도 뿌리지 않는 이상 어떻게 미운 사람만 골라서 아프게 할 수 있겠냐는 말로 나의 제안을 피하려 했다. 그럴수록 난 더욱 강직한 표정을 지었다. 나만 믿으라고 세 번은 말했다. 시우는 영 이상하다는 눈치를 보내며 자리로 돌아갔다. 이윽고 담임이 들어와 조례를 시작했다.

모든 아이들이 자리에 앉아 앞을 바라봤다. 나 역시 같은 곳을 보고는 있지만 머릿속은 아주 다른 곳으로 가버린 상태였다. 이번에는 어떻게 고통을 줄지 구상 중이었다. 사람이 느낄 수 있는 고통에는 무엇이 있을까. 맞았을 때 가장 아팠던 부위를 떠올려보자. 근육이 많은 곳보다는 적은 곳이 아팠어. 평상시에 자주 사용하지 않는 부위가 다치면 더욱 아팠지. 순간 따갑거나 찌릿한 아픔보다는 계속 여운이 남는 통증이 더 불쾌했고. 그런 부류의 통증을 준다면 훨씬 고통스럽지 않을까.

좋아. 수학에게는 특별히 심사숙고한 아픔을 주도록 하자. 몇 없는 내 친구를 건드리는 건 나를 건드리는 일과 다르지 않아. 수학이 그걸 알 리는 없겠지만, 시우를 건드린 이상 징벌을 피할 수 없다는 걸 깨닫게 해줘야겠다. 겸사겸사 능력도 테스트하고 힘이 어디까지 구체화되는지 알아보는 것도 나쁘지 않았다.

빨리 수학 시간이 시작됐으면 좋겠다. 태어나서 처음으로 과학실에 입성한 초등학생처럼 심장이 빠르게 뛰었다. 느껴보지 못한 설렘이었다.

왠지 정의로워지는 기분이 들었다.

5교시 종이 울리자 반 아이들이 곳곳에서 후다닥 달려와 착석했다. 화장실, 급식실, 매점 등 여러 장소에 흩어져 있던 인원이 모두 한곳에 모이자 수학이 등장했다. 그는 나이가 지긋한 교사인데, 성적으로 학생들을 차별한다는 악평이 자자했다. 반장이나 반의 실세 아이들에게는 한없이 고분고분하지만 그렇지 않은 아이들에게는 가차 없는 모습을 보였다.

나는 성적도 중위권이고 워낙 수업 시간에 존재감이 없는 타입이라 별 피해가 없었다. 하지만 시우는 달랐다. 말이 많아 수업 중 옆자리 짝과 떠들다 들킨 적이 한두 번이 아니었다. 더군다나 성적까지 나빴기에 언제나 수학의 놀림감이 됐다. 문제는 조금 선을 넘는다 싶을 정도로 멸시한다는 점이었다.

그러니 징벌을 받아 마땅했다.

"시간은 10분이고 끝나면 옆 사람이랑 바꿔서 채점한다."

고개를 살짝 숙이고 시우 쪽을 바라보며 무언의 시그널을 보냈다. 시우는 고개를 끄덕이고 분주히 답을 적기 시작했다. 20초도 채 되지 않아 답안지를 제출했다. 아무렇게나 대충 채워 넣었을 저 답지에는, 단언컨대 단 하나의 정답도 없을 거다. 원래 시우는 수학에 약했기에 이렇게 단시간에 문제를 풀 수가 없다. 하지만 괜찮았다. 내 말을 들어준 덕분에 수학에게 통쾌한 복수를 하게 될 테니까.

"이제 옆 사람이랑 바꿔라. 답 부를 테니 채점하도록."

짝의 답지를 채점하면서도 시선은 오직 시우 쪽으로만 향했다. 시우의 짝은 오른팔로 심플한 동작을 반복했다. 저건 동그라미를 그릴 때 사용하는 움직임이 아니었다. 분명 시우는 모든 문제를 다 틀렸다. 시험지에는 새빨간 폭우가 내릴 게 뻔했다.

"전부 다 손 들고 100점부터 10점 단위로 손을 내리도록."

결과 발표가 시작됐다. 가장 먼저 100점인 아이들이 손을 내렸다. 반장을 비롯해 세 명뿐이었다. 이윽고 90점인 아이들이 손을 내렸다. 60점 정도까지 내려가니 반의 웬만한 아이들은 모두 손을 내렸다. 나 역시도 70점에서 이미 손을 내렸다. 지금부터 계속 손을 들고 있는 아이들은 꼼짝없이 수학 시간의 광대가 될 운명이었다. 당연히 이 공개 처형 대상에는 시우가 포함돼 있었다.

"40점."

손을 내리지 못한 아이는 세 명뿐이었다. 시우는 내 쪽을 몇 번 바라보았고 나는 걱정 말라는 신호를 보내기 위해 고개를 끄덕였다.

"10점."

시우는 여전히 손을 들고 있었다. 주변에서 설마 한 문제도 못 맞혔냐는 비웃음이 터져 나오기 시작했다. 수학이 시우에게 다가와 쪽지 시험지를 들춰보고서는 크게 비웃었다.

"너는 빵점이야?"

"······."

"내가 교단에 20년 동안 있으면서 빵점은 처음 본다. 넌 학교에 놀러 오니?"

불필요한 언사였다. 주변의 웃음소리가 더욱 커졌다. 반 아이들은 교사의 조롱 섞인 농담에 비겁한 동의를 보냈다. 시우는 점점 입이 나오더니 나중에는 아예 다물어버렸다. 이제 내가 나설 타이밍이었다. 수학을 응시하며 마음속으로 쇼타임의 폭죽을 터트렸다. 허벅지 안쪽에 커다란 멍이 생길 정도로 아픈 타박상을 지시했다.

"어떻게 매번 이리 무식할 수⋯⋯ 아아아악!"

쿠당탕. 그가 갑자기 다리에 힘이 풀린 듯 주저앉았다. 그 과정에서 팔을 허우적거리느라 시우 책상 위의 텀블러를 바닥으로 떨어트렸다. 시우는 당황하며 수학을 일으켜야 할지 본인의 텀블러를 주워야 할지 순서를 고민했다. 여기에서 멈추면 아쉽겠지. 양쪽 종아리에 쥐가 나는 듯이 근육이 꼬이는 통증은 덤이다.

"서, 선생님?"

시우는 당황하는 와중에도 일단 본인의 텀블러를 먼저 주웠다. 만족스러운 선택이었다.

"다, 다리에 쥐가 났나 봐!"

그의 갑작스러운 비명에 반 아이들이 술렁거렸다. 반장이 벌떡 일어나 다가갔지만 어찌할 바를 모르고 당혹스러운 표정만 지을 뿐이었다. 반장 혼자 건장한 성인을 등에 업고 양호실까지 가는 건 무리였다. 반장 자신도 그걸 잘 알기에 선뜻 수학을 일으켜 세우지 못했다. 난처한 얼굴에 금방이라도 눈물이 흐를 것 같네. 괜히 어른의 고통 때문에 다른 아이들까지 피해를 보겠어. 이쯤 했으면 됐다. 나는 고통을 철회했다.

수학은 놀란 가슴을 부여잡고 한동안 후하후하 숨만 쉬었다. 반장이 거듭하여 괜찮으시냐 물었으나 아무런 말도 하지 못했다. 적잖이 놀란 모양이었다. 시우는 수학과 나를 번갈아 바라보았다. 토끼 눈처럼 커진 시야에 믿기 힘든 광경이 담겨 있으리라. 나는 시우를 향해 몰래 엄지손가락을 치켜세워 보였다. 그것을 본 시우는 입을 틀어막고 깜짝 놀란 시늉을 했다. 우리의 비밀스러운 수신호가 오가는 것을 눈치챈 아이는 없었다. 우리에겐 아무도 관심이 없었으므로.

수학도 당연히 자신의 업보가 초래한 고통이란 걸 알 리가 없었다. 그저 갑작스러운 고통에 크게 놀랐는지 시우를 무시하던 행동을 그만두고 교탁으로 돌아갔다. 아무렇지 않게 다시 수업을 시작했으나 그는 이따금 이마를 손으로 훔쳤다. 식은땀이 흐르고 있었다. 갑작스레 큰 고통을 경험하면 신체가 놀라 몸살 기운이 온다더니 아마도 조금 전의 경험이 그의 감각 체계에 과부하를 불러일으켰나 보다.

미안하다든가 안쓰럽다든가 하는 마음은 들지 않았다. 애초에 시우를 무시하지 않았더라면 없을 일이었다. 차라리 윤영처럼 반에서 목소리가 큰 아이들까지 무시할 줄 아는 공평함을 가졌더라면 역시 없었을 일이지.

수학은 비겁하게 약한 시우만 골라 놀렸으므로 마땅한 벌을 받아야 했다. 신이 준 능력으로 벌했으니 이건 신의 체벌과 다름이 없었다. 자애의 상징이라는 신도 자신이 품지 않는 이들에겐 매서운 눈으로 잔혹한 형벌을 내리는 법. 이마에 믿음의 표시가 없는 원로들을 성전에서 몰살시켰다고 기록돼 있지 않던가. 신은 징벌과 멀리 있지 않다.

수업이 끝나자 시우가 내 손을 잡고 다짜고짜 화장실로 향했다. 얼떨결에 잡혀 나와 의문이라는 표정을 지어보았지만, 사실은 왜인지 알고 있다. 공연히 목걸이의 십자가 펜던트를 만지작거렸다. 무언가를 의식하고 있다는 사실을 숨기고 싶을 때마다 나오는 습관이었다. 그런데 십자가를 목에 달고 다니는 사람이 이런 능력을 가져도 되는 건가. 스멀스멀 피어오르는 찝찝한 마음을 서둘러 덮고선 시우에게 집중했다.

"어떻게 했어?"

뭐라 대답하는 게 좋을까. 망설여졌다. 있는 그대로 말을 하면 믿어줄까? 오히려 이상한 아이 취급을 하지는 않을까. 만화나 영화를 보면 주인공들은 초반에 자신의 능력을 철저히 숨기더라. 해리 포터만 해도 그래. 마법사는 머글을 자신과 다른 존재라고 무시하기까지 하잖아.

나조차도 능력의 정체와 목적을 완전히 이해하지 못했는데 섣불리 얘기하면 문제가 생길까 봐 두려웠다. 더군다나 시우는 하나뿐인 소중한 친구고 엄마 이외에 유일하게 기댈 수 있는 사람이었다. 아무리 이 능력이 신의 계시라고 하여도 신이 덤으로 시우까지 품어주리란 보장은 없다. 시우를 비능력자라고 무시할 뜻은 없지만, 역시 자초지종을 설명하는 건 시기상조겠지.

"어제 꿈에 수학이 나와서 다리를 부여잡고 울더라고."

"예지몽을 꾼 거네."

"그런가 봐. 정말 똑같이 일어날 줄은 몰랐어."

"너 돗자리 깔아도 되겠다."

꿈엔 어떤 이야기를 갖다 붙여도 이상하지 않았다. 그걸 핑계 삼아 대충 둘러댔다. 다행히 시우는 캐묻지 않았다. 그저 자신을 괴롭힌 수학이 한 방 먹었다는 사실만으로도 충분히 기뻐 보였다. 매번 내게 호의를 베풀어줬어도 딱히 보답하지 못해 미안했는데 이렇게라도 기쁘게 해서 다행이었다.

수학의 고통이 정확히 등가교환 돼 내게 행복으로 실현됐다. 능력을 얻은 뒤로 내 세상은 점점 공평해지고 있다. 시우와 내가 만약 가족이었다면 더 적극적으로 그간 그녀를 멸시했던 사람들을 알아내

벌했을 텐데 차마 그러지 못해 아쉬울 뿐이었다.

우리는 화장실에 온 김에 손을 씻었고 핸드 드라이어에 차례대로 손을 말리며 담소를 나누었다. 쉬는 시간다운 평범한 휴식이었다. 그런데 누군가 내 어깨를 거칠게 잡아끌었다. 고개를 돌려보니 나연이 노려보고 있었다. 윤영의 무리 중 한 명으로 성격이 괴팍하고 서열 나누는 일에 혈안이 돼 있는 타입이었다. 윤영이 내뱉지 않는 거친 말들은 주로 이 아이의 입에서 나왔다. 나와 시우는 그녀를 때때로 '박씨네 2티어'라고 불렀다. 쉽게 말해 이인자란 뜻이므로 엮이지 않는 게 좋았다. 성난 개와 다를 게 없는 아이니깐.

어깨를 털고선 불쾌한 내색을 한 뒤 아무 일 없다는 듯이 시우와 함께 교실로 돌아가려 했다. 하지만 나연은 내 저항을 비웃듯이 어깨를 한 번 더 잡고는 놓아주지 않았다.

"네 짓이지? 윤영이랑 수학 아프게 한 거. 너 오늘 하는 꼬락서니가 심상치 않아."

"이거 놔."

"귀신이라도 씐 거냐? 나한테도 해보시지."

그녀의 매서운 시선이 나의 두 눈에 고정됐다. 미세한 흔들림도 없었다. 수학에게 능력을 썼을 때 날 예의주시하고 있었나. 아무도 안 본 줄 알았는데 좀 의외네. 물론 소용없다. 증거가 전혀 없으니 말이다. 하물며 들키면 어때? 얘도 능력으로 아프게 해버리면 그만이었다. 나 역시 똑바로 눈을 마주 보며 응수하고 능력을 살짝 발휘하려 마음먹었다.

아프니까 청춘이라더니, 인제 보니 무모하니까 청춘이군.

"아주 당당하네? 너 진짜 귀신이라도 씌었나 보구나. 담임한테 말해서 네 아빠도 알게 해줘야 정신 차리지."

멈칫. '아빠'라는 단어가 나오자 심장이 쿵 내려앉았다. 나의 이상행동이 아빠 귀에 들어가게 된다면 아빠는 날 죽일 기세로 덤벼들 거다. 오늘 아침에 겪었던 복통이야 이유를 몰랐기 때문에 넘어갔다지만 내가 한 짓임을 알게 된다면 정말 큰일 날지도 모른다. 이 능력은 한계가 있다. 평생 아빠가 날뛰지 못하게 막을 수는 없다. 등굣길에 손바닥에다가 시험해본 것만 해도 목숨을 앗아갈 정도의 고통은 아니었으니 말이다.

아빠가 알게 되면 곤란했다. 약점을 파고드는 성난 개의 분노가 의외로 영리했다. 그녀는 괜히 이인자가 아니었다.

"역시 아빠 얘기하면 긴장은 되나 보네? 네가 무슨 힘으로 손 안 대고 애들을 골탕 먹이는지 모르겠지만 좋은 말할 때 설치지 않는 게 좋아. 아까 아침에는 놀랐지만 겨우 그 정도면 충분히 내가 참고 반격할 수도 있어."

"내가 했다는 증거 있……."

"입 다물어. 난 찌질한 애들이 기어오르는 거 딱 싫거든."

분했다. 초능력을 갖고 있어도 내게 눈 하나 깜짝하지 않았다. 분명 지금 힘으로 보았을 때 우위를 점하고 있는 건 나임이 틀림없었다. 그런데도 나연의 위압적인 말에 짓눌려버린 난, 아무런 대꾸도 하지 못했다. 이게 훈련된 공포의 힘인가. 그나마 지금 눈이라도 제대로 맞추고 있다는 걸 위안으로 삼아야 하려나. 왜 내가 훨씬 더 강한데도 응수를 못 하는 거지. 한심하게.

시우가 팔을 이끌고 자리를 피하자는 신호를 보냈다. 신경 쓰지 않는 척 어깨를 잡고 있는 팔을 뿌리치고 그녀의 오른쪽으로 걸어 나갔지만 뒤통수가 따끔거렸다. 정말로 말하려는 걸까? 복도에 설치된 CCTV로 교실도 보인다던데 들키는 거 아냐? 이것도 폭행죄나 어쩌고 죄로 불법인가? 겁이 났다. 고작 대화를 몇 마디 나눴을 뿐인데 겁에 질린 건, 권력욕에 사로잡힌 여자아이가 아닌 오히려 초능력자였다. 아무리 말도 안 되는 능력이 생겼다 한들 하루아침에 서열이 변하지는 않는구나.

화가 났지만 한편으로는 두려웠다. 들뜬 기분에 능력을 제대로 알지도 못하면서 너무 남발했나 보다. 당분간 윤영네 무리는 함부로 건드리지 말아야겠다. 이가 갈리도록 분하지만, 이 정도의 힘으로는 공포를 이길 수가 없었다. 애매하게 강해서는 제대로 단죄도 하지 못하고 역풍만 맞고 말 거다.

"진짜 네가 했을 리가 없잖아. 쟤도 은근 오타쿠인가? 이상한 걸 많이 봤나 봐."

"그러게."

시우는 나연의 말이 영 이해되지 않는다는 눈치였다. 나는 마음이 복잡하여 대충 응수해주고는 말을 멈췄다. 하지만 시우는 교실로 돌아가는 와중에도 계속해서 나연의 말을 곱씹었다.

"상식적으로 너한테 그런 신기한 힘이 있었다면 영웅들처럼 좋은 일을 했겠지. 애들 괴롭히는 데 썼겠어? 네가 빌런도 아니고."

교실로 향하던 두 다리가 멈췄다.

"왜? 뭐 생각나는 거라도 있어?"

"음."

불쾌했다. 힘이 있으면 영웅들처럼 세상을 구해야 하는 걸까. 내가 아닌 다른 사람이 힘을 가졌다면 남에게 고통을 주는 능력으로도 좋은 일을 했을까.

아니. 그거야말로 판타지였다. 당장 내 행복을 챙기기도 바쁜데 누굴 구해, 난 나쁘지 않았다. 모든 건 신의 계획이었고 신의 응징일 뿐이었다. 영웅이 세상을 구할 필요는 없어. 현실의 영웅은 오직 자기 자신을 구하기만 해도 바빠. 나를 지키는 게 가장 먼저잖아.

"왜 가만히 서 있어?"

이게 내가 생각하는 정의야. 빌런? 아니지. 빌런이 아니어도 보통 사람들이라면 다 나처럼 했을걸? 굳이 번거롭게 밖에 나가서 악인을 때

려잡으며 살지 않을 거다. 무모한 선의는 긁어 부스럼이니까. 만약 그랬다가 내가 당하면? 나보다 더 강한 적을 만나면? 내 편은 그 누구도 없는데 마주한 악당이 한 트럭이라면? 됐어. 내 안위부터 챙기겠어. 그리고 이게 모두를 위해서도 정의로운 일이야. 결코 비겁하지 않아.

그렇지 않다면, 그동안 내가 힘들었을 때 아무도 도와주지 않은 것 역시 말이 안 되잖아.

"빌런은 내가 아니라 박윤영이랑 수학이겠지."

치부라도 들킨 듯이 점점 신경이 날카로워졌다. 별거 아닌 두 글자가 내 심기에 사포질을 하고 있었다.

"뭐야, 진짜 네가 한 거야?"

"아무것도 아니야. 교실이나 가자."

당황해하는 시우의 팔을 더 깊게 옭아매 팔짱을 꼈다. 두 다리에 힘을 줘 다시 앞으로 향했다. 아무것도 모르는 그녀가 한 헛소리 정도는 용서해줄 수 있다. 그리고 난, 힘을 키워야겠다. 진짜 빌런인 나연 같은 아이가 다신 무시하지 못하도록.

어릴 적 공주 마술봉을 가진 친구들이 부러웠던 이유는 그 친구들이 진짜 공주님이어서가 아니었다. 요란하고 화려한 조명이 쏟아지는 도구를 갖고 있어서일 뿐이었다. 그들은 현란한 마술봉을 흔들었고 사람들의 관심 속에서 헤실헤실 웃었다. 때때로 나는, 조명이 덜 해도 좋으니 마술봉과 비슷한 싸구려라도 갖고 싶다는 생각을 했다.

이제야 신은 어린 시절 내가 갖지 못했던 것을 줬다.

그러므로 내가 나쁜 사람일 리가 없다.

06
......
현명한 일상

주말마다 독서실이 아닌 공원에 가 세 시간이고, 네 시간이고 앉아서 능력을 시험했다. 지나가는 사람들을 아무나 바라보고 고통을 주입했다. 근육통, 두통, 방사통, 작열통, 가리지 않았다. 고통에 대한 자료들을 긁어모아 배운 대로 명령을 내렸다. 수일이 지나자 능력이 진화하고 있음을 알게 됐다. 몸속에서 바깥으로 빠져나가는 흐릿한 기운이 인지되기 시작했다. 명령을 내리면 발끝에서부터 알 수 없는 흐름이 느껴졌고 이 흐름이 몸 밖을 빠져나가면 상대가 고통스러워했다. 내재된 초능력이 만들어낸 감각이라고 추측했다.

원한다면 허리.

"아이고 허리야. 에구."

아니면 눈을.

"요새 미세먼지가 심한가. 눈이 왜 이리 아프지."

때로는 열심히 걸어 다니는 두 발을.

"형, 나 발 아파서 못 걷겠어."

좌우지간 내 마음대로 고르는 일이 가능했다.

"웃겨!"

어떤 공부보다도 재미있는 일이었다. 비록 교실에서는 행여나 나연이 신경 쓰이는 말을 할까 봐 제대로 사용하지 못했지만, 복도를 지나가는 1학년들을 향해서는 몇 번 사용한 적이 있다. 능력은 점점 강해졌고 내가 바란다면 길게 지속할 수 있었다. 이쯤 되니 집에 일찍 들어가는 일도 점점 두렵지 않게 됐다. 아빠를 상대로도 능력을 몇 번 테스트한 적이 있다. 들키지 않을 정도로만 말이다. 꼼짝없이 아파하는 아빠를 보니 강한 힘에 대한 갈망이 더 커져갔다. 조심스럽게 능력을 쓰겠다는 다짐? 역시 다짐은 포기하라고 있는 거다.

나는 영웅이 되고 있다.

일요일 오후 5시, 공원 위로 펼쳐진 하늘이 붉게 변하고 있었다. 슬슬 저녁이 다가온다는 징표였다. 원래라면 시우를 불러내 어떻게든 시간을 때우고자 애썼겠지만, 더 이상 그럴 필요가 없었다. 오랜만에 집에서 저녁을 먹기로 결심했다. 엄마가 차려준 저녁상을 나도 받을 자격이 있다. 지금의 힘이라면 아빠가 눈치채지 못하게 괴롭힐 수 있다. 나는 괴물이 아니라 용감한 전사라고. 나쁜 폭군이 빼앗은 왕궁을 탈환하기 위해 당당히 돌아가는 존재! 신이 나를 지켜주고 있으니 두려울 건 아무것도 없었다.

"엄마, 나 일찍 왔어."

집에 도착하자마자 늘 그렇듯 엄마에게만 인사를 건넸다. 아빠와 대화를 하지 않은 지 꽤 오래됐기 때문에 자연스러운 선택이었다. 엄마는 부엌에서 식사를 준비하고 있었다. 일찍 온 나를 보고 조금 놀란 기색을 보였지만 이내 어서 오라며 맞이해주곤 그릇 하나를 더 꺼내어 밥을 담았다. 밥공기 두 개가 올려진 식탁에 한 공기가 추가됐다. 이 시간에 밥그릇 세 공기가 올려진 식탁이라니, 살아있길 잘했다.

"나 참. 시험이 코앞인데 밥을 먹겠다고 집에 기어들어온 거야? 그럴 바에야 일찍이 공무원 공부나 해서 취업하던가."

"또 그런다 참. 그만 좀 해요."

폭언이 시작됐다. 네모난 식탁에 올려진 밥 한 공기는 사실 비밀버튼이었을까. 밥그릇이 식탁에 닿자마자 아빠가 신경질을 부리기 시작했다. 그냥 내가 싫은 거였다. 자기 마음에 들지 않고 밥 먹는 것도 보고 싶지 않은 것. 하지만 상관없었다.

"가는 말이 고와야 오는 말이 곱다는 걸 아빠는 모르나 봐요?"

난생처음으로 대들었다. 능력이 없던 나에겐 꿈도 못 꿀 일이었다. 아빠는 굉장히 가부장적인 사람이라서 엄마와 내가 자신의 말에 토를 다는 건 용납하지 않았다. 자기 말이 백번 틀렸더라도 우리는 고개를 조아리고 수긍해야만 했다. 그래서 우리는 한 번도 '진짜 대화'

를 한 적이 없었다. 아빠와의 소통은 오직 일방적인 명령이나 폭력으로만 끝났기 때문이다. 하지만 오늘은 용기를 내 서늘한 대기에 목소리를 덧붙였다. 태어나서 처음으로 하는 말대꾸이자 '진짜 대화'였다.

처음 나누는 딸과의 대화를 그는 어떻게 받아들일까.

"이게 어디서 아버지한테 대들어?"

빤했다. 아빠는 금방이라도 식탁을 발로 찰 기세로 벌떡 일어섰다. 고작 한마디 대꾸했을 뿐인데 낯빛이 초가을의 단풍처럼 붉게 변했다. 얼굴에 누가 불이라도 붙였는지. 나는 그 모양이 우스웠고 한편으로는 꼴사납다고 생각했다.

"아휴, 빨리 죄송하다고 해. 어서!"

오히려 아빠보다는 엄마 쪽이 더 당황했다. 행여나 손찌검이 시작될까 엄마는 안절부절못하며 두 팔로 아빠를 막았다. 작은 식탁을 두고 세 사람이 앉아 있으면서도 우리의 온도는 극명하게 달랐다. 고작 1미터도 안 되는 거리를 두고 마주 앉은 나와 아빠, 중간에 끼인 엄마. 세 명의 마음에는 각기 다른 감정이 있었다. 결코 같아질 수 없었다. 나의 불행이자 고통의 근원, 내가 초능력자가 된 이유가 지금 4D로 펼쳐지는 중이었다. 관람을 원한 적도 없는데.

잠시 상념에 빠져 침묵을 지키는 동안, 아빠는 화를 주체하지 못하고 기어코 요란을 떨었다. 숟가락이 하나 날아왔다. 이마 정중앙에

탁, 하는 소리와 함께 부딪고 튕겨나갔다. 욱신거리는 통증이 느껴졌다. 짓이겨진 밥풀이 이마 기름 때문에 붙어 있지 못하고 식탁 위로 톡 떨어졌다. 무의식적으로 이마에 손을 대니 이미 뜨거워져 있었다. 이 시대 최악의 투수, 참을 수 없었다.

'내가 느낀 통증보다 열 배는 더한 아픔을 온 얼굴로!'

홧김에 시작해버렸다. 아빠가 아프기를, 나보다 훨씬 더 아프기를, 얼른 시야에서 썩 사라지기를! 아빠는 얼굴을 움켜쥐고 고통스러워했다. 나는 철회하지 않았다. 몸속의 기운이 움직이는 감각을 느끼며 그 기운이 소멸할 때까지, 아빠의 고통이 끝날 때까지 균일하게 바랐다. 더 아팠으면, 더 고통스러웠으면.

아빠가 비명을 지르며 거실로 뛰어가 소파 쿠션에 얼굴을 파묻었다. 엄마는 눈물을 글썽거리기 시작했다. 차가운 나의 온도와 뜨거운 아빠의 온도가 불쾌하게 뒤섞인 공간에는 불행한 신음이 끊이질 않았다. 그래도 내가 당하는 것보다는 이게 낫다. 통증은 시간이 지나면 소멸할 테니 그때까지 밥이나 먹고 있자. 신경 쓰지 않을 거다.

태연히 숟가락을 들어 밥 한 숟갈을 펐다. 동그랗고 커다랗게 잔뜩 펐다. 그 위에 엄마가 해놓은 콩나물무침과 소시지구이를 얹었다. 입을 터질 만큼 크게 벌려 밥숟갈을 쑤셔 넣었다. 맛있다. 누군가가 차려준 저녁, 정말 오랜만에 편히 먹어보는 음식. 고급 레스토랑에 온 듯한 비명 클래식이 불쾌한 기류를 만들고 있지만 괜찮아. 지금의 식사는 이 모든 불행을 감당하고 먹기에 부족함이 없으니까. 김치찌개의 두부를 반으로 쪼개 국물과 함께 입에 넣었다. 따뜻하고 고소했다. 국물의 맛은 새콤했다. 정말 맛있다.

이렇게나 맛있는데도 왜 눈물이 나려는 걸까.

지속되던 능력이 종료된 뒤, 아빠는 내 앞으로 와 얼굴에 삿대질하며 난동을 이어갔다. 요즘 따라 나만 보면 재수 없는 일이 생긴다며, 귀신이라도 씐 거냐며, 자길 보고 아프라고 밤새 방에서 굿판이라도 벌이는 거냐며 온갖 말을 다 뱉었다. 반은 맞고 반은 틀린 말이다. 눈물이 밑 속눈썹에 그렁그렁 매달렸다. 작은 물방울을 잡아끄는 중력이 느껴졌다. 그럴수록 오기로 더 아무렇지 않은 척 밥알을 씹었다. 치솟는 화를 참으며 쌀의 단물이 느껴질 때까지 씹었다.

능력 지속 시간이 이전보다 훨씬 길어졌지만 짧은 시간 안에 재차 능력을 쓸 순 없었다. 선택지가 없기에 아빠의 화를 꿋꿋이 버텼다. 마구 뱉어낸 분노에는 정말로 내가 귀신에 씌었을까, 본인이 또 아플까 하는 염려가 잔뜩 묻어 있다. 그는 이제 내게 반격하지 못했다. 오직 자신의 안위만을 걱정한 이기적인 공포였다.

나를 대하는 당신의 횡포야말로, 내가 이 능력으로 대단한 일을 할 필요가 없다는 방증이었다.

아빠는 거친 폭언을 마치곤 방으로 들어갔다. '숨었다'라고 표현하는 편이 맞으려나. 능력 사이클이 돌아오면 다시 아빠를 공격하려 했지만, 용케도 숨어버렸으니 소용이 없었다. 방에 들어간 사람을 억지로 끄집어낼 능력은 내게 없었다.

엄마가 심하게 놀랐는지 내 손을 잡고는 한참을 바라보았다. 나를 보기 전 엄마가 입 밖으로 뱉은 한숨은 애써 모른 척했다. 더 이상 쌀알을 씹을 수 없었다.

"딸, 요즘 혹시 무슨 일 있어? 밖에서도 이런 일이 종종 있니?"

"무슨 말이야?"

엄마의 밑 속눈썹에는 눈물 대신 걱정이 주렁주렁 매달려 있다. 이건 나를 위한 이타적인 걱정인 걸까. 중력에도 떨어질 일 없는 것이 달갑지 않았다.

"아빠가 너한테 꾸지람할 때마다 이러네. 너한테 나쁜 기운이 깃든 건 아닐까 해서."

나쁜 기운이라니. 그 말이 나를 자극했다.

"자업자득이라고는 생각 안 하는 거야? 언제까지 아빠한테 꽁지를 내리고 살 거야?"

"목소리 좀 낮춰. 또 아빠 화낼라."

엄마는 끝까지 아빠를 두려워했다. 이 능력이 엄마를 구원하지는 못할 거다. 어쩌면 아빠의 권력은 내 능력보다 더 강한 것이라 영원히 엄마를 짓누를지도 모른다. 화가 나 식탁에서 아빠처럼 벌떡 일어나 방으로 쏙 들어와버렸다.

문밖으로 엄마의 큰 한숨 소리가 들렸다. 이 상황이 치욕스러웠다. 특별한 힘을 받는데도 왜 현실이 달라지지 않을까. 이제 나를 괴롭히는 모든 것들을 심판할 수 있는데 왜 신은 행복을 가져다주지 않을까. 이 무수한 '왜'는 도대체 언제쯤 사라질까. 오히려 백호에게 능력을 받기 전보다 지금이 더 불행해졌다는 생각도 든다. 그 이후로 한 번도 아빠에게 맞지 않았는데 가슴팍이 더 욱신거렸다. 어떡해야 엄마와 나의 세상을 바꿀 수 있는지 잘 모르겠다.

학교생활도 크게 달라지지 않아 문제였다. 나연에게 직접 반기를 들지 못해 이도 저도 아닌 상황이 계속됐다. 차라리 용기를 낸다면 윤영네 아이들의 콧대를 확 꺾어버리고 다양한 고통으로 아프게 만들 수 있을 텐데 그러지 못했다. 처음에는 나연이 담임에게 일러 아빠 귀에 나쁜 말이 들어가는 걸 원치 않아서라고 생각했지만, 이제는 아빠를 무서워할 필요마저 사라졌다. 그럼에도 마음대로 하지 못하는 건…… 스스로가 무서워서였다. 정말로 화가 나서 그 아이들을 해코지하면 무슨 일이 벌어질지도 모른다는 생각이 들었다. 몸속에서 꿈틀거리는 힘이 점점 커지는 게 느껴졌다. 통제할 수 없을지도 모르는 힘에 대한 원초적인 공포였다.

그래, 나는 두려웠다.

이런 날에는 꼭 필요해. 침대 옆 캐비닛 첫 번째 칸을 열어 알약 봉지를 꺼냈다. 그냥 확 잠에 빠져버려 서둘러 내일을 맞이했으면 좋겠다. 알약을 입에 넣어 으적으적 씹었다.

쓰다.

*
**

한없이 넓은 초원이 펼쳐졌다. 풀빛에는 활력이 깃들어 있다. 하늘은 구름 한 점 없이 화창하다. 햇살이 반짝일 때마다 에덴동산에 온 듯한 신성한 기운이 몸을 휘감았다. 기분 좋은 공간, 낯설지 않았다. 이토록 아름다운 기운은 이전에도 느껴본 적이 있다.

이건 그때의…….

"대체 나한테 무슨 짓을 한 거야? 하나도 행복하지 않아."

백호였다. 백호가 다시 나타났다. 나는 백호를 보자마자 단번에 지금이 꿈속 상황임을 자각했고 언성을 높였다. 따지고 싶은 게 아주 많아. 수상한 힘을 사용해 나를 더한 불행으로 몰아넣은 녀석. 큰 짐승만 아니었다면 가만두지 않았을 텐데!

"네게 했던 말을 잘 기억하거라."

"고통을 다루는 초능력을 내게 준 이유가 뭐야? 쓰면 쓸수록 강해지긴 하는데 나는 더 불행해져. 이걸로 세상을 정복할 용기도 없단 말이야. 그냥 다시 가져가."

"한번 준 능력은 네가 소멸시키기 전까지 없앨 수 없다."

"내 의사는 묻지도 않고선!"

백호를 향해 소리쳤다. 고성 때문에 공기 중에 작은 파동이 일었고 백호의 수염이 살랑거렸다. 이전 꿈에서 본 것처럼 여전히 혼자만 고고하고 신성한 모습이었다.

항상 내 세상은 이런 식이었다. 원치 않았는데 나만 초라해지는 상황이 반복됐다.

"네게 준 능력은 큰 힘이다. 말했지만 네겐 두 가지의 선택지가 주어졌다. 능력을 키워서 너를 괴롭히는 불행과 공존할지, 혹은 진정한 행복을 찾아 능력을 포기하는 용기를 키울지. 다시 알려주는 건 이번이 마지막이다."

"똑같은 말도 구분 못 할 정도로 내가 금붕어는 아냐!"

일전에 한 말과 같은 맥락이었다. 능력과 불행은 세트이고, 행복과는 대척점을 이룬다는 것. 이 능력은 나의 불행과 함께 강해지고 반면 나의 행복이 닿는 순간 소멸한다고 했다. 행복해지고 싶지만 나는 그럴 수 없는 존재다. 그렇게 되는 방법도 모른다. 내가 그걸 알면 이렇게 살았겠어? 그러니 저 말은 차라리 내게 더 강해져 불행에 담대해지라는 의미로 해석하는 게 합리적이겠다. 하지만 그건 또 무슨 수로?

백호가 점점 흐려졌다. 더 이야기를 해주지도 않았다. 이윽고 완전히 모습을 감추었다.

월요일 등굣길에 내가 신경 써야 할 일이라곤 이어폰에서 흘러나오는 플레이리스트뿐이었는데 요즘은 그렇지 않았다. 능력에 대해서 한시도 고민하지 않은 적이 없었다.

능력을 받은 이후로 다시 백호가 나타난 건 처음이었다. 새롭게 알게 된 내용은 안타깝게도 없었다. 능력을 키워서 나를 괴롭히는 불행과 익숙해지란 말이, 마치 능력이 있으면 결코 행복해질 수 없다는 말로 들렸다. 하지만 능력은 내 멋대로 포기할 수 없고 그러려면 행복이 필요했다. 그건 마음먹는다고 이뤄지는 게 아니고.

지금의 나로서는 억지로 능력을 잔뜩 키우는 선택을 할 순 있어도 행복해지는 선택은 할 수가 없었다. 신이면 다 알 텐데 나를 농락하려는 거지. 백호가 얄미웠다.

얼마 전에 본 할리우드 영화에선 주인공이 도서관을 찾아가서 운명처럼 낡은 책을 발견하던데. 거기에는 신기한 정보가 잔뜩 있었다. 혹시 나도 몰라. 백호가 처음으로 내게 능력을 준 것이 아니라면, 나 이전에 누군가 능력을 가졌던 이가 있다면, 수수께끼를 푸는 데 도움 될 책이 존재할지 누가 알겠어. 선생님들은 똑똑해지려면 책을 끼고 살라고 했다. 과연 거기에 얼마나 많은 지혜가 있는지 테스트해보는 것도 나쁘지 않아.

그러니 도서관에 가봐야겠다. 매일 등교 시간이 남들보다 빠른 편인 건 이럴 때 도움이 되는구나. 조례 시간 한참 전이라 도서관에서 책을 찾아볼 여유가 있었다. 마침 학생들도 별로 없어 매우 조용했다. 보통 낡은 책들은 사람의 손이 닿지 않는 구석 자리에 먼지를 뒤집어쓰고 꽂혀 있다지. 구석부터 찾아봐야겠다.

'신화와 문명' 책장부터 탐색하자. 『오리엔탈리즘의 역사』, 『메소포타미아 문명의 기원』, 『그리스 로마 신화 연구』, 『인간사회와 문명의 상관관계』……. 제목만 보아서는 도저히 무슨 내용이 담겨 있을지 흥미조차 생기지 않는 책들뿐이었다. 하나같이 죄다 두껍고 딱딱한 양장본. 촌스러웠다. 내게 도움이 될 것 같은 책은 보이지 않는데…….

『동양 호랑이 전설과 신력』.

어, 이거다. 감이 와. 이 책 제목부터 수상하네. 분명 제대로 찾은 거다!

기쁜 마음으로 손을 뻗어 책등을 움켜잡았다. 다른 책들과 달리 이 책에만 먼지가 쌓여 있지 않았다. 나 이전에 다른 사람도 이 책장까지 굳이 찾아와 본 적이 있다는 의미였다. 아무렴 상관없었다. 능력에 대해 조금이라도 더 알게 된다면야 뭐든지 괜찮았다. 서둘러 책을 펼치려 했다.

"잠깐만요. 그 책은 대출이 안 돼요."

누군가 나를 말렸다. 고개를 돌려 상대의 얼굴을 보니 태어나서 처음 보는 학생이었다. 흔하게 생긴 이목구비라 어쩌면 과거에 이미 만난 적이 있다고 해도 기억할 수 없을 정도였다. 속 쌍꺼풀이 있고 눈 크기는 보통, 높지도 낮지도 않은 코와 작은 입, 오른쪽 눈과 눈썹 사이의 점 하나. 누구를 보아도 이 정도의 묘사는 할 수 있다. 한 가지 주목할 만한 점이 있다면 피부가 깨끗하고 반질반질하게 빛난다는 사실 정도였다. 그 외에는 별다를 게 없었다. 앞머리를 싹 올려 묶은 포니테일이 꼭 나의 1학년 때 헤어스타일을 보는 것 같았다. 엉성히 잔머리가 삐져나와 있는 걸로 보아 나보다 더 외모에 신경을 쓰지 않는 타입이었다. 드물게 줄이지 않은 기본 스타일 교복에 흰색 실내화. 여기까지가 이 아이를 처음 본 순간 내게 입력된 이미지였다.

그 외에 발견할 수 있는 객관적 단서라곤 명찰뿐이었다. 노란색인 걸 보니 1학년, 적힌 이름은 '홍미향'이었다. 오른쪽 손목에는 웬 염주 팔찌가 둘려 있었다. 내 목에 걸린 것만큼이나 촌스러운 액세서리였다. 똑같은 촌스러움이라도 우리는 재질부터가 달랐다. 쟤는 동양, 나는 서양. 아무래도 더 말을 섞을 일은 없겠다.

"대출이 안 되면 여기서 다 읽고 갈게."

나를 빤히 쳐다봤다. 그런데 눈이 마주치지는 않았다. 눈이 아닌 나의 광대뼈를 뚫어지게 보고 있었다. 시선의 눈높이가 어긋난 상태였다. 뭐야. 이 기분 나쁜 스캔 방식은.

"왜 말이 없어?"

"그냥 우연히 그 책을 만진 줄 알았는데, 언니도 능력자군요."

별다른 말을 하지 않았음에도 불구하고 미향은 나의 정체를 간파
했다. 잠깐만 언니'도'라니?

"특별한 능력이네요. 고통을 받는 것만큼 주는 것도 편하지 않았을
텐데."

뭐야, 어떻게 아는 거야. 기분 나쁜 애였다. 다른 사람의 광대뼈를
보면 무슨 능력이 있는지 알 수 있나? 나를 알아차리는 과정 중에도
끝까지 나와 눈이 마주치지 않았다.

"너도 혹시 능력이 있니?"

"그게 없다면 어떻게 언니를 알아차리겠어요."

옅게 웃으며 더 가까이 다가왔다. 자신을 도서관 도우미 정도라 간
략하게 소개하고는 휴대폰을 내밀었다. 분명 번호를 교환하자는 의
미겠지. 도서관에 상주하는 아이들은 반에서 주목받지 못하는 경우
가 많던데……. 더 말을 섞을 일이 없다는 생각을 단번에 철회했다.
취소, 취소! 나는 이 아이에게 묘한 동지의 냄새를 맡고선 경계를 낮
추었다. 스파이끼리 내통하듯이 조심스레 휴대폰을 받아 들었다. 조
금 얼떨떨하긴 하지만, 같은 초능력자를 발견한 것만 해도 연락처를
교환할 당위는 충분했다. 그 뭐냐, 더불어 사는 사회잖아.

미향의 휴대폰에 눈치껏 내 번호를 입력했다.

"그거 알아요? 우리 같은 사람들이 세상에 더 있는 거."

지금 내 눈앞에 나와 같은 능력자가 있다니, 그리고 학교 밖에 더 있다니! 은밀한 동질감이 마음속에서 요동쳤다. 혼자가 아니구나. 역시 백호는 나만 선택한 게 아니었어.

"능력자를 어디서 만날 수 있어? 너는 무슨 능력을 갖고 있어? 나 정말 힘들었는데."

아차. 얼떨결에 말을 많이 해버렸다. 낯선 사람과는 사적인 말을 나누지 않는 편인데. 누구에게도 오픈하지 못한 비밀을 공유할 상대를 만나버리니 그만 절제하지 못했다. 미향은 아까보다 좀 더 선명히 웃으며 고개를 끄덕였다. 무언가 다 이해한다는 표정이었다.

"저도 언니처럼 호들갑을 떨었죠. 점심시간에 여기서 다시 봐요."

내게서 사뿐히 책을 빼앗아 다시 책장에 꽂았다. 너무나도 여유 있는 모습에 뭐라 대꾸를 하지 못했다.

"언니, 목걸이가 예쁘네요. 잘 어울려요."

깍듯이 고개를 꾸벅 숙여 인사를 하고서는 도서관 밖으로 사라져버렸다. 뭐지, 저 애는. 책장에 붙어 있는 '신화와 문명' 알림판과 미향이 사라진 쪽을 번갈아 보았다. 혹시 저 애도 사람이 아니라 호랑이나 환영 같은 건가.

더 우스운 건 내가 그녀의 여유를 보곤 금방 고분고분해져 더 이상

책을 집어 올 생각조차 하지 못했다는 점이다. 곧 조례 시간이니 반으로 돌아가야겠다는 생각에 도서관을 빠져나왔다. 반 앞문 앞에 다다라서야 '아니 왜 내가 후배 말에 꼼짝도 못 한 거지?' 의구심이 들었다. 하지만 기분이 나쁘지는 않았다. 나와 동류인 사람을 발견하니 반가웠다. 그보다 좀 더 솔직해지자면, 이 능력이 편하지 않다는 걸 말하지 않아도 알아줬기에 조금은 위로를 받는 기분이었다. 신비로운 기운이 있는 아이였다.

수업 시간 내내 미향이의 옅은 미소가 머릿속을 떠나지 않았다. 뇌리에 강하게 박혔음이 틀림없었다. 오묘한 느낌과 신비함, 절대 눈을 마주치지 않는 이상한 시선 처리까지. 한 번도 그녀 같은 아이를 본 적은 없었다. 태어나서 처음 받아보는 묘한 느낌이야. 첫눈에 반했다거나 갑자기 사랑에 빠졌다거나 하는 말도 안 되는 감정이 아냐. 교과서에서 배운 적 없는 기분, 이런 걸 설렘이라고 하는 걸까. 새 학기가 시작되기 전날 왠지 모르게 잠을 잘 수 없어 뒤척이며 느끼던 기분이었다. 이런 마음을 사람에게도 느낄 수 있구나.

나와 같은 처지의 아이가 이 학교에 또 있다는 사실이, 우리는 동류지만 어쩌면 다른 결을 갖고 있다는 사실이 나를 흥분시켰다. 필기가 눈에 들어오지 않았다. 내 마음은 이미 12시를 향해 달려가고 있었다.

점심시간이 되자마자 밥도 먹지 않고 도서관으로 향했다. 시우는 굶기까지 하면서 책을 읽을 정도로 시험공부가 급하냐며 투덜댔다. 나는 그런 시우에게 가방에 숨겨놓은 젤리 한 봉지를 쥐여주고 오늘만 다른 아이들과 점심시간을 보내라고 부탁했다. 시우가 도서관까지 따라오려 하면 무슨 핑계를 대야 하나 고민했는데 내 임기응변이 생각보다 뛰어났다.

도서관은 학생들로 붐볐다. 입으로 빵을 우물거리며 책을 보는 학생, 한 손에 초코바를 든 채로 시험공부를 하는 학생, 각양각색이었다. 주말마다 독서실을 다니는 것만 해도 아주 갑갑했기에 도서관은 멀리했는데 이제 보니 학교에서 꽤 인기 있는 공간이었다. 나와 비슷한 부류의 아이들이 많아 보이는 건 기분 탓이려나. 영악하거나 드세 보이는 아이들이 없어 숨이 트이는 기분이었다. 나처럼 서열이 낮은 아이들까지 포용해주는 이곳이야말로 교내 유토피아였다. 같은 결의 나무들이 잔뜩 서 있는 산림처럼 쾌적했다.

편한 마음으로 '신화와 문명' 책장을 찾아갔다.

한참 동안 미향은 등장하지 않았다. 12시 20분이 되도록 말이다. 선배는 종이 치자마자 달려왔는데 정작 여유는 후배가 부리고 있네. 고약한 심보가 들었다. 선후배를 따져본 적은 없지만 이만큼 기다리게 했으니 오늘은 처음으로 따져봐도 괜찮겠지.

여유가 넘치는 후배님을 기다리는 동안 아침에 찾았던 책을 다시 펼쳐 들었다. 『동양 호랑이 전설과 신력』. 목차는 크게 호랑이의 실체와 신력의 사례로 분류돼 있다. 차례대로 호랑이의 실체부터 읽어 나갔다.

동양의 백호는 예로부터 영험한 능력을 갖췄다고 구술된다. 본 책에서 소개할 신력(神力)을 가진 존재 역시 백호의 모습으로 나타난다. 그는 비단 털과 건장한 풍채를 가졌으며 온화한 인간의 목소리를 낸다. 신력을 가진 영물(靈物)이기에 사냥이나 도살은 즐기지 않는다. 그 누구도 백호가 음식을 먹거나 잠자는 모습을 본 적이 없다. 신력을 계시받은 능자(能者)는 백호를 꿈에서 만나지만 때때로 영기(靈氣)가 강한 자연 속에서도 만날 수 있다. 물론 선택을 받은 이들의 눈에만 보인다. 백호는 불행한 아이들에게 기회를 주기 위해 초능력을 …… 고대 문명을 이끈 수호신이자 초월적 존재지만 그 이상의 존재라고는 단언할 수 없다. 신들의 세계는 능자들조차 닿지 못했기에. 그들이 공평함을 위해 인계에 당도한 영물이라는 해석도 있어, 공평령(公平靈)이라 부르기도 하지만 범인은 결코 그들의 의중을 알지 못한다.

꿈속의 백호와 일치하는 묘사다. 내 꿈에 나왔던 존재가 고대 문명을 이끈 수호신이라니. 그래서 말도 안 되는 초능력을 마음대로 줄 수 있었구나. 이 책을 쓴 사람은 어떤 능력을 받았던 걸지 궁금했다.

책 내용에 따르면 백호를 만난 모든 사람이 백호, 즉 신의 계시를 받은 사람들이었다. 백호의 정체를 안다는 사실은 그가 초능력을 가졌다는 사실을 의미했다. 그리고 그들은 꽤나 여럿이었다.

"벌써 책을 보고 있네요."

미향이 생각을 끊고 등장했다. 금서라도 훔쳐본 양 후다닥 책을 덮고 그녀 쪽으로 몸을 돌렸다. 굳이 그럴 필요는 없었지만, 왠지 나는 긴장됐다. 선배가 자신을 기다리고 있었다는 걸 알면서도 넘치는 여유, 이 친구는 보통내기가 아니었다.

미향이 손은 흔들며 가볍게 인사를 건네자 팔찌에서 덜그럭거리는 소리가 났다. 요즘 저런 팔찌를 하고 다니는 여고생은 없는데. 탄 갈색, 콩만 한 염주가 꿰어진 팔찌 때문인지 그녀가 더 신비롭게 느껴졌다. 급히 덮은 동양 신화 책과 잘 어울리는 모습이었다.

"난 12시 정각부터……."

"여기서 기다렸다고요? 하지만 점심시간에 만나자고 했지, 몇 분이라고는 말하지 않았는걸요. 밥도 먹지 않고 날 기다린 언니가 미련한 거죠."

이것 봐라? 미향은 조곤조곤 자신의 생각을 표현하며 곁으로 다가와 앉았다. 당돌했다. 그나저나 말하지 않았는데도 내 마음을 꿰뚫고 있네. 이 아이의 초능력은 생각을 읽는 독심술인가 보다. 그렇다면 꽤나 좋은 능력이잖아. 나보다 훨씬 우수한 능력이라고. 조종까지 할 수 있다면 크게 놀랐겠지만, 아직 마음을 조종하는 낌새는 느껴지지 않았다. 하지만 이번에도 여전히 눈을 마주치지 않고 말했다. 나름대로 콘셉트인가. 그렇다면 좀 별로인데.

"약속한 것부터 말해줘. 책에 대한 것과 다른 능력자들의 이야기 말이야. 네가 독심술 쓴다는 사실은 벌써 파악했어."

"독심술이요? 푸하하하. 처음에는 다들 그렇게 생각하시더라고요."

미향은 파열음을 내뱉으며 인위적으로 웃었다. 우리 둘은 책장과 책장 사이의 바닥에 앉아 바짝 붙어 있는 상태였기에 그녀의 입에서 나온 숨결의 온도까지 느껴졌다. 따뜻하고 불쾌하지 않은 체온이었다. 미향은 곧바로 그 체온을 다시 숨기고 무거운 분위기로 입을 뗐다. 내가 여기에 온 이유, 본론이 시작됐다.

"능력은요……."

전부 미향의 입에서 나온 말일 뿐이었다. 과학적인 근거도, 신문 기사에 게재된 적도 없는 사실과 출처가 불분명한 내용이었다. 하지만 그녀는 사뭇 진지한 표정으로 전설을 읊었다. 이 모든 현상이 세상의 원리로 이해하기 어려운 만큼 그녀의 말을 신뢰할 수밖에 없었다. 지금 내가 믿을 상대라고는 미향과 두꺼운 책 한 권이 전부니까. 촉각을 곤두세워 그녀의 음성에 집중했기에 필기하지 않아도 오늘 들은 내용은 모두 기억할 수 있으리라.

그녀는 이렇게 말했다. 책이 말해주듯 백호는 고대 수호신이었다.

세상에 존재하는 불행한 존재들이 스스로 삶을 구제할 수 없는 경우에 놓이면 백호의 계시를 받게 된다. 초자연적인 능력은 행복을 갖기 전까지 몸을 떠나지 않는다. 즉 삶이 불행한 이상 영원히 능력을 사용할 수 있다. 능력은 곧 이들의 삶이 불행하다는 낙인이자 징표. 여기까지는 꿈속의 백호가 해준 말과 다르지 않았다. 좀 더 쉬운 말로 내게 풀어줬을 뿐 이미 알고 있는 내용이었다.

"능력자들은요……."

뒷말은 충격적이었다. 이 학교에는 능력자가 더 없지만, 외부에는 훨씬 많은 인원이 있었다. 그들은 비밀스러운 '서클'에 소속돼 있다. 벌써 수년째 운영되고 있는 서클은 초능력자들이 나타날 때마다 테스트를 거쳐 멤버를 충원했다. 미향 역시 처음에는 서클에 몸을 담아 여러 훈련을 감당했으나 현재는 유일하게 탈퇴한 상태라고 했다. 거기엔 별별 능력을 갖춘 아이들이 다 모여 있는데 능력을 오래전부터 키워오고 있기에 리더가 아니면 통제할 수 없을 만큼 강하다고 했다.

리더의 능력은 대외적으로 밝혀지지 않았지만, 누구도 대적할 수 없는 특별함을 갖고 있다더라. 미향만이 유일하게 그 정체를 알고 있기에 자유롭게 서클에서 나오는 게 가능했다. 하지만 내게 리더의 힘을 알려주진 않았다. 약속이라나 뭐라나. 지키지 않으면 위험하기라도 한 걸까, 미향은 담담하게 이야기를 이어가는 와중에 아주 조금 몸을 떨었다. 에어컨 냉기 때문에 서늘해서였는지, 다른 이유가 있는지 분간되지 않았다. 그녀를 제외한 멤버들은 서클에 가입하면 자유롭게 나올 수 없었다. 사실 구태여 나오려는 능력자는 없었다고 한다.

"원한다면 서클에서 테스트를 받도록 해줄 수 있어요. 원래 내 역할이 유인책이었거든. 지금은 상관없는 사람이니 걱정하지 마요."

이야기가 끝나자 미향은 서클 가입을 제안하는 듯한 뉘앙스를 풍겼다. 가입하라고 강요하진 않았지만, 그녀의 말로 미루어보아 서클에 가입해야만 이외의 초능력자들을 만날 수 있다는 점을 파악했다.

"혹시 서클에 가입하지 않고 능력자와 만날 순 없어?"

"그렇다면 언니가 찾아야지요. 리더가 처음에 그 많은 아이들을 일일이 찾고 모은 것처럼 친구를 만들고 싶다면 스스로 찾아야 해요. 서클이 아닌 외부 능력자들은 저도 몰라요. 물론 교내에는 더 없어요. 저는 학기 중에 전학 와서 이 학교에 다닌 지는 얼마 안 됐지만, 찾아본 바로는 그래요."

학교 동아리 하나 가입하지 않은 나인데 갑자기 서클이라니. 그것도 무시무시한 초능력자가 가득한 집단이라니! 이 자리에서 섣불리 결단을 내려서는 안 됐다. 하지만 나도 모르게 심장이 운동장을 세 바퀴 정도 뛴 듯 벅차게 움직였다. 얼마나 멋진 사람들이 있을까. 초능력을 가진 막강한 어린 영웅들, 나 역시 그들과 함께할지도 모른다. 내가 마음만 먹는다면 말이다.

이미 마음이 거세게 움직이고 있지만 당장 대답을 하고 싶지는 않았다. 들뜬 모습을 보여줄 순 없어. 나는 선배니까 조금은 분위기를 잡고 싶다고.

"생각해보고 최대한 빨리 답을 줄게."

속으론 잔뜩 신이 나버렸으나 결코 티를 내지 않았다. 제법 괜찮은 제안이라는 듯이 잠깐 뜸을 들이고 말했다. 완벽했다.

"그래요. 이야기를 끝까지 듣고서 가입 제안을 거절한 사람은 없지만요."

미향은 내 여유를 가뿐히 무시할 정도로 확신에 찬 반응을 보였다. 그녀의 입꼬리가 한쪽으로만 치솟아 있었다. 미소 같아 보였지만, 마냥 기쁘게만은 보이지 않았다. 분명 웃음임에도 어딘가 공허해 보였다. 입꼬리만 남은 표정에 싸한 기운이 감돌았으나 정확히 형용할 수 없었다.

"근데 언니는 중요한 걸 놓치고 있어요. 백호가 여러 번 말해줬겠지만 이 세계에서 초능력은 불행을 의미해요. 능력을 갖고 있는 사람은 아무리 강해져도 진정한 행복에 다가갈 수 없어요. 서클은 위대한 집단이에요. 하지만……."

처음으로 흐리는 말끝, 본인은 서클에서 나온 사람이기에 가볍게 뒷말 정도는 덧붙여도 상관없다는 걸까. 불행해야만 능력을 유지할 수 있다는 점은 나 역시도 알고 있다. 생각해보니 미향의 능력은 어떤 불행에서 온 건지 듣지 못했다.

네 말보다 지금은 내 호기심이 먼저였다.

"그럼 네 불행은 뭔데?"

너만 내 불행을 아는 건 불공평해. 나도 네 불행과 거기에서 파생된 능력이 궁금해. 우리는 동류이기에 너와 난 분명 같은 무게만큼의 불행을 가졌을 거야. 서클의 정체보다 너의 정체부터 말해줘. 그래야만 네 말을 마음 놓고 믿을 수 있으니까.

미향은 아주 잠깐 바닥을 내려다보다 무언가 결심한 듯 내 쪽을 바라보고 입을 열었다. 표정이 처음보다 훨씬 더 무거워졌다. 나는 그녀의 불행에 귀를 기울였다.

"언니는 내 능력을 독심술로 추측하지만 사실 그렇지 않아요. 나는 교통사고로 앞을 잘 못 봐요. 시각이 많이 손상돼서 온 세상이 블러 처리된 듯 뿌옇게 보여요. 실루엣과 잔뜩 번진 형상뿐이죠. 물론 이게 내 불행의 전부는 아니에요."

그녀의 불행은 두 눈에 있었다. 나는 감히 경험해본 적도 없는 영역이었다. 공감이나 위로를 쉽게 해줄 수 없었지만 고개만 끄덕여 마음을 표현했다. 그녀가 나만큼이나 안돼 보였다. 나만큼 불행한 사람이 세상에…… 존재하네. 같은 무게의 짐 덩이를 어깨에 짊어지고 산다는 점에서, 혼자가 아니라는 점에서 나는 뒤틀린 안도감을 느꼈다.

이 배덕감은 무엇일까.

"초능력자라고 하면 사람들은 무슨 능력이 있는지를 먼저 알고 싶어 해요. 능력자의 사연은 후순위죠. 언니도 마찬가지네요?"

"아니야. 네 사연이 더 중요……하지."

"진심으로 내 사연이 궁금했다면 어떤 '불행'을 갖고 있냐고 선뜻 물어보지는 못했을 텐데요."

그녀는 나의 부족한 배려를 꼬집었다. 양가감정이 피어올랐다. 하나는 나보다 어리고 쪼그마한데 자꾸만 까부니 불편한 마음, 또 하나는…… 그녀의 말이 사실이기에 미안한 마음이었다. 부정하지 못할 지적이었다.

"그날 교통사고는 나 혼자만 당한 건 아니에요. 엄마는 필드에서 유명한 포토그래퍼였고 나도 그 꿈을 좇았어요. 우리는 출사를 다녀오던 길이었고요. 하지만 이제 그 시절의 추억은 물려받은 카메라 속에만 존재해요."

그녀가 손목을 흔들었다. 팔찌에서는 작은 염주 알이 부딪는 마찰음이 들려왔다.

"이건 아빠 역시 그날 이후로 많이 힘들어했다는 증거. 오랜 불공의 기록."

팔찌를 가만히 응시했다. 촌스럽다고 생각한 것이 무안해졌다. 동시에 내 가슴팍의 펜던트를 어루만졌다. 주일마다 엄마가 나를 위해 기도를 드리고 있다는 증거였다. 비록 나는 함께하지 않지만, 조금이라도 내게 평화가 깃들길 바라며 목에 걸어주었던 것이다. 그러니 이것은 엄마가 많이 힘들다는 증거였다. 그녀의 팔과 나의 목에 같은 무거움이 달려 있었다.

우리를 지켜주거나 혹은 우리를 슬프게 만드는 작은 물체였다.

"출사를 떠났던 날, 그 계절의 온도와 풍경 그리고 대기에 남아 있는 향기를 잊지 못해요. 나는 그 감각을 전부 사진에 담고 싶었죠. 나는 그 기억을 두 번 다시 눈으로 볼 수 없다는 사실에 절망했어요. 매일 눈을 흐르는 물로 씻어보고 손으로 미친 듯이 비벼도 봤지만, 시야는 선명해지지 않았어요. 기억 속 카메라로 바라본 풍경들이 자꾸만 날 괴롭혔어요. 내가 찍은 사진들이 머릿속에서 떠도는 일은 진짜 지옥 같았어요. 차라리 좋았던 기억이 하나도 없었다면 불행하지 않았을 건데요, 박탈당한 일상이 너무 소중했어요. 다 잃고 난 이후에 죽을 각오까지 할 정도로."

미향이 덤덤하게 말을 이어갔다. 느리고 긴 호흡에서 끝을 가늠하지 못할 수렁을 보았다. 분명 나와는 다른 불행이다. 폭력적인 아버지와 함께하는 일, 사랑하는 어머니를 잃는 일, 너무나도 다르지만 모두 지옥이다. 얼마나 슬펐을까. 엄마와 꿈을 모두 잃어버린 어린 소녀가 하루하루 불행을 어떻게 견뎠을까. 섣불리 미향을 위로하지 않았다. 그건 그녀가 감내했을 커다란 불행에 대한 최소한의 예의였다.

"그래서 백호를 만났고 능력을 받았어요. 나는 사람들이 두 눈으로 찍어놓은 무수한 사진의 연속, 기억을 엿봐요. 언니의 즉각적인 마음은 읽을 수 없지만 눈으로 본 것들이 기록처럼 뇌에 남으면 난 그걸 훔쳐봐요."

미향이의 능력은 독심술이 아니라 타인의 기억을 복기하는 힘이었다. 지난 일을 말하며 목소리가 바닥에 닿을 듯이 무거워졌다. 그녀는 내게 조금 실망한 것처럼 보였다. 진심으로 알려주고 싶어 하는 마음보다 공허함이 더 진하게 풍겼다. 우리 사이의 대기가 황량해질 정도였다.

조금 외로워 보였다. 나는 미안한 마음에 그녀의 손을 잡아주었다.

순간 나는, 실수를 만회하고자 그녀에게 작은 선물을 주고 싶었다. 눈을 감고 집중했다. 지난여름 엄마와 떠난 부산 여행에서 본 해운대 해수욕장의 기억 조각을 떠올렸다. 푸르른 바다, 넓은 모래사장, 수많은 인파와 뜨거운 온도, 쾌청한 바람과 향기, 여름의 냄새를 모두 떠올렸다. 내가 기억하는 가장 아름다운 모습이었다. 순간 미향의 목소리가 커졌다.

"정말 아름다운 바다네요. 그리운 여름의 모습이에요!"

미향은 금세 무거운 얼굴을 쫙 펼쳐 즐거운 듯이 광대를 들썩거렸다. 영락없는 어린 소녀의 얼굴이었다. 한 살밖에 차이가 나지 않지만 작은 체구 때문에 나보다 훨씬 더 어린 모습으로 보였다. 만일 동생이 있었다면 이 아이와 같았을까.

우리는 데이터가 공유되는 인공지능처럼 서로의 감각을 나누었다. 비록 난 미향의 기억을 읽을 순 없지만, 처음으로 도드라지게 보이는 솔직한 감정을 목격했다. 나의 기억으로 누군가가 기뻐하는 걸 보니 마음이 벅차올랐다. 나도 누군가에겐 기쁨이 될 수 있구나. 그것도 나처럼 큰 불행을 외로이 떠안은 사람에게 말이다. 노력으로 누군가가 미소를 보인다는 사실이 보람을 만들었다. 눈을 질끈 감고 기억 구석의 풍경 한 점까지 떠올리려 안간힘을 썼다.

"고마워요. 이제 그만 애써도 돼요."

그녀가 나의 손을 꼭 쥐고선 나지막이 숨을 쉬었다.

우리는 동류였다. 같은 무게의 불행에 짓눌렸기에 백호의 선택을 받았다. 넓이와 모양은 알 수 없지만 같은 깊이의 굴을 마음에 품었다. 어두컴컴하고 눅눅한 굴을 타고 내려가면 그 끝에는 비로소 가장 감추고 싶은 불행이 있다.

미향의 손을 다시금 꼭 잡으며 그녀와 체온을 나누었다. 우리가 만약 가족이었다면 서로 힘이 돼주고 불행을 나누었을 거다. 어두컴컴한 굴속 꺼지지 않는 등불이 됐을 거다. 불현듯 찾아온 낯선 사람에게 깊은 연대감이 피어올랐다. 그녀도 나와 같을지는 모르겠지만 연대감이란 함께한 시간만으로 정의할 수 있는 건 아니었다.

앞으로도 쭉 능력을 같이 공유하고 시간을 나누고 싶었다. 학교에서 동질감을 느낀 상대는 그녀가 처음이었다. 시우와는 다른 감정이었다.

이 마음마저 기억으로 남으면 읽을까 봐 서둘러 상념을 정리했다. 만난 지 얼마 되지 않아 이토록 자신에게 의탁하는 나를 발견하면 부담스러워할지도 모르니 말이다. 대화 주제를 바꾸었다.

"근데, 난 동양 신화 같은 건 믿지 않는데 넌 상관없어?"

목걸이의 펜던트를 두어 번 흔들었다.

"벌써 그런 고민을 했어요?"

"아니, 너도 대놓고 염주 팔찌를 차고 있으면서 이런 신화 믿어도 되냔 말이야."

"안 믿으면 어떡할 건데요? 이미 우린 능력을 받아버렸는걸요. 우리의 믿음은 팔찌나 목걸이를 향한 게 아니에요. 마음에 깃드는 존재를 향하는 거예요. 백호신이 설령 우리가 따라야 할 신이 아니라 해도, 그 모든 일마저 신의 뜻일 테니까 걱정할 일 없어요. 우린 환경이 다른 사람이지만 같은 초능력자가 됐잖아요. 다 뜻이 있겠지요."

내색하지 않으려 했지만 펜던트를 만질 때마다 이질감을 느꼈었다. 엄마와 달리 난 성실한 종교인이 아니다. 그럼에도 목에 걸린 펜던트 모양에 이 능력이 알맞지 않다는 점 정도는 알고 있었다.

미향은 달랐다. 보이는 대로 믿으라는 의미일까. 그녀는 자신의 세상을 의심하지 않았다. 그 모든 일마저 자신을 돌보는 신의 계획이라는 단언이 신기했다. 아마 그녀의 팔찌와 나의 목걸이에 깃든 신이 다른 모습을 하고 있다면 그녀 쪽의 신은 분명 자랑스러워했으리라. 똑같은 무게의 불행, 다른 재질의 세상, 전혀 다른 사고방식. 세상을 또렷이 바라볼 수 없는 눈을 가졌음에도 불구하고 현실을 확신하는 자세가 부러웠다. 내겐 없는 두 번째 능력이었다.

"있잖아."

그런 그녀에게 묻고 싶었다.

"네가 보기엔 나, 나쁜 사람 같아?"

"아뇨. 그냥 불행한 사람. 딱 나만큼만요."

자신만큼 나를 불행하다 말하는 두 눈에 시선을 묶었다. 유일하게 나를 알아봐주는 상대에게 많은 말을 하고 싶었지만, 염원이 클수록 입 밖으로는 단 한마디도 나오지 않는단 걸 처음 알게 됐다.

이윽고 생각을 해체하는 종이 울렸다.

"수업 시작이네요. 나 먼저 갈게요. 주번이라 교탁 정리해야 해요. 1학년 라인에 호랑이 쌤들 많은 거 알죠? 다음에 또 봐요!"

"엇, 저기!"

미향은 내 손으로부터 자신의 손을 분리해 재빨리 일어났다. 큰 걸음으로 도서관 밖을 향하다 중요한 걸 잊었는지 잠깐 멈춰서 내 쪽을 돌아보고는 손을 흔들었다. 나도 얼떨결에 손을 흔들어 무언의 안녕을 전했다. 실루엣만 보이는 뿌연 시야라지만 내가 손을 흔드는 건 볼 수 있을 거야. 그녀를 위해 더 힘차게 좌우로 손을 흔들었다. 비록 내

팔목엔 촌스러운 팔찌 따위가 없지만 우리는 꽤 잘 맞을지도 모른다.

나는 혼자서 그녀와 좀 더 가까워졌다.

"힘든 일 있으면 편하게 연락하라고……."

*
**

수업에 집중하지 못하는 날들이 이어졌다. 능력에 관해 많은 정보를 얻었지만 두 눈으로 직접 보고 싶었다. 학교 밖에 존재하는 거대한 세상이 궁금했다. 하지만 벌써 고2라 성적 관리도 해야 하는데 서클에 가입해도 괜찮을지 모르겠다. 비상한 능력을 가진 사람들끼리 만든 서클인데 분명 시시껄렁한 일을 할 리가 없었다. 뭔가 대단한 미션을 수행하겠지. 지구 파괴, 우주 개척? 난 영웅놀이 할 생각은 없는데 못 이긴 척 따라줘야 하려나. 그런데 그걸 공부와 병행할 수 있을까. 거기에 가입한 사람이라면 이번 생에 공부는 아주 포기했으려나. 공부를 포기하면 더 불행해져서 능력이 훨씬 강해지는 거 아니야? 온갖 생각이 다 들었다.

세상을 구하는 영웅이 될 필요는 없지만, 혼자가 아니라면 해볼 만했다. 물론 세상을 구하는 거 말고 다 때려 부수는 쪽으로. 그쪽이 더 멋있어 보이기도 하고, 나쁜 사람이 되고 싶지 않은 만큼 무시당하고 싶지 않은 마음도 있으니까. 상상하는 일만으로도 소속감이 느껴졌다. 나도 어떠한 '무리'에 포함될지도 모른다는 사실이 날 설레게 했다. 모든 것들은 유치한 공상이 아닌, 내 미래를 직접 재단하는 일이었다.

시우는 요즘 따라 이상하다며 내 얼굴 앞에 손을 대고 몇 번 휘젓기도 했으나 집중이 흐려지진 않았다. 지금 나의 세상에는 오직 '서클' 두 글자뿐이다. 건성으로 반응하지 말라는 핀잔이 여러 차례 이어졌으나 그럴수록 더욱 건성으로 대답했다.

한번 시작된 호기심은 걷잡을 수 없이 커져만 갔다. 하지만 이 녀석은 혼자만 오지 않았다. 불안함, 두려움과 함께 왔다. 미지의 세상을 향한 궁금증과 현재의 삶을 유지해야 한다는 압박 사이에서 결단을 내려야만 했다. 사실 답은 정해져 있을지도 모르지. 이미 새로운 세상의 이야기를 들은 순간부터 내 마음의 무게 추는 기울었다. 하지만 지금이라도 누군가가 나를 일상에 머무르게끔 잡아준다면 호기심을 멈출 수 있을지도. 미향이의 공허한 표정에서 느낀 싸한 감정처럼, 이 호기심이 마냥 나를 기쁘게 하지는 않을 거란 불안감을 씻을 수 없었다. 그래서 시우든 누구든 위험한 호기심을 알아차리고 말려줬으면 좋겠다. 물론 그럴 일은 없겠지만.

여러 번의 야자가 끝날 때까지 결정을 내리지 못했다. 시우와 함께 하굣길을 걷는 내내 남은 시간이 그리 많지 않다는 조급함을 느꼈다. 아무도 나를 압박한 적이 없는데도. 어제까지 맛있게 먹었던 티라미

수가 갑자기 물려버리듯, 내 마음은 종잡기가 어려웠다. 이랬다가 저 랬다가, 뜀뛰기 하는 벼룩처럼 하루에도 몇 번씩 뛰는데 어떡하나. 고민이 많다는 건, 그만큼 신중하단 거니까 좋게 생각하자고.

물론 미향은 아무런 연락이 없었다. 나의 결정을 기다려주는 듯했 다. 도움을 요청할 순 없을까. 이럴 때는 누군가 나에게 답을 알려주 면 좋겠다.

*
**

집에 도착하자마자 씻고 엄마 옆에 찰싹 붙어 앉았다. 엄마는 평소 와 달리 내가 와도 TV에만 눈을 꽂은 채 말했다.

"얼른 자. 피곤하겠어."

"엄마, 오늘은 내 얼굴도 안 봐?"

엄마가 리모컨을 만지작거리며 내 반대쪽으로 살짝 몸을 틀었다. 갑자기 왜 이러지. 좋아하던 드라마도 아닌데 뭘 이리 열심히 봐. 아 빠가 잠든 덕에 잠깐 이야기할 수 있는 유일한 자유 시간인데.

"엄마, 왜 나랑 눈을 안 맞춰."

장난 반 진심 반으로 엄마의 반대쪽 어깨를 잡고 내 쪽으로 살짝 돌렸다.

"날 좀 냅둬."

엄마의 얼굴에 상처가 하나 늘어 있었다. 살짝 까진 정도라 그리 크진 않았지만 분명 아침까진 없던 상처였다. 이건, 이건……. 손이 파들파들 떨렸다. 마음속에서 천불이 끓었다. 당장이라도 안방 문을 열어 침대에 널브러진 사람을 혼내주고 싶었다. 내가 없는 동안 엄마에게 또 무슨 짓을 한 거야. 화가 나, 참을 수 없어, 가만 안 둬.

엄마는 별일 아니라며 오히려 너스레를 떨었다. 가끔 이런 일 있지 않았냐며, 너무 걱정 말라 내 등을 두드리면서 말이다. 그런 엄마를 보니 더 속상해 눈물이 나려 했다. 아빠를 증오하는 와중에도 내재된 공포에 가로막혀 목 놓아 울지 못했다. 울음을 들으면, 아빠는 더 크게 분노했으니. 엄마는 나를 꼭 껴안고 피곤할 테니 어서 들어가란 말만 되풀이했다. 평상시처럼 따뜻하고 상냥한 목소리라서 더욱 화가 났다. 이 와중에도 내 걱정뿐이었다. 난 매번 비겁하게 아침 일찍부터 학교로 도망가고 엄마를 홀로 방치했다. 어쩌면 내 잘못일지도 몰랐다. 이제야 정신이 바짝 들었다.

나는 더 강해져야만 한다. 그간의 불안은 사치였다.

07

딱 나만큼만

서클 테스트 받게 해줘.

결단을 내린 뒤 미향에게 테스트 방법을 안내받기까지는 하루도 걸리지 않았다. 미향은 약속된 곳에서 리더를 만나라 전했다. 근처에 마중을 나갈 테니 부디 잘 찾아오라며.

만남 장소는 인적이 드문 외곽 공터인데 한 번도 가본 적이 없는 곳이었다. 지도 앱에 의존해서 겨우 길을 탐색했다. 지하철을 타고, 버스를 두 번 타고, 다시 마을버스를 타야만 도착하는 먼 거리였다. 사람들의 눈을 피하려는 의도가 다분히 느껴지는 선택이었다. 리더가 사는 곳과 내가 사는 곳의 중간에서 보는 게 가장 합리적이겠지만, 우리는 특수한 사람들이기에 그럴 수 없었다. 필연적인 불편함이었다.

주말에 갑갑한 독서실에 갇혀 있지 않아도 되니 오히려 기분이 좋았다. 행여나 길을 잃을까 걱정은 됐지만 점점 도시에서 시골로 바뀌는 풍경이 신선하게 눈에 담기자 마음이 놓였다. 종점에서 다시 종점으로, 또 종점으로 향하는 내내 가로수가 몇 그루나 나의 뒤로 달려갔을까. 설레었다. 새로운 능력자들을 만나러 가는 길, 여전한 두려움이 기저에 자리를 잡고 있지만 모쪼록 좋은 일만 생겼으면 했다.

나에게 좋은 일이란 그들과 함께해 더 큰 힘을 갖는 것이었다.

주말에도 미향을 만날 수 있다는 점 역시 기쁜 포인트 중 하나였다. 미향은 아버지에게 부탁해서 차를 타고 온다고 했다. 아버지와 살가운 관계를 유지한 그녀가 부럽기도 했지만 한편으로는 참 다행이라 생각했다. 여린 그녀를 보살펴줄 가족이 있으니까.

한편 시우와의 관계는 소원해지고 있었다. 내 주변에서 일어나는 일들을 썩 좋아하지 않았다. 나와 함께 복도를 걸을 때 낯선 후배들이 갑자기 아픔을 호소한다거나, 그 때문에 몇몇 후배들에게 소문이 나버려 나를 보고 수군거리는 일이 생긴다거나, 나연의 시선이 갈수록 고까워진다거나 하는 일은 시우에게 결코 편안한 상황이 아니었다. 학교 안에선 능력을 키우고 시험할 상대가 마땅치 않았기에 어쩔도리가 없었다. 시우를 불편하게 만들 의도는 아니었다. 그녀는 둘도 없는 소중한 친구니까.

강한 능력을 손에 넣고 아빠를 제대로 벌할 수만 있다면 이쯤에서 멈출 생각이다. 조금은 불편해도 시우가 참아주었으면 좋겠다. 필요

하다면 친구를 위해서도 사용할 능력이니 부디 말하지 않아도 알아
주길.

슬슬 인적이 드물어지고 균일하게 세워진 가로등마저 사라졌다.
버스의 속력이 줄어들었다. 여기에 오기까지 남아 있는 승객은 나뿐
이었다. 하차한 후 앱이 알려주는 길을 따라 걸었다. 아스팔트로 포
장된 도로가 끝나자 흙과 자갈로 뒤덮인 길이 펼쳐졌다. 저녁 시간에
만나기로 약속했다면 이 길을 찾지 못했을 거다. 다행히 해가 밝았
다. 공기를 타고 건조한 흙냄새가 코에 닿았다. 도시 테두리에 간신
히 붙어 있는 시골이었다.

'조금만 더 오시면 돼요. 다 오셨어요.'

갑자기 누군가 머릿속으로 말을 걸었다. 뭐야! 화들짝 놀라 비명과
함께 몸을 둥글게 말아 주변을 살폈다. 귀신인 줄 알았으나 아무것도
없었다.

'뭘 그리 놀라셔요. 저는 텔레파시를 사용하는 능력자예요. 길을 인
도해줄게요.'

미지의 인물이 별안간 머릿속으로 들어와 떠들어대기 시작했다.
그는 오른쪽, 왼쪽 혹은 직진 등으로 방향을 안내해줬다. 앱이 알려
주는 방향과는 달랐다. 아마도 지도만 보고서는 찾기가 불가능한 곳
이라 굳이 능력을 써서까지 알려주는 것 같았다. 자신이 제대로 안내
를 하고 있으니 걱정하지 말라는 친절한 말까지 속삭였다. 그가 음성

을 보내면 머릿속에 블루투스 스피커가 켜진 듯 보이지 않는 파동이 일었다. 머리가 둥둥 울렸다. 계속된 텔레파시에 미약한 두통이 느껴질 때쯤 살아있는 음성이 들렸다.

"언니 고생 많았어요! 여기예요."

외출 후 처음으로 만난 아는 사람, 미향이었다. 손을 크게 흔들며 그녀의 곁으로 달려갔다. 미향이 손을 잡아주고는 내 옆에 찰싹 붙어 고생했다며 물을 건넸다. 물을 보자 잊고 있던 갈증이 몰려왔다.

"고생했어요. 이제 여기서 언니의 힘을 마음껏 보여주는 일만 남았어요."

"하, 물 시원하다. 내가 잘할 수 있을까?"

"잘하지 않아도 괜찮아요. 저는 이제 서클과 관련 없는 존재니까요. 그냥 언니를 응원하러 왔어요."

우리는 간단한 대화를 나누며 조금 걸었다. 허허벌판인 데다 도로나 가로등이 없는, 말 그대로 공터였다. 먼발치에 열 명 남짓의 아이들이 대기하고 있었다.

온순해 보이지 않는 외모들이 눈에 띄었다. TV에서 보았던 건달의 모습을 한 아이도 있고 화려한 머리와 옷차림새를 뽐내는 아이도 있다. 나이는 모두 또래로 보였다. '능력자'에 어울리는 요란한 외향들이었으나 드문드문 평범하게 보이는 아이도 있었다. 늘 입던 카디건과 반팔 티만 챙겨 입고 온 내 옷차림새가 신경 쓰였다. 만만해 보이면 안 되는데. 겨우 용기를 내 한 발짝씩 내디뎠다.

쭈뼛거리며 앞까지 다가갔지만, 그들은 모두 미향에게만 오랜만이라며 인사를 했다. 드문드문 다시 서클로 돌아오라 말하는 사람도 있었다. 눈앞에 내가 있는 걸 빤히 알면서도 나를 본 체도 하지 않았다.

'오느라 수고했어요.'

처음으로 말을 걸어준 건 텔레파시 목소리의 주인이었다. 눈앞에 나타난 그는, 검은색 트레이닝복을 입고 있는 소년이었는데 키가 꽤 컸고 마른 체형이었다. 이렇게나 후줄근하게 입고 온 사람도 있구나. 위아래로 훑어보니 무서운 사람은 아니라 생각돼 안심했다. 이윽고 그가 손을 뻗어 악수를 청했다. 고개를 숙여 인사를 먼저 한 뒤 손을 잡았다.

'반가워요. 텔레파시 능력자예요. 이제 리더가 올 거예요.'

"리더분이 오시려면 한참 걸리겠네요. 여기 버스 정류장에서 엄청 멀……."

말을 하는 도중에 갑자기 커다란 흙먼지 소용돌이가 일더니 누군가 나타났다. 마치 땅에서 갑자기 솟아난 듯했다.

"반가워."

"악!"

두 명의 사람이 양쪽에서 내 어깨를 감싸며 인사를 건넸다. 깜짝 놀라 짧은 비명을 뱉어버렸다. 오늘만 벌써 두 번이나 놀랐다. 그들은 내 반응을 보더니 피식 웃고선 앞으로 이동해 눈을 맞추었다.

"난 리더고 얜 내 도우미. 순간이동 능력을 가졌어."

"바, 반갑습니다."

순간이동 능력자는 말없이 눈빛만 보냈다. 아마도 인사겠지. 도도한 외향의 그녀는 가늘고 긴 눈에 선명하게 빛나는 눈동자가 매력적이었다. 왼쪽 볼에 박힌 검은 점은 크기가 꽤 컸으나 마치 시선을 잡아끄는 흑진주처럼 그녀의 얼굴과 잘 어울렸다. 요즘 인터넷에서 유행한다는 도화살 점이 이렇게 생겼으려나. 한 번 보면 잊지 못할 것 같은 새침한 이목구비였다. 분명 주말인데도 교복을 입고 있었다. 깔끔하게 반으로 묶은 머리는 흙먼지 돌풍 때문에 살짝 지저분해진 상태였다. 나는 머리를 만지는 시늉을 하며 그녀에게 신호를 보냈다. 아, 하며 그녀가 짧은 음성을 나지막이 내뱉고선 머리를 털었다. 행동은 평범한 학생과 다를 것이 없었다.

"제대로 소개할게. 너에게 길을 알려준 녀석은 리셉셔니스트 역할을 하고 있어. 너보단 한 살 많아. 목소리로 말을 하지는 못해. 날 때부터 저랬대. 그래서 부모에게 버림받고 친구 없이 지내다 점차 불행해졌지. 그 이후엔 너랑 같아. 너무 빨리 말했나? 지루할까 봐. 여기에 이만큼 불행하지 않은 사람이 없다는 건 너도 알겠지만."

리더는 자신은 소개하지 않고 나를 맞이한 능력자만 소개했다. 타인의 불행을 소개하면서도 지나치게 무감각한 그의 태도에 오묘한 위화감이 느껴졌다. 초능력자인 이상 모두가 불행한 사람이니, 지극히 평범한 소개라고 해석하고자 노력했다. 최소한 딱 나만큼은 다들 불행하겠지. 리셉셔니스트로 명명된 텔레파시 초능력자는 조심히 웃으며 나를 보고 있었다. 오랜 세월을 축약해서 소개해도 상관없다는 반응이었다. 적응을 못 한 건 오직 나뿐이었다.

정작 리더는 얼굴에 별다른 특징이 없어서인지 오히려 어딘가 낯이 익었다. 마치 길거리에서 몇 번은 보았던 사람 같았다. 그가 말하는 동안 적절한 리액션이라도 하고 싶었지만, 그는 틈을 주지 않았다. 수련회 교관이 입소 환영사를 읽듯 정해진 말을 빠르게 뱉었다. 몇 번이고 반복해본 유창함이었다. 분명 이전에 온 다른 능력자들에게도 친근한 인사 대신 똑같은 멘트를 했을 거야.

"얘는 순간이동 능력자고 미향이보다 한 살 어려. 달동네에서 태어났고 엄마는 집을 나갔대. 아빠가 할머니랑 이 아이를 억지로 키우다가 어느 날 밤, 눈앞에서 도망가버렸어. 미안하다는 말만 남기고선 대문을 열고 그대로 뛰어나갔대. 젖 먹는 힘까지 다해서 아빠를 따라가려고 했지만, 아이가 어른의 달음박질을 따라잡을 순 없지. 숨을 헉헉거리며 필사적으로 도망치는 아빠의 뒷모습을 보고 우는 일 정도만 할 수 있었을 거야. 지금은 할머니랑 둘이 살아. 대신 원하면 어디로든 이동할 수 있는 능력을 받았어. 이제 얘 아빠가 어디에 있든, 눈에 띈다면 머리채를 잡히겠지. 내가 말한 모든 사실은 미향이의 능력으로 이 아이들의 기억을 엿봐서 잘 알고 있는 거고."

어째서 주말임에도 그녀가 교복을 입고 있는지 자연스레 이해했다. 굉장한 능력 뒤에는 저마다의 슬픔이 숨겨져 있었다. 그들의 놀라운 능력에 마냥 경의를 표하지 못했다. 나는 차라리, 공감을 담아 모두와 인사를 나누고 싶었다. 하지만 리더는 시간을 허락하지 않았다.

"이제 네 능력을 보여줘. 넌 어떤 능력자지?"

초능력자가 가진 사연보다 그 힘을 궁금해한다는 미향의 말은 틀린 말이 아니었다.

리더가 오른손을 펼쳐 몸 앞으로 팔을 뻗었다. 마치 공연을 시작하라는 듯한 제스처였다. 모두가 숨을 죽이고 나를 바라봤다. 미향은 두려워하지 말라며 내 손을 꼭 잡아주었다.

"저는 고통을 줄 수 있어요."

"손을 대지 않고서도?"

"네. 오직 바라보는 것만으로 상대방을 아프게 할 수 있어요."

리더의 눈이 커졌다. 그의 입꼬리가 눈에 띌 정도로 올라갔다. 흥미가 가득 서려 있는 표정, 박수를 치기까지 했다. 자신이 기다리던 공격적인 능력이라며 기대에 찬 반응을 보였다. 그리곤 왼손을 높게 들어 검지를 세 번 정도 까닥거렸다. 저 멀리 요란한 복장의 능력자들 중 누군가가 손가락의 움직임을 보고 박스를 하나 보내왔다. 그는 염력을 사용했다. 하늘에 둥둥 뜬 박스가 내 쪽으로 천천히 날아왔다.

박스를 받은 리더가 내용물을 꺼내 들었다. 그 안에는…….

"이 녀석한텐 힘을 쓸 수 없어요!"

길고양이가 들어 있었다. 리더가 잔혹하게 웃으며 고양이의 목덜미를 붙잡고 내 앞으로 들이밀었다. 보여줘, 보여줘, 계속해서 같은 말을 반복하며 다가왔다. 고양이는 잔뜩 겁을 먹어 저항조차 하지 못한 채 벌벌 떨었다. 생김새로 보아 아직 어린 새끼였다. 도덕심이 없는 걸까. 죄 없는 동물에게 무슨 짓이야!

"그렇게 잡지 말고 내려놔요!"

리더의 손에 붙잡힌 고양이를 빼앗았다. 그리고 품으로 감싸 보호했다. 고양이는 공포에 질려 그제야 서럽게 울어댔다. 놀란 녀석을 달래기 위해 쓰다듬어도 보고 자세도 바꾸어보며 안절부절못했다. 죄 없는 작은 동물을 위협하다니, 자동으로 내 눈초리가 매서워졌다.

"뭐야. 그럼 너 때문에 고통을 받은 사람들은 모두 죄가 있었니?"

리더가 이해할 수 없다는 듯 팔짱을 끼고 교활히 나를 비웃었다. 이 서클은 역시 만만한 곳이 아니었다. 리더와 나 사이를 채운 긴장감이 다른 멤버들에게까지 전해졌다. 분위기가 좋지 않았다. 모두의 눈빛이 적대적으로 바뀌었다. 아무리 나라도 동시에 여러 명을 공격하는 건 쉽지 않았다. 이들을 적으로 돌려서는 안 됐다.

"고양이한테 능력을 써봐. 입고 있는 옷이랑 딱 맞는 녀석이잖아."

거듭하여 나를 압박하는 리더의 목소리. 땀이 나기 시작했다. 언젠가 꾼 악몽처럼 괴로웠다. 불쾌한 기시감마저 느껴졌다. 리더 녀석이 내게 주입하는 공포가 낯설지 않았다. 하지만 이게 설령 꿈이더라도 품 안의 무고한 녀석에게 고통을 줄 순 없다. 동물에게 잔인한 일은 할 수 없어. 사람은 아프면 약을 먹거나 치료받을 수 있지만, 길고양 이들은 누구도 치료해주지 않아. 그리고 사람에게 주는 고통을 녀석 에게 줬다간 죽을지도 몰라. 어떡하지. 어떡해야 해.

아무리 생각해도 고양이를 아프게 할 순 없었다. 하지만 능력을 보 여주기 위해서는 살아있는 것이 필요했다. 능력을 보여주지 못하면 내가 역으로 큰 화를 당할지도 몰랐다. 무시무시한 초능력자들에게 무언가를 보여주어야만 했다.

그렇다면 이렇게라도 해야겠어.

"아아아아아악!"

고양이를 건네준 염력 능력자에게 작열통을 전달했다. 남자는 몸 에 불이라도 붙은 듯 바닥을 뒹굴었다. 그가 팔을 퍼덕거리며 몸에 붙은 불을 끄는 시늉을 반복했다. 괴성을 지르면서. 하지만 내가 준 건 통증이지 불이 아니기 때문에 그의 몸짓은 소용이 없었다. 그러자 주변의 능력자들이 크게 동요하며 내게 소리를 쳤다. 당장 멈추라며 욕지거리를 하는 능력자도 있었다.

일순간 리더의 표정이 서늘하게 굳었다. 나는 서둘러 고통을 회수 했다. 염력 능력자가 가만두지 않겠다며 코앞까지 달려왔으나 리더에게 저지당했다. 그는 리더의 명령에 복종해 불쾌한 표정을 겨우 숨기곤 원래의 자리로 돌아갔다.

그 과정을 모두 확인한 뒤 고양이를 바닥에 내려놓았다. 고양이는 눈 깜짝할 속도로 달아났다.

"너 능력이 대단하구나? 근데 왜 고양이가 아닌 우리 멤버를 공격한 거지?"

"……사람이 아니면 능력이 통하지 않으니까요."

임기응변이었다. 동물이라고 안 통할 리가 없었다. 살아있는 존재라면 모두에게 능력이 통할 것이다. 하지만 그렇게 말할 수 없었다. 짧은 순간 내가 생각해낸 가장 그럴듯한 거짓말이었다. 이걸 들키면 안 돼. 떨면 안 돼. 말을 덧붙이면 거짓의 살이 늘어나니 아무런 말도 더하지 않았다. 눈을 똑바로 뜨고 리더를 노려보았다. 미향의 손을 더 세게 꽉 잡고 가빠지는 숨을 감추었다.

리더가 의중을 알지 못할 눈빛으로 나와 미향의 얼굴, 그리고 우리의 손을 번갈아 보았다. 한참 동안 말이 없었다.

분명 나의 거짓말을 눈치챘을 거야. 혹시 저 고양이를 풀어줬다고 화내는 건 아닐까. 날 죽일지도 몰라. 저 사람이 어떤 능력을 가졌는지도 모르는데 실수한 걸까. 하지만 시간을 되돌려도 똑같은 선택을 했을 거다. 죄 없는 짐승을 공격할 수 없었다.

"……역시 바뀌는 게 없네."

리더가 뜻 모를 문장을 내뱉더니 갑자기 표정을 온화하게 바꾸었다. 그리곤 두 팔을 벌려 외쳤다.

"합격! 사람에게만 써야 한다고 미리 얘기하지 그랬어? 그 무시무시한 능력으로 앞으론 우리 멤버가 아닌 다른 사람을 실컷 혼내주자고!"

그는 나의 머리를 거칠게 쓰다듬고는 멤버들을 향해서도 합격을 외쳤다. 호각이라도 울린 듯이 그제야 멤버들이 내게로 다가와 하나둘씩 악수를 건넸다. 조금 전까지 온몸으로 내뿜던 위협적인 기류가 온데간데없이 사라졌다. 전혀 다른 표정들이었다. 리더의 명령이 절대적이라는 걸 확실히 알 수 있었다.

갑작스러운 환대에 놀라 살짝 뒷걸음질을 쳤으나 이내 그들의 무리 속으로 빨려들고 말았다. 미향은 어느새 나의 손을 놓고선 먼발치로 물러났다. 그녀가 있는 곳으로 고개를 돌리려다 멈췄다. 멤버들이 나를 에워싸고 저마다 한마디씩 내뱉는 바람에 한눈을 팔지 못했다.

리더는 기뻐 보였다. '무시무시한' 능력이라고 표현한 것과 달리 히죽거렸다. 그 모습이 왠지 기분 나빴다. 나와 유사한 사람에게서는 드러나지 않을 결이었다. 아직 그에 대한 정보가 없어 단정 지을 수는 없지만 앞으로 방심해선 안 되겠다.

신이 난 멤버들을 뚫고 온 리더가 내게 간결한 물음을 던졌다.

"너한텐 무슨 불행이 있어? 말해줘."

그는 정해진 수순처럼 불행을 물었다. 초능력자인 이상 불행이 있는 건 너무나도 당연한 일이 맞겠지만, 선뜻 눈을 마주 보고 불행이란 단어를 당당히 뱉는 그가 소름 끼쳤다. 미향에게 내가 했던 질문을 그대로 듣고 나서야, 무엇을 잘못했는지 깨달았다.

웃고 있는 입과 그렇지 않은 눈. 저 사람의 표정은 뭔가를 숨기고 있었다. 예의상 웃어주는 걸 수도 있었다. 더욱 깊은 꿍꿍이를 감추고 있을지도. 하지만 나와 미향을 제외하고는 모두 리더의 편이니 대놓고 의심을 드러내는 선택은 옳지 못했다.

"어렸을 적부터 아버지가 폭력적인 분이었어요."

"끝! 그거 하나로 충분한 이유네. 정당한 능력이야! 서클 멤버가 된 걸 축하해."

더 묻지 않았다. 마치 모든 사실을 알고 있다는 양 그는 나의 발언을 잘랐다. 다른 멤버들이 궁금할지도 모르는데 본인만 흥미 없으면 다야? 온화한 사람과는 거리가 먼 게 분명했다. 그리고 나의 이야기만 듣고 자신의 이야기는 전혀 해주지 않았어. 불공평하네.

리더는 자기소개 외에 할 말이 많아 보였다. 그는 신입에 잔뜩 흥분한 기존 회원들에게 침묵하라는 사인을 보냈다. 똑바로 선 그의 검지가 입술 중앙에 닿자 왁자지껄한 분위기는 삽시간에 조용해졌다.

"우리 소개를 해줄게. 초능력자끼리 친목을 도모하는 서클은 아니야. 넌 이제 우리가 무얼 해야 한다고 생각해?"

"힘을…… 써야죠."

"그렇지. 백호가 말한 목적을 이뤄야 하지 않겠어? 백호는 우리의 행복을 위해 능력을 선물했지. 우리는 이 능력으로 불행의 씨앗을 잘라낼 거야. 삶을 어둡게 만든 사람들과 환경을 모조리 없애버릴 거야. 이제 좀도둑질로 9시 뉴스에나 잠깐 등장하는 일은 재미없어. 행복은 백지에서 시작하지 않아. 이미 묻어버린 불필요한 탁색을 지우는 일이야. 이 초능력은 가장 적절한 물감이지. 하얗고 두껍게 덮어서 없애버리자."

"너무 거창한 일은 하고 싶지 않아요."

"거창할 게 뭐가 있어. 그냥 눈감고 힘만 몇 번 휘두른 다음 숨어버리면 그만이야. 우리는 영웅놀이 같은 유치한 짓은 하지 않아. 남 좋은 일 따위는 말이야! 백호가 말하는, 초능력자들이 진짜 행복을 찾아가는 과정이란 결국 불행의 뿌리를 제거하는 길뿐이야. 몇 번을 생각해봐도 그래. 그러니 우리랑 함께 너를 아프게 했던 사람들을 심판하러 가자. 상상해봐. 네 아버지가 너와 어머니를 괴롭히지 않는 가정, 어떤 폭력이나 난동도 없는 집, 오직 평온과 안락만 남아 있는 거실! 넌 할 수 있어. 우리가 도와줄게. 너도 우리를 도와주면 돼."

서클의 목적은 깔끔했다. 신의 계시란 곧 징벌. 내 생각과 다르지 않았다. 백호신이 원한 미래는, 우리를 힘들게 하는 사람을 벌한 뒤 깨끗해진 세상이야. 만화에나 존재하는 악인이 아닌, 우리 곁의 진짜 누군가를 없애버리는 일말이야! 더 이상 능력을 사용하여 징벌할 대상을 찾지 않아도 되는 깨끗한 세상. 그럼 자연히 능력은 퇴화하고 사라지겠지. 리더의 청사진을 듣자 백호신의 이야기가 이해됐다. 행복에 다가가기 위해선 불행을 징벌하고 소탕해야 한다.

"계획이 곧 실현될 거야. 우릴 아프게 한 사람들을 모두 벌해주자. 세상에서 그 사람들이 사라지면 능력을 쓸 일도 없어. 우린 이제 능력으로 은행을 털지도, 백화점에서 물건을 훔치지도 않을 거야. 오로지 행복을 위해 불행을 지우는 목적으로만 사용할 뿐. 나는 백호신의 뜻을 거스르지 않아. 네 능력이라면 우리의 계획에 큰 도움이 되겠어. 네 불행을 없애줄게. 대신 너는 우리의 불행을 없애기 위해 힘써주면 돼. 상부상조, 품앗이라는 말도 있잖아? 우리가 매주 주말마다 너를 훈련해줄 거야."

"……."

리더가 손을 뻗었다.

"너, 나쁜 사람 취급받고 싶지 않지?"

"……네."

"다수가 되면 더 이상 나쁜 게 아니야."

쫙 펼쳐진 손바닥이 왠지 그의 나이와 어울리지 않게 주름져 있다. 몹시 고단해 보이는 손이었다. 청사진을 이루기 위해서 부단히 서클원을 모으고 훈련시켜왔을까. 비록 그가 선한 사람처럼 보이지 않고, 미소에서 음흉함이 느껴지는 기묘한 사람이라고는 하나, 나를 도와준다면 상관없었다. 적어도 날 괴롭히는 아빠보다는 이 사람이 좋은 사람일 거다.

각자의 초능력을 모두 합친다면 나쁜 사람 하나 없애는 일은 식은 죽 먹기였다. 아빠를 미워하고 원망할 때마다 마음을 짓눌렀던 죄책감에 고통스러워하지 않아도 된다. 지우고 싶은 존재를 지울 수 없도록 내게 제동을 걸었던 양가감정! 저 사람들이 대신해줄 거다. 난 그 무시무시한 감정 감옥에서 벗어나겠어. 우리는 서로의 죄책감을 교환하여 그 무게를 덜어낼 것이다.

리더의 손을 잡았다. 서로 손을 맞잡자 그에게서 무시하지 못할 기운이 느껴졌다. 정말 많은 수련을 했구나. 감탄을 고스란히 들켜버린 내 표정을 보고서 그는 다시 웃어주었다. 역시 비릿한 표정이었다.

리더는 주말마다 이곳으로 오라는 말을 남기고는 서클원들을 모아 사라졌다. 순간이동 아이를 중심으로 모두가 손을 모으니 그 넓은 자리에는 세찬 흙먼지 바람만 남았다. 어디로 간 걸까. 갑자기 사라질 거면 나도 같이 데려가주지. 뒤풀이 하나 없는 신입 환영회네. 역시 정을 붙이려면 시간이 좀 걸리겠다.

*\
**

미향과 함께 공터에서 빠져나와 흙길을 걸었다. 미향의 아버지가

길 어귀에 차를 대놓고 기다리고 있었지만, 그곳까지는 도보로 꽤 걸어야 했다. 초능력자를 잔뜩 봐서인지 리더가 떠난 이후로 멍한 기분을 지우지 못했다. 그래서 우리는 한동안 말없이 길만 걸었다. 나란히 보폭을 맞춰 걷고는 있었지만 생각을 공유하지는 않았다. 나는 30분 전까지 같은 공간에 있던 대단한 존재들을 곱씹었다.

그녀가 내 등을 툭툭 두드리더니 시선을 끌었다.

"축하해요. 염력 능력자를 그렇게까지 아프게 만들 수 있을 줄이야. 놀랐어요."

"생각보다 능력이 강해져서 나도 놀랐어."

"서클 활동…… 하실 거죠?"

"그래야지."

축하한다고는 했지만 얼굴은 전혀 기뻐 보이지 않았다. 웃지도 않았다. 서클이 불행을 없애준다고 하는데 미향은 왜 서클에서 나온 걸까.

"왜 너는 함께하지 않아?"

"제 불행을 없애기 위해 벌 받아야 할 사람은 아무도 없어서요."

시각이 온전했던 시절, 미향은 꿈과 어머니를 박탈당했다. 돌아갈 수 없는 기억의 굴레에 갇혔고 그것이 곧 불행의 시작이었다. 리더는 이런 미향에게도 행복을 약속했을까. 미향이의 불행은 어떻게 없앨 수 있을까.

너를 행복하게 해주려면 누구를 징벌하면 될까.

딱 나만큼만

"음! 과거 교통사고 원인을 찾아서 책임이 있는 사람을 벌하면 되지 않을까?"

"그날의 사고를 원망하는 일은 더 이상 나의 불행이 아닌걸요."

"그래도 누군가에게 분명히 책임이!"

"상대 차량 운전사 역시 이제 만날 수 없어요."

아무 말도 할 수 없었다. 모든 불행이 징벌의 대상이 되는 것은 아니었다. 그렇다면 불행을 안겨준 자들을 징벌해야 한다는 초능력자의 당위가 불완전해진다. 신의 계시가 반쪽짜리일 수 있나. 신도 실수를 할까. 왜 미향에게는 징벌의 대상을 내려주지 않았을까. 진심으로 미향이가 행복해졌으면 좋겠는데.

흙길에는 자갈과 돌부리가 많았다. 경사진 길에서 넘어지지 않기 위해 발끝에 힘을 줘 함께 걸었다. 내가 휘청거리면 미향이 나를 잡아주고 미향이 휘청거리면 내가 잡아주었다. 서로를 돕는 일은 이렇게나 간단하지만, 상대를 기나긴 불행에서 구해주는 일은 쉽지 않았다. 나는 그녀의 삶에서 작은 돌부리가 나오길 바랐다. 그녀가 돌부리만 찾는다면, 내가 그 돌부리를 뻥 차주면 되니까. 하지만 이어진 많은 대화에서도 나는 정답을 찾을 수가 없었다.

길 어귀에 도착하여 승용차에 올라탔다. 아저씨는 나를 친한 선배 정도로 알고 있었다. 우리가 무엇을 했는지는 숨겨야 한다고 생각했기에 미향과 둘만의 대화를 할 수는 없었다. 아저씨는 사는 곳, 성적,

취미 등의 시시콜콜한 요소를 묻지도 않았다. 미향도 아버지와 별말을 나누지 않아 승용차 안이 고요했다. 꼭 택시에 모르는 사람과 합석한 기분이었다. 어색한 분위기를 느꼈는지 아저씨는 라디오를 틀었다. 그게 끝이었다. 승용차 안에서는 아무런 교류도 생기지 않았다.

먼 길을 타고 가느라 졸다 깨다 반복했다. 잠깐씩 깰 때마다 창밖의 풍경이 조금씩 도시와 가까워졌다. 세 번째로 눈을 뜰 즈음에는, 완연한 도시여서 오늘 겪은 것들이 이세계의 경험으로 느껴질 정도였다. 과연 그런 곳이 실제로 존재했는지, 내가 꿈을 꾼 건 아닌지 하는 영양가 없는 의구심이 들었다. 그러나 나는 지금 현실을 살고 있었다. 이 사실만큼은 변하지 않았다.

한참을 더 달려 익숙한 동네에 도달했다. 차를 타고 온 덕분에 교통비를 아낄 수 있었네. 마지막 감상이었다.

아파트 정문 앞에서 우리는 함께 내렸다. 미향은 101동 입구까지만 데려다주겠다고 했다. 아직 늦은 밤도 아니거니와 정문에서 101동까지는 그리 멀지 않았으나 굳이 그러겠다는데 말리지 않았다.

오늘 정말 피곤하지, 배고프다, 예능 프로그램 하는 날이네⋯⋯. 토막 대화만 몇 마디 나눴는데 벌써 현관이었다. 작은 아파트에서 나누는 배웅은 길지 않았다. 엘리베이터를 타려 했는데 미향의 표정이 이상했다. 하고 싶은 말이 있어 보였다.

"언니 사실은요."

그러고 또 한참을 침묵했다. 앞머리를 만지면서 쭈뼛거리더니 겨우 한마디를 꺼냈다.

"서클에 들어가지 않았으면 했어요. 초능력자가 등장하면 리더에게 알려주겠다고 약속하고 나온 거라 어쩔 수 없었어요."

내가 서클에 들어가지 않길 바랐구나. 먼저 제안한 건 분명 너였는데, 너도 마음이 오락가락하는 걸까. 어쩐지 표정이 좋아 보이지 않더라. 하지만 내 불행에는 징벌의 대상이 있어서 리더의 계획과 딱 맞는걸. 다시 현관 밖으로 나가 그녀의 어깨를 두드리며 신경 쓰지 말라고, 괜찮다고 말해주었다. 한때 유인책이었던 자신 때문에 내가 무시무시한 서클에 들어가게 돼 미안한가 보다. 나는 오히려 미안함을 애써 표현조차 하지 못하는 그 모습이 고마웠다.

짧은 대화가 끝나자 미향은 서둘러 정문으로 뛰어가버렸다. 나는 그녀가 차를 타는 모습까지 지켜본 뒤에야 시선을 거두고 엘리베이터에 탔다. 어서 쉬고 싶었다.

08
너무 많은 추궁과
너무 많은 위로

아빠는 어디서 뭘 하고 왔냐는 질문을 하지 않았다. 시시콜콜한 취조도 관심의 산물이기에 아빠에게서는 기대가 불가했다. 오늘은 엄마도 별말을 하지 않았다.

모처럼 주말 저녁 식사 자리에 온 식구가, 그래봤자 세 명뿐이지만 다 같이 둘러앉았다. 그러나 우리의 대기에는 음성이 없었다. 아빠가 나를 조금은 두려워하고 있다는 게 느껴졌다. 공연하게 시비를 거는 횟수도 줄었거니와 엄마에게 이야기할 때도 눈치를 봤다.

그렇다고 기가 확 죽어버린 건 아니었다. 내가 없을 때면 엄마에게 화풀이를 더 많이 했다. 그러니 나는 여전히 아빠를 증오했다. 강자에게 약하고 약자에게 강한 비겁자. 차라리 우리 집에 없는 편이 더 나아.

고성이 오가지 않는다고 해서 식탁이 평화로운 건 아니었다. 침묵은 긍정적으로 해석되지 않는다. 그저 표면적인 싸움이 없다는 의미일 뿐.

괜히 침묵을 깨고 싶어졌다. 심술이 났다.

"엄마, 내 추리닝 빨아놓은 거 어디에 있어?"

"안방 농 안에 뒀어. 왜?"

"다음 주부터 주말마다 친구랑 운동 다닐 것 같아."

부모의 심기를 거스르는 말이었다. 고등학교 2학년이나 됐으면서 주말마다 책 더미 사이에 콕 박혀 있을 생각은 하지 않고 운동을 하러 가겠다니, 감히 건강 따위를 챙기겠단 말을 하다니! 불호령이 떨어질 일이었다. 빠르게 눈알을 굴려 그들의 반응을 살폈다. 그들의 낡은 미간이 살짝 굽었다.

"웬 운동? 공부는 어쩌고."

엄마는 빤한 질문을 했다.

"공부도 할 거야. 체력 관리랑 같이 하는 거지. 겸사겸사."

나는 더 빤한 답을 했다. 엄마는 흠, 하는 짧은 한숨과 그래, 라는 답만 뱉고는 그 이상 대화에 응하지 않았다. 나물 반찬을 씹는 소리만 서걱거리며 들려왔다. 그 소리를 네 번쯤 들었을 때 이미 엄마의 식사는 끝나 있었다. 일어나 밥그릇과 국그릇을 들고 설거지통에 담그러 가버렸다. 아빠와 나만 남았다.

겸상을 하고 있으면 넘어갈 밥도 올라올 지경이라 바로 자리에서 일어섰다. 밥 덩이가 아직 네 숟갈이나 남았지만, 모조리 음식물 쓰레기통에 버렸다.

엄마는 왜 마저 먹지 않느냐고 물었다. 그건 남기지 말라는 의미는 아니었다. 그냥 습관처럼 하는 말이었다. 내가 왜 밥을 어정쩡하게 먹고 일어나는지 누구보다 잘 아는 사람이니까.

"버르장머리 없는 것."

마지막에서야 자존심을 세웠다. 뒤통수에다 대고 기어코 한마디를 뱉어야만 자신의 위세가 추락하지 않는다고 생각하는 어른이었다. 유치했다. 또 본때를 보여줄까 생각하다가, 얌전히 밥을 먹고 겨우 한마디 뱉은 게 안쓰럽기도 해 한번 째려보고 말았다. 눈이 마주쳤을 때 분명 내 시선이 곱지 않다는 걸 느꼈을 거다. 살짝 움찔하는 듯 보였다. 아버지, 제가 두려우시면 이제 덤비질 마요.

안방에 들어가 농 안의 추리닝을 챙겼다. 다음 주말에야 훈련을 제대로 시작하겠지만 그냥 오늘 챙기고 싶었다. 수학여행 며칠 전부터 옷을 사고 미용실에 가고 다이어트를 하잖아. 내게는 오늘이 수학여행 공지를 받은 날과 다를 바 없었다. 서클 덕에 앞으로 생길 일들이 얼마나 대단하고 장엄할지 선명히 마음에 와닿지는 않지만, 우리는 분명 신의 계시를 받았다. 축복받은 영웅이 될 수 있다. 그러기 위해 매주 험난한 훈련을 하겠지. 미리부터 준비해도 부족함이 없는 여정일 거다.

거실과 욕실에서도 자질구레한 물품들을 잔뜩 챙겼다. 땀을 많이 흘릴지도 모르니 여분의 수건과 양말, 혹시 메모할 것이 있을지 모르니 필기구와 아껴놓은 귀여운 떡 메모지, 약간의 돈, 양치 도구. 너무 여행 스타일인가? 훈련하러 가는 것치고는 조금 과한 것 같지만 유비무환이라는 말을 늘 기억하자고. 넘치게 준비해서 하나씩 덜어내면 돼.

순회를 마치고 방에 들어갈 때까지 아빠는 계속 밥을 먹고 있었다. 의도적으로 천천히 식사한다는 기분이 들었다. 내가 방으로 들어가고 나면 엄마에게 무슨 소리를 할 것 같았다. 그러지 않고서야 만날 국에 밥을 몽땅 말아 머슴처럼 먹던 양반이 느릿느릿하게 먹을 리가 없었다. 무슨 험담을 하기 위해 작정하고 폼을 잡는 건지 미웠다. 앞에서 윽박지를 수 없으니 비겁하게 뒤를 노리는 거잖아. 아마 이런 식으로 내가 없을 때 엄마에게 여러 차례 헛소리를 했겠지. 그리고 엄마가 나를 감싸면 분노 시동 액셀을 풀로 밟고 난동을 피웠을 것이다.

아빠의 분노는 세월이 흐를수록 세련되지 않고 꼬장꼬장해져서 눈을 감고도 추측할 만큼 지겨운 공식으로 전락했다. 오직 당사자만이 여전히 무대에서 잘 먹히는 줄 알고 있다. 이제 아빠가 어떤 식으로 화를 내고 무슨 말에 기계처럼 반응하는지, 그게 어떤 상황을 만드는지 전부 알고 있다. 그러니 극적인 일은 일어나지 않았다. 이 무대에는 관중 역시 없었다. 모두가 커튼 천을 쥐고 있는 스태프일 뿐이었다. 엄마는 알면서도 도저히 천을 움직일 수 없어 끝내 박수만 치고 있는 가짜 관중으로 전락해버렸다.

난 아니다. 조만간 서클의 도움을 받아 이 천을 확 밀어버려 무대를 끝낼 것이다. 곧 벌어질 일이다.

"귀신이 들러붙었어. 쟤만 보면 자꾸 재수 없는 일이 벌어지잖아."

방문에 귀를 완전히 밀착시켜 아빠의 말을 엿들었다. 예측을 전혀 벗어나지 않았다. 아무리 목소리를 낮춰 이야기해보았자 이 좁은 집 구석에서 소리를 차단할 방법은 없었다. 엄마의 한숨이 수차례 들렸고 아빠가 밥그릇을 수저로 깡깡 부딪는 소리도 함께 들렸다.

"부적이라도 하나 쓰든가 집에 무당이라도 불러. 또 아플까 싶어서 쟤한테 말을 못 하겠어!"

"됐어요. 우연의 일치겠지요."

"말이라고 해? 쟤가 눈만 쏘아붙이면 몸이 찌릿찌릿하고 얼마나 아픈지! 당신은 안 아프다고 모르쇠 하는 거야? 애비한테 무슨 짓을 저지르는지도 모르는 애를 감싸고."

"당신도 제발 좀 그만해요. 그래도 딸인데 무당을 부르라니."

"쓰읍. 말대꾸하지 말아. 내가 그렇다면 그런 거야."

숨을 죽이고 그의 상태를 직감했다. 게임 캐릭터의 텐션 게이지가 차면 필살기가 나오듯 그도 지금 게이지를 올리고 있다. 난폭하게 변신해버리면 당장 나가서 엄마를 보호할 생각이었다. 다행히 엄마가 저자세를 지키며 깨갱 했기 때문에 게이지는 더 오르지 않았다. 잠자코 숨소리를 줄였다. 이윽고 설거지 시작을 알리는 물소리가 들려왔

다. 안방 문이 열린 뒤 쾅 닫히는 소리도 함께 들렸다. 모두의 식사가
끝났다.

기분 나빠. 귀신이라니. 본인이 잘못한 건 절대 생각하지 않는 사
람이었다. 왜 이 집에서 자기만 이유 모를 고통에 휩싸이는지 맥락을
살펴보면 단박에 눈치를 챌 텐데. 아무리 피붙이고 가족이라지만 나
는 오래전에 저 사람을 가족 명단에서 지워버렸으므로 그에게 어떤
일이든지 할 수 있었다. 그런데도 가족을 해치려 한다는 죄책감이 찾
아와 의지를 꺾으려 했다.

멈추지 말아야 해. 아빠를 끊임없이 미워하고 원망해야만 해. 그래
야 나와 서클이 나쁜 일을 저질러도 후회하지 않을 테니까. 난 효녀
가 되려는 게 아니잖아. 불효만이 살길이다!

아빠는 자신의 잘못을 돌아보지 않는 어리석은 사람이었다. 가족
을 지키는 것보다 무자비한 폭력으로 군림하는 게 중요하다고 생각
하는 덜떨어진 왕이고, 그래서 가족에게 사랑받지 못한다. 엄마와 딸
고작 둘뿐인 식구도 마음으로 품을 줄 모르는 속 좁은 왕. 왜 본인만
아픈지 이유를 찾지 못하고 그저 무속신앙에 기댈 뿐인 나태한 존재
였다. 생각하면 할수록 화가 나. 왜 내가 귀신 씐 아이 취급을 받아야
해? 물건을 가방에 담던 손이 점점 뜨거워졌다. 나는 엄한 물건을 세
차게 가방 속으로 던지며 화풀이했다. 화풀이하는 순간만큼은 아빠
와 다르지 않았다.

유전이구나. 나는 그의 딸이 맞는구나. 분노의 기원이 저 인간과 맞닿아 있다고 생각하자 수치스러워졌다. 하필이면 왜 분노를 물려받은 걸까.

똑똑.

엄마가 방문을 빼꼼 열고 얼굴을 내비쳤다. 고개를 끄덕거리며 들어와도 된다는 신호를 보내니 슬쩍 들어와 침대에 걸터앉았다. 방문을 꼭 닫고 들어오는 모습으로 보아 아빠와 관련된 얘기를 할 것이다.

짐작은 틀리지 않았다. 엄마는 요즘 이상하게 몸이 아프거나 평상시와 다른 일을 겪지 않느냐고 물어봤다. 혹시나 딸의 몸에 귀신이라도 들어온 건지 시험해보려는 물음인 걸 알고 있었기에 태연하게 아니라고 대답했다. 아빠가 몸을 배배 꼴 정도로 아픈 건 심보를 못되게 먹어서라는 말까지 덧붙였다. 엄마는 한숨을 푹 쉬었다. 아빠가 내 욕을 해도, 내가 아빠 욕을 해도 엄마는 한숨뿐이었다. 무조건 내 편이라고 믿는 유일한 가족이지만 가끔 엄마의 한숨 소리를 듣고 있노라면 엄마가 내 편이 아닌 것만 같았다.

그래서 한숨이 싫다. 어떤 이유에서든 싫다.

만약 이상한 기운을 느끼거나 허깨비를 본다면 가능한 한 빨리 자신에게 말하라고 했다. 아니, 즉시 말을 해야만 한다고 문장을 고쳐 말했다. 두 손으로 내 오른손을 감싸고 언제나 내 편이라고 말했지만 이런 대화를 시도한 것 자체가 내 편이 아니라는 뜻이었다. 엄마는 귀신이 어쩌고 하는 아빠의 말을 어렴풋이 믿고 있는 거다. 그렇지 않으면 굳이 이런 뉘앙스의 말을 할 리가 없었다. 신의 계시를 받은 거지 귀신의 꼭두각시가 된 건 아닌데. 사실대로 말하지 못해 답답했지만 그럴수록 더 오기로 말을 하고 싶지 않아졌다.

엄마도, 아빠도 제발 나를 자극하지 말아줬으면 좋겠다. 너무 많은 추궁과 너무 많은 위로는 오히려 오기를 불러일으키는걸.

"귀신에 씐 건 매일 이유 없이 버럭버럭 화내는 아빠가 아닐까?"

"그런 말은 함부로 하는 게 아니야."

"아빠가 딸한테 귀신이 어쩌고 하는 건 되고?"

엄마는 고개를 푹 숙였다. 더 반박할 논리가 없어서인지, 대화할 의지가 모두 꺾여버린 건지 알 수 없었다. 엄마는 본인이 원하면 언제든지 시선을 거둘 수 있었다. 하지만 어떤 상황에서도 회피는 정답이 되지 못했다.

우리는 손만 잡은 채로 대화를 멈췄다. 뭐라 한마디라도 뱉어야 이 상황을 바꿀 수 있다는 걸 잘 알고 있다. 하지만 혀끝에 대기 중인 말들이 절대 부드럽지 않다는 걸 알아차렸다. 그저 삼키는 게 현명한 답이었다. 마음을 먹으면 엄마까지 할퀼 수 있는 말들이 내겐 아주 많지만 한 번도 뱉은 적은 없었다. 못 해서가 아니라 하지 않은 것이다.

시간이 늦었으니 자라는 말을 남기고 엄마가 방을 나갔다. 아빠는 그런 말을 해도 돼, 아빠도 그런 말을 하면 안 돼. 어떤 대답도 남기지 않았다. 엄마의 회피 역시 유구한 아빠의 폭력이 만든 결과였다. 엄마를 원망하고 싶지는 않았다. 조금이라도 미워할 시간이 더 생기면 그 시간까지 쥐어짜서 아빠를 탓해야만 했다. 엄마에게도 상처를 쥐버린다면 이 불행한 가정에서 행복해질 수 있는 사람은 그 누구도 없으니까.

엄마는 어떻게 생각할지 모르겠지만 엄마의 불행은 나와 연결돼 있다. 우리의 불행은 저마다의 몫이 아니라 사실은 연결된 사슬이었다. 끊어지지 않았다. 한 사람이 아프면 다른 사람도 함께 고통에 옮아졌다. 나는 엄마를 어떠한 경로로든 공격하고 싶지 않았다. 오늘처럼 아빠에게 반기를 드는 일만이 내가 할 수 있는 전부였다. 나약해지는 내 마음이 싫다. 엄마는 왜 아빠랑 꾸역꾸역 함께 사는 걸까. 돈 때문이겠지. 그래 뭐, 이런 세속적인 생각은 할 필요가 없었다. 이 부분이야말로 내 능력 밖 '진짜 어른들'의 문제니 관여해선 안 됐다. 아직 그럴 능력은 없었다.

꺼지지 않는 불꽃이 마음속에서 점화되는 걸 느끼며 침대에 누웠다. 불꽃이 솟아오를 때마다 온몸이 달궈졌다. 분노와 함께 눈을 감는 밤은 역설적이게도 참 추웠다.

마음이 시리다.

09
어울리는 대우

학교생활이 이상해졌다. 모르는 아이들이 나를 향해 보내는 눈빛이 달라졌다. 우연히 마주치는 낯선 학생에게 보내는 눈빛이 아니었다. 1학년 명찰을 달고 있는 한 여자아이와 마주쳤는데 나와 시우를 보고서는 후다닥 반대 방향으로 되돌아 뛰어갔다. 그러더니 복도의 모퉁이에서 한 여자아이를 더 데려왔다. 꼭 위험한 길에 보호자라도 대동하듯이 말이다. 둘은 우리를 바라보며 먼발치서 속닥거렸다. '우리'라고 말하긴 했지만, 사실은 시우가 아닌 나를 보고 있다는 사실을 알았다. 하지만 왠지 인정하고 싶지 않았다. 나만 별종이 되는 기분이라.

둘은 서로의 팔을 꼭 잡고선 우리 쪽으로 느릿느릿하게 걸어왔다. 복도는 하나뿐이고 반대쪽 계단으로 가려면 나를 지나쳐야만 했다. 둘은 어쩔 수 없이 우리 쪽으로 점점 더 다가왔다. 신경 쓰지 않으려 했지만 온 감각이 낯선 두 여자아이에게 집중됐다. 옆에서 시우가 아이돌 얘기로 알아듣지 못할 말들을 늘어놨지만 하나도 들리지 않았다.

"오빠들을 위해 조향사가 되겠다고 했잖아. 마침 청소년 대회도 있더라고."

또 조향사 얘기였다. 꽤 오랜 시간이 지났는데도 아직 이 이야기를 하고 있구나. 금세 또 바뀌어버릴 꿈 얘기라면 더 듣지 않아도 되겠다 판단하여 마음 편히 여자아이들에게 집중했다. 나와 가까워질수록 눈빛이 이상해졌다. 마치 못 볼 거라도 본 것처럼.

박윤지, 김소연. 명찰을 또렷하게 읽을 수 있을 정도로 가까워졌을 때 비로소 대화 내용을 엿들었다. 하지만 그건 괜한 오지랖이었다. 듣지 않는 편이 더 좋았을 거다.

"저 언니 아니야? 그 메두사."

"맞아. 근처에 가면 이유도 없이 사람이 아프대. 눈 마주치지 마."

"으으, 목소리 낮춰……."

집에서는 귀신 씐 딸, 학교에서는 메두사. 고개를 숙여 가슴팍을 바라보았다. 명찰은 제자리에 있다. 하지만 능력을 얻은 이후로 이름은 쓸모를 잃어가고 있다. 나를 욕보이는 세상이 싫었다.

"야."

내 뒤로 지나가려는 그들을 홧김에 불러 세웠다. 한 아이는 몸을 움찔거렸으나 돌아보지 않았고 다른 아이는 매우 놀라며 뒤를 돌아보았다. 돌아선 채 어쩔 줄 몰라 하는 아이에게 몰아세우듯 통증을 줬다. 어디를 어떻게 아프게 할지 정확히 생각도 하지 않고 무작정 고통을 퍼부었다. 그 애는 마구 비명을 질러댔다. 옆의 아이가 재빨리 부축하며 나에게서 멀리 떨어뜨렸다. 아파하던 아이는 복도 끝 계단에 도착해서야 털썩 바닥에 반쯤 쓰러져 울음을 터트렸다. 적잖이 놀랐겠지.

"거봐, 메두사라고 했잖아."

아무렇지도 않게 시우와 갈 길을 가려던 찰나, 등 뒤에 화살촉이 꽂혔다. 손이 파들파들 떨렸지만 애써 무시했다. 시우도 역시 놀란 걸까. 복도를 걸어가는 동안 우리는 아무 대화도 나누지 않았다. 시우와는 이런 식으로 침묵의 시간을 가진 적이 없었다. 짧은 복도를 다 지나기도 전에 침묵에 짓눌려 숨이 막혀버릴 것 같았다. 조향사 얘기든, 아이돌 얘기든 뭐든 좋으니까 아까처럼 떠들어주었으면 좋겠다. 시우만큼은 나를 그저 예전처럼 똑같이 생각해주었으면.

"왜 아무 말이 없어?"

용기를 내 물었다. 왜 말이 없냐는 물음에까지 시우는 아무런 말을 하지 않았다. 자세히 보니 손끝이 살짝 떨리는 듯했다. 어째서 내 앞에서 떨고 있는 거지.

"혹시 너…… 내가 무서워?"

억울했다. 학교에서 능력을 사용했던 이유는 시우를 괴롭혔던 수학 선생을 혼내주기 위해서였는데. 메두사라느니 귀신이라느니 기분 나쁜 별칭이 붙어도 시우를 공격할 생각은 없었다. 왜 날 무서워하는지 이해할 수 없었다. 오히려 초능력을 가진 사람이 자신의 베스트 프렌드라면 안심해야 하지 않나? 마음에 들지 않는 다른 아이들도 괴롭혀달라고 이것저것 부탁해야 하는 거 아니야? 귀찮을 정도로 말을 걸고 문자메시지를 보내고 주말에도 만나자고 하고 더, 더 친해지고 싶어 하고!

그게 초능력자에게 어울리는 대우 아니야?

"너 요즘 좀 이상해. 사람들이 아파도 너는 아무렇지 않아?"

시우는 더 이상 내게 고마워하지 않았다. 내가 자신의 옆에 있어도 즐거워하지 않았다. 어쩌면 꽤 오래전부터 억지로 내 옆을 지켰는지도 몰랐다. 아까까지 떠들던 조향사 얘기마저 겨우 쥐어짜낸 말들이었을지도.

아무런 능력이 없을 때는 매니저를 자처하던 친구가 이제는 묘한 거리감을 두고 있다. 강해진 능력을 사람들에게 보일 때마다 거리가 더욱 멀어졌다. 계시자는 원래 고독한 건가요? 이것도 신이 주는 시련인 걸까. 친구를 잃고 싶지 않았다. 친구까지 잃어버리면 안 돼. 이런 식으로 신이 내 삶을 갈취할 리 없었다.

똑 부러지게 말은 못 하면서 애꿎은 감정만 넘쳐흘렀다. 뭐라고 지껄이긴 했으나 그건 내 머리가 시킨 게 아니었다. 그냥 입술이 알아서 해버린 운동이었다. 아마도 변명이었겠지. 시우는 살짝 떨리는 팔을 풀어 나를 안아주곤 다독였다. 그러나 이것마저 나를 두려워하는 마음에서 나온 걸지도 모른다 의심하니 스스로가 더 비참해졌다. 그저 더 강해지고 싶었을 뿐인데, 왜 자꾸만 무언가를 상실하는 기분이 드는 걸까.

"솔직히 말해줘. 저번에 수학도 그렇고 요즘 이상한 일들에 어째서 네가 엮여 있는 거야? 무슨 말을 해도 너를 이해해볼게."

아니. 이해는 왜 사계절이 존재하고 중력이 있는지에 대한 것이지 보이지 않고 믿기지도 않는 것들에 적용되는 말이 아니었다. 나의 능력을 알아차린다면 그녀는 이해하지 못할 거다. 판단을 하려고 하겠지. 시우가 믿지 않을 거라 생각해서 사실을 말하지 않았다.

이제 사실 여부는 중요하지 않아 보였다. 시우는 이미 그 모든 일이 인과관계를 설명할 수 없는 이상한 현상에서 비롯된 일임을 인지하고 있다. 초능력이라는 단어만 사용하지 않았을 뿐이다. 시우는 그저 듣고 싶은 것이다. 내가 스스로의 과오를 인정하는지 혹은 심증을 무시하고 한 번 더 도망가는지. 후자를 선택한다고 해서 시우가 자신의 추측을 증명할 수는 없었다. 그녀는 나를 두려워하고 있으며 이 초능력은 어떤 물증도 남기지 않으니.

그러니까 이 질문은 나를 시험에 들게 하는 질문이었다. 신이 아닌 사람도, 사람을 시험에 들게 할 수 있을까. 만약 그렇다면 사람은 어떤 선택을 해야 신의 미움을 받지 않을까. 신에게 능력을 받아놓고 인간에게 이실직고해도 괜찮을까. 말을 하면 또 뭔가 달라지기는 할까. 시우가 나의 능력을 없애는 건 불가했다. 불행도 제거해줄 수 없고. 그녀는 초능력자가 아니었다. 그렇다면 시우에게 사실을 말하나 길거리에 떠도는 고양이들에게 사실을 말하나 아무것도 다를 바가 없었다.

"아직은 말할 수 없어. 하지만 무슨 일이 있어도 네가 아플 일은 없어."

"어떻게 장담해? 나도 똑같은 사람이야."

"넌 달라."

"뭐가 달라?"

"그냥 안 물어보면 안 돼?"

시험지를 받았지만, 답은 적지 않기로 했다. 무엇이 옳은 선택인지 지금은 결정하지 못하겠어. 시우는 고개를 작게 끄덕이고 떨떠름한 수긍을 남겼다. 그리고는 손을 잡아주었다.

우리는 복도 끝의 계단을 올라 교실로 향했다. 향하는 동안 시우는 머쓱해진 분위기를 풀기 위해서 다시 아이돌 얘기를 꺼냈다. 하지만 고조 없는 목소리만 들어도 그녀가 억지로 이야기를 이어나간다는 사실을 알 수 있었다. 그마저도 고마워해야겠지. 두려워하는 와중에도 도망가지 않았으니까. 어쩌면 아주 희미하게나마 나를 믿고 있다는 증거였다. 아직 시우는 나를 친구로 생각해주고 있는지도 몰랐다.

"아까 한 얘기는 앞으로 하지 않을게. 적어도 우리 둘은 불편해지지 말자."

"고마워 시우야."

끝까지 나를 포기하지 말아줘. 항상 같이 밥을 먹고 수다를 떨 수 있으면 좋겠다. 간절하게 말하고 싶지만, 너무 유치한 말들이었다. 낯간지러운 문장들이 우리의 사이를 오히려 해칠지도 몰랐다. 누군가 내 목구멍을 톡톡 치면 말들이 와르르 쏟아져 나올 것 같아서 나는 손으로 입을 꽉 막고 고개만 까딱이며 시우의 말을 들었다. 시우는 입을 틀어막고 있는 나를 보자 이상한 낌새를 눈치채고 안아주려 했다. 나는 웃으며 손을 내저었다. 울지 않고 있다는 걸 보여주고 싶었다. 됐어 관둬, 그녀는 머쓱해하며 한걸음 먼저 앞장서 걸었다.

교실에 들어가자마자 우리는 각자의 자리로 돌아갔다.

*
**

펜 하나가 없어졌다. 큰맘 먹고 산 비싼 펜인데 어디로 간 거지. 주변을 두리번거렸다. 옆자리 아이가 쓰고 있었다. 내가 내 펜을 쳐다보는 게 이상할 일은 아니기에 그 애가 쥐고 있는 나의 소유물을 빤히 바라보았다. 그러자 그 애는 소스라치게 놀라며 과장된 입 모양으로 말했다.

"이, 이거 네 거였어? 바닥에 떨어져 있어서 그냥 썼어. 당장 돌려줄게. 미안해."

만약 우연히 바닥에 떨어진 게 사실이라면 그 정도로 미안할 일은 아니었다. 펜이라는 건 원래 둥글게 생겨 혼자 놔두어도 잘 굴러떨어지는 녀석이니 충분히 그럴 수 있었다. 아끼는 물건이지만 지금 당장은 쓸 일이 없어 괜찮다고 말했다. 빌려준 셈 치면 되니 말이다. 하지만 그 애는 무척 불편해 보였다. 곤란한 얼굴로 손사래를 치며 당장 돌려주려 했다.

그때 나연이 우리 사이에 끼어들었다.

"그냥 쓰고 돌려주면 돼. 너 써."

하지만 그 애는 미안하다며 펜을 돌려주었다. 기어코 내 자리까지 와서 친히 올려놓았다. 주인에게로 돌아온 펜은 죄가 없었다. 나연이 날 죽일 듯이 노려봤다. 눈썹부터가 '나 지금 너무 못마땅해'를 외치고 있다. 내 펜을 내가 돌려받은 것뿐인데 뭐가 그리 불만인 거지. 나를 가만히 좀 놔두었으면 좋겠다. 반에서는 능력도 쓰지 않잖아.

"너 아주 기분 좋겠다?"

"그만해."

"다 네 눈치만 보니까 뭐라도 된 것 같지?"

나연이 슬슬 시동을 걸기 시작했다. 대화에 한 번이라도 응했다가는 야단이 벌어질 거다. 윤영은 자기 자리에서 우리를 가만히 쳐다보았다. 떠드는 건 나연이지만 분명 배후에는 저 애가 있었다. 얄팍한 자극에 응해주고 싶지는 않아서 화를 꾹 눌러 참았다. 빨리 수업 시작 종이나 쳤으면 좋겠다.

"오늘 내 동생도 건드렸다면서? 아주 학교를 쥐락펴락하네. 귀신 들린 게 그렇게 대단해? 어디 나한테도 저주를 내려보시지 그래."

"무슨 소리야."

"이미 카톡으로 다 들었어. 시치미 떼지 마."

애가 지금 무슨 망상을 하는 걸까. 동생이라니? 순간 아까 복도에서 보았던 아이의 이름이 떠올랐다.

아아 그렇구나. 그제야 나는 별 재수 없는 일에 얽혔음을 자각했다. 설마 자기 동생까지 시켜 일부러 그런 짓을 벌인 걸까. 그저 이렇게 한번 나를 욕보이고 싶어서? 에이 설마. 나연이 그 정도로 치밀하게 그림을 그렸을 리는 없었다. 요즘 교실에서는 정말 조용히 생활하고 있기 때문에 딱히 미움 살 일을 하지 않았단 말이다. 만약 모든 일이 저들의 작당 모의에서 나온 일이라면 억울했다. 이렇게까지 괴롭힐 이유가 없었다.

아무리 생각해도 이건 초능력자를 향한 적절한 대우가 아니잖아.

침묵했다. 떠들어대는 나연 쪽을 바라보지도 않았다. 반 아이들이 곁눈질했지만 평소 이 정도의 소란은 종종 있는 편이었다. 그래서인지 아이들은 으레 있는 일이라 생각하고 자신들의 이야기로 재빨리 되돌아갔다. 여기에서 끝난다면 별말 하지 않고 넘어갈 수 있다. 더 자극하지 말아줬으면 했다. 경고하기 위해 나연이 아닌 윤영을 노려보았다. 그녀는 오히려 눈썹을 팔자로 만들고 마치 자신은 아무런 죄도 없다는 양 무해한 표정을 지었다. 그러나 정말로 죄 없는 사람의 표정은 아니었다. 그녀의 입꼬리는 올라가 있었다.

"내 말 듣고 있어? 네가 기어코 내 동생까지 건드린 거, 다 안다고. 이런 식으로 뭐라도 된 듯 행동하면 우린 곤란해."

나연이 분명 '우리'라고 했다. 그래. 나의 세상에서 시우와 내가 우리이듯, 이 아이들에게도 우리가 있다. 같은 반 아이들을 쥐락펴락할 수 있는 강력한 힘을 가진 '우리'였다. 지금 내게 화를 내는 이유는 자신의 동생을 아프게 해서가 아니었다. 본인이 가진 힘에 내가 위협이 된다는 사실을 필사적으로 방어하고 싶은 것이었다. 저 흔들림 없는 눈동자가 과거엔 분명 두려웠다. 하지만 지금은 아니지. 일방적으로 내 쪽에서 그 '우리'를 봐주고 있는 것뿐.

지금껏 참은 건 소란스러운 일을 만들지 않기 위해서였다. 담임과 집에까지 원치 않는 이야기가 흘러가는 게 싫기 때문에 억지로 참는 거지 '윤영네 우리'가 무서워서는 아니었다.

"봐주는 것도 한계가 있어. 그만하라고 말했다."

가볍게 충고했다. 충고가 떨어지자마자 나연이 더는 못 참겠다는 듯 내 책상에 주먹을 쾅 내리쳤다. 똑똑히 보았다. 그녀의 하얀 손이 순간 꽉 쥐어져 책상을 타격하는 모습을. 이건 경고가 아니었다. 도발도 아니었다. 신호탄이었다. 나연은 그간 본인이 유지했던 나와의 관계를 재확인받길 원하고 있다. 승부를 걸어서까지 입지를 굳히고 싶은 거다. 선빵을 날렸다. 직접 나를 치지 않았을 뿐, 자신이 마음만 먹으면 얼마든지 신체를 타격할 수 있다는 폭력성을 보였다. 치욕적이었다. 그녀의 주먹에서 아빠를 보았다. 엄지발가락부터 정수리 두피까지 오소소 닭살이 돋았다.

이것만큼은 공포가 아니었다. 피가 거꾸로 솟고 있잖아.

만약 네가 초능력을 갖고 있다면 나와 달랐을까. 누굴 죽인 것도 아니고 그냥 능력을 테스트할 겸 몇 번 써봤더니 졸지에 귀신 썬 사람 취급받고 학교 후배들은 메두사라며 날 조롱해. 두려워하면서도 그에 마땅한 행동은 하지 않고 나를 경멸하듯이 슬금슬금 피해 가잖아. 그러면 화가 나서라도 공격하고 싶지 않겠어? 길가에서 덩치 큰 개를 보았다면 가만히 그 자리에서 얼어붙거나 주저앉아야 개의 입장에선 통쾌할 텐데, 그러지 않고 엉덩이를 보이며 도발하면 어쩌자는 건지. 네 동생이 당한 고통, 사실 그리 크지도 않아. 어지간히 온실속 화초였나 보지. 내가 겪은 아픔들에는 견주지도 못할 텐데.

일어섰다. 나연은 여전히 주먹을 책상에 딱 붙인 채 내게서 시선을 떼지 않았다. 권력자다운 대단한 배짱, 실은 꽤나 야만적이었다. 먹잇감을 절대 놓치지 않는 짐승이나 이런 눈으로 사람을 바라봤다. 사람과의 대화는 말로 하는 것이고 짐승과의 대화는 생니로 하는 것. 인간의 말 대신 다른 걸 선택하기로 했다. 이 아이를 용서하지 말아야겠다.

"너 그거 알아? 복도에 CCTV 있다?"

윤영이 끼어들어 말했다. 그녀는 자리에서 미동도 하지 않았다. 하지만 끊임없이 이 상황에 관여하고 동시에 거들었다. 그녀는 반 아이들을 어떤 식으로 조종해야 하는지 너무나 잘 알고 있다. 이렇게 한마디 뱉으면서 턱을 괴는 제스처만 취해줘도 기세를 자신 쪽으로 끌어올 수 있었다.

여유로운 표정으로 앉아 있는 반의 실세, 표정이 잔뜩 일그러져서 벌떡 일어난 반의 하층민, 그 사이에서 주먹을 쥐고 매서운 눈빛을 보내고 있는 중간관리자. 누가 보면 내가 심판을 받는 줄 알 것이다. 하층민 따위가 감히 실세의 징벌에 저항하는 꼴. 멍청한 중간관리자는 신이 나 더 날뛰었다.

나연은 자기 가치를 착각하고 있다. 자신이 지금 장면에서 실세 다음으로 비중이 높은 역할이라고. 어쩌면 이번에는 본인이 주인공이라고 생각할지도 몰랐다. 그러지 않고서야 이따위 짓거리를 할 리가 없었다. 무언가 보여주고 싶겠지. 하층민이 자신에게 겁먹어 찍소리도 하지 못하는 꼴을 다른 아이들에게 전시하려는 속셈! 아이들이 만든 권력의 계보는 이런 식으로 결속됐다. 하층민은 전시되었고 방관자들은 관람했다. 나는 지금 이 둘의 전시물로 전락했다. 신이 선택한 사람은 나인데 아직도 반에서 이따위의 취급을 받아야 하다니.

참기 힘들었다.

어떤 고통을 줄까. 더 까불지 못하도록 매서운 벌을 내려야겠다. 숨이 턱턱 막히는 질식의 고통은 어떨까. 얄미운 입들로 왱알왱알 떠들지 못하도록 입에 거품이라도 물게 해줄까. CCTV가 있든 몰래 수백 명의 관중을 숨겨놨든, 아니, 유튜브로 수천 명에게 생중계하든 이제 신경 쓰지 않겠어. 가짜 신에게 권력을 의탁한 모든 이들을 징벌하겠다. 정말 신의 능력을 받은 사람에게 보여줘야 할 태도가 무엇인지 스스로 파악하게 만들 거야. 시우를 제외한 그 누구도 징벌에서 자유롭지 못해. 너희가 감당하지 못할 가장 큰 고통이 필요해. 역시 심플하게 두들겨 맞는 고통이 좋겠다.

몇 년 전 반찬 투정을 한다는 이유로 아빠에게 죽도록 타작당한 아픔을 떠올렸다. 그때 난 차라리 뼈가 으스러져 몸이 물렁해지면 좋겠다고 생각했다. 그러면 상대도 타작할 맛이 나지 않아 멈출 테니까.

너희도 하나 간직하면 좋겠네. 고통이 남기는 아주 긴 기억을.

결정했다. 온몸에 기가 움직이는 흐름이 느껴졌다. 큰 기운이었다. 이걸 받아내면 저 두 명은 여태껏 본 적 없는 상태가 될지도 몰랐다.

느껴본 기의 덩어리 중 가장 컸다. 나연의 눈을 바라보고 기를 보내려 했다. 넌 이제 끝장……!

"언니! 도서관 사서 쌤이 지금 바로 내려오래요."

누군가 손을 거칠게 잡아끌었다. 일순간 집중해놓은 기 덩어리가 흐트러져버리며 몸속으로 다시 퍼졌다. 그 누군가가 나의 손을 더 세차게 흔들어댔다. 나는 개의치 않고 자리에 멈춰서 나연을 똑바로 쳐다보며 다시 커다란 불행을 보내려 했지만, 몸이 흔들려 집중할 수 없었다. 기의 덩어리가 모두 해체되었다고 직감한 순간, 분노가 치밀어 올랐다. 팔을 잡아끄는 불청객을 죽일 듯이 노려보았다. 미향이 애타게 나를 붙잡고 있었다.

미향은 나의 손을 잡고 냅다 뛰기 시작했다. 얼떨결에 교실 밖으로 완전히 나와 도서관 근처까지 다다른 뒤에야 이게 뭐 하는 짓이냐며 따져 물었다. 그녀는 한낮의 뜀박질이 익숙지 않은 듯 가쁜 호흡을 뱉었다. 곧 있으면 5교시가 시작할 텐데 도서관 사서가 갑자기 나를 부를 일은 없었다. 왜 별안간 들이닥쳐서 방해한 거야. 미향을 알고 지낸 이후로 처음이었다. 미향이 지금처럼 나를 먼저 찾아온 적은한 번도 없었다.

"……소연이의 기억에 언니가 있어서."

"걔를 알아?"

"……같은 반."

학교 안에서 벌어지는 일은 생각보다 참 퍼지기 쉬웠다. 아마 미향의 반 아이들에게 내가 메두사 어쩌고가 맞았다는 소문이 이미 퍼졌을 거다. 예상대로 도서관 사서가 부른 건 거짓말이었다.

미향은 갑자기 끌고 나온 행동은 사과했지만, 그 아이들을 징벌하려던 나를 방해한 사실에 대해서는 이렇다 말이 없었다. 못마땅했다. 이 아이의 속내를 모르겠다. 내가 서클에 들어가지 않기를 바랐다고 말하지를 않나. 능력자들의 불행을 없애려는 리더의 청사진에도 부정적인 내색을 보였지. 이 아이는 분명 초능력자임에도 마치 그렇지 않은 아이들처럼 행동했다. 처음 봤을 때 분명 우리는 동류라고 느꼈는데, 어째서 같은 생각을 하지 않는 걸까.

"왜 말렸어? 그 애들이 나한테 어떤 애들인지 기억에서 봤을 텐데."

'그건 알지만……'이라며 말을 꺼내기에 대단한 반전이 있을 거라 생각했다. 하지만 미향은 우물쭈물했다. 덧붙여 나오는 말이 없었다. 아무리 기다려도 도서관 환풍기가 돌아가는 소리만 웅웅 들렸다. 이마를 쓸어 넘기거나 연신 손을 꼼지락거리며 불안한 모습만 보였다. 도서관에서 처음 만났을 때 보았던 여유는 없었다. 뭘 감추고 있는 걸까. 빙빙 둘러대는 말은 싫다. 차라리 '나는 초능력자 편이 아니라 선량한 대다수의 편이며 그것이 정의라 생각해요!' 따위의 허무맹랑한 주장이라도 좋으니 속 시원히 말해줬으면 좋겠다.

미향은 비밀이 너무 많았다. 나는 참지 못하고 몰아붙이듯 답변을 요구했다. 그럴수록 여린 동생이 입을 다물 거란 점을 모르지 않았지만, 지금은 감정이 조절되지 않는 상태였다. 윽박지르지 않은 것만 해도 많이 참은 셈이었다. 오늘의 경험으로 미루어보아 나에게 동생이 없는 점은 참 다행이었다. 내가 간절히 원함에도 불구하고.

입술이 꼼지락거리려는 찰나 수업 종이 울렸다. 늘 이런 식이지. 뭔가 속 시원히 해결하려고 하면 항상 애매모호하게 끝나버렸다. 이런 현실이 갑갑해 한숨을 푹 쉬었다. 땅이 물렀다면 맨틀까지 꺼졌을 거다.

나는 잡고 있던 손을 팽개치고선 교실로 돌아가겠다고 말했다. 자꾸만 학교에서 스트레스를 받는 일이 생겼다. 벅찼다. 미향과 이런 식으로 갈등을 겪고 싶지 않았다. 굳이 네가 아니어도 가족 때문에 충분히 힘들거든.

'학교 끝나고 전화할게요'라는 말까지 듣고서 나는 대답 없이 등을 돌렸다. 일단은 교실로 돌아가야 했고 기대하지 않은 문장에 가타부타 답하고 싶지 않았다. 반 아이들과 대치를 하다가 갑자기 왜 미향으로 상대가 바뀌었지, 지금 상황이 이해되지 않았다. 졸지에 미향은 한숨만 한 바가지 뒤집어썼다. 내 등을 보며 어떤 표정을 짓고 있는지 궁금했으나 참았다. 돌아보는 행동이 그녀의 답답함을 이해해주는 것처럼 보일까 봐서였다.

이 상황은 이해의 영역에 있지 않아. 판단의 영역에도 없고.

이미 5교시가 시작됐다. 선생님은 일찍 다니라며 나에게 한차례 주의를 주었다. 나 말고도 매점에 다녀오느라 늦게 착석한 아이가 몇 명 더 있었기에 그리 크게 꾸짖지는 않았다. 다만 방금까지 난리를 피워놓고 갑자기 사라져버린 게 도망치는 모습처럼 보였을까 신경 쓰였다. 자존심 상했다. 그러나 수업 중에 아까 끝내지 못한 일을 마저 할 수는 없었다. 미향이 개입해 똘똘 뭉쳐놓은 분노가 흩어져버렸다.

윤영은 아무렇지 않게 수업에 참여했다. 선생님이 묻는 말에 대답하거나 발표를 하는 등, 정말 아무렇지 않게 행동했다. 얄미워 죽을 맛이었다.

반면 나연의 치졸한 짓은 끝나지 않았다. 은근히 기 싸움을 걸어왔다. 86페이지에서 90페이지로 수업 내용이 바뀔 때 거세게 책장을 넘기는 소리가 두 번 들려왔다. 책이라도 찢을 기세였다. 그러자 나연의 짝꿍이 작은 목소리로 화가 났느냐고 물었다. 마치 나더러 들으라는 듯 말이다. 신호를 받고도 답신을 하지 않는다면 바보 취급을 당하겠지. 결국 90페이지에서 94페이지로 넘어갈 때, 오늘의 마지막 진도 범위에 도달했을 때 똑같은 짓을 해버렸다. 종이를 찢을 기세로 거칠게 넘겼다. 하지만 내 짝은 이유를 묻지 않았다. 나연은 신호를 받고서 낮은 목소리로 제정신이냐는 비아냥을 남겼다. 나 역시 왜 참

견이냐며 무겁게 읊조렸다. 이렇게까지 그녀의 심기를 거스른 건 처음이었다.

"너희 둘, 그럴 거면 뒤로 나가서 싸우지 그래?"

선생님의 작은 짜증으로 소란은 멈췄다. 다음 쉬는 시간, 그다음 수업 시간에도 묘한 기 싸움이 있었으나 직접적인 대치는 이뤄지지 않았다. 결국 징벌은 흐지부지돼버렸고 또 나만 잔뜩 물먹은 꼴이 됐다. 이럴 줄 알았으면 나연의 동생을 만났을 때 더 아프게 괴롭힐 걸 그랬다. 아주 그냥 펑펑 눈물을 쏟도록 만들걸. 분했다.

하굣길 시우에게 윤영과 나연, 실세 듀오가 얼마나 재수 없는지 열변을 토했다. 아무리 욕을 퍼부어도 속이 시원해지지 않았다. 시우는 오늘 있었던 일이 자신이 지켜본 여러 사달 중 가장 '특이'했다고 답했다. 특별이 아닌, 특이. 문득 시우가 지금도 나를 찜찜하게 생각하고 있지는 않을지 불안감이 들었다. 괜한 기우였으면 좋겠다.

손에 쥔 모래도 별로 없는데 그마저도 손밖으로 빠져나가려 하는 날이었다. 오늘 내가 했던 일들은 흘린 모래를 주워 담으려는 일이었나, 손바닥에 힘겹게 묻어 있는 알갱이까지 털어버리려던 일이었나. 하루를 정리하려는데 시우의 입에서 나온 '특이'라는 글자가 머리에 맴돌았다. 'Today was not special, today was strange, strange.' 나는 괜히 영어 문장을 만들어 곱씹었다. 이렇게 하면 특이하고 별종 같던 하루가 나에게서 조금은 멀어지는 기분이었다. 익숙하지 않은 말로 뭉쳐서라도 멀리 보내고 싶은 하루였다.

'내가 지켜본 여러 사달 중 가장 특이했어.' 나도 공감하는 바였다.

이래저래 피곤했다.

10
리더의 품격

그날 밤 나에게 전화를 걸어온 상대는 미향이 아니었다. 리더였다. 리더는 훈련 전에 알아둘 내용이나 준비물들을 설명해줬다. 이미 철저히 준비해놓은 덕에 더 알 필요가 없었다.

어떻게 지내고 있는지, 학교생활은 순탄한지 뻔한 인사치레도 잊지 않았다. 하지만 모든 물음에는 추가 질문이 붙지 않았다. 궁금하지도 않으면서 괜히 물어본 것이다. 높낮이가 없는 목소리에서 그의 애정이나 관심도 느끼지 못했다. 휴대폰을 개통하면 대리점에서 형식상 걸어주는 해피콜과 같았다. '서클원 관리차'라는 어구가 붙었다면 그의 무미건조함이 좀 더 납득됐을지도.

반대로 난 궁금한 게 아주 많았다. 그의 사연은 무엇이고 어떤 능력이 있는지, 탈퇴한 서클원인 미향의 불행도 없애줄 수 있는지, 약속한 날 모두의 불행이 사라지면 서클은 자동으로 해체되는지. 엄마가 보험 아줌마에게 약관 하나하나를 따져 묻듯이 그를 몇 시간 동안 붙잡고 물어보고 싶었다. 하지만 우리가 주고받은 건 대화가 아니었다. 질문의 권한은 리더에게 있었다. 필요도 없는 안내를 자꾸 해주는 탓에 질문 타이밍을 엿보기 어려웠다. 침대에 누워 그 말을 가만히 듣고만 있다가 시간이 아깝다고 생각해 귀만 휴대폰에 붙인 채 다른 생각을 할 정도였다.

> 전화했었어요. 언니 지금 바쁘죠.

하필이면 리더와 통화하고 있던 30분 사이에 미향이 연락했다. 자신이 통화 기록을 남겼으니 당연 콜백이 올 거라 믿고 기다렸다지만 내 휴대폰에는 캐치콜 부가서비스가 없기에 누가 전화를 했는지 착신 기록을 보는 일이 불가했다. 그렇기에 정말 전화를 했는지는 확신할 수 없었다. 어쩌면 전화조차 하지 않았는데 변명을 하려는 건 아닐까 하는 생각이 들었지만, 발신 기록을 찍어달라는 말은 하지 않았다. 대신 할 말이 있다면 얼굴을 보고 직접 이야기하란 차가운 답을 남겼다. 미향은 무엇을 말하려고 했는지 끝내 전하지 않았다. 표정만 보아도 전하고 싶은 말들이 잔뜩이면서 끝내 삼켜버리고 마는 속내가 답답했다. 그러나 나는 묻지 않았다. 묻는 일은 자존심 상했다.

실망한 내색을 잔뜩 보이는 쪽도 그걸 지켜봐야 하는 쪽도 편하지 않을 거다. 우리는 감정 표현에 서툴렀다. 만나서도 이렇다 할 진전은 없었고 사이는 더 냉랭해졌다. 결국 미안하지 않으면서 미안한 척하지 말란 말까지 뱉어버렸다. 진심은 아니었다. 앞도 잘 보이지 않는 동생이 언니의 돌발 행동을 막기 위해, 성질머리 더러운 선배들이 다 보는 앞에서도 선생님을 운운하며 막지 않았던가. 나를 위한 일임은 알고 있다. 내가 학교에서 능력을 쓰지 못하게끔 말리고 싶었다는 사실 정도는 알겠다. 하지만 겨우 마음먹은 복수를 동생 때문에 하지 못했으니 속상했고, 그런 그녀가 제대로 된 상황 설명이나 감정 표현조차 해주지 않아 더 서운했다.

어쩌면 그날 윤영과 나연을 징벌했더라면 상황이 더 좋게 변했을지도 모르잖아. 그럴 가능성이 없다 해도, 해보지 않은 일에 대해서는 뭐든지 가정할 수 있으니까.

은연중에 미향을 동생처럼 생각했는데 인제 그만둬야겠다. 기억을 읽었다면 내가 그날 얼마나 자신을 원망했는지 알겠지. 그 아이도 날 언니로 생각하지 않을 거다. 우리가 진짜 자매였다면 서로 뚱한 상태로 말없이 눈만 껌뻑이며 시간을 보내지는 않았을 텐데. 차라리 자매였다면 속 시원하게 육성으로 원망하며 싸우기라도 했을 텐데. 속상했다. 그리고 서러웠다.

혼자서만 하는 생각이지만, 나는 미향과 친해지고 싶었다. 되돌려받지 못할 애정을 인형에게 쏟듯 미련하게 정을 줬나 보다. 이렇게 되길 원하지 않았다. 더 생각하지 말자. 생각할수록 마음이 쓰라렸다. 괴로웠다.

*
**

시간은 속절없이 참 빠르기만 했다. 벌써 리더와 약속한 주말이 다가왔으니 말이다. 날씨가 좋았다. 적당한 구름과 선선한 바람, 훈련하기에는 더할 나위 없이 근사한 풍경이 펼쳐졌다. 아침밥을 든든하게 먹고 왔더니 천 리 길 같았던 거리가 훨씬 짧게 느껴졌다. 가방에는 내가 챙기지 않은 물건이 하나 있었는데, 촌스러운 손수건이 둘린 물병이었다. 그 안에는 차가운 보리차가 들어 있었다. 공부 대신 운동을 한다고 해도 엄마는 손수 물을 끓여 담아주었다. 엄마, 여기엔 날 도와줄 능력자들이 정말 많아. 나보다 강한 사람들도 분명 많을 거고. 그러니 걱정하지 마. 엄마가 믿는 그 신이 내 편이니까. 아마도.

모든 서클원은 지난 모습 그대로 나를 맞이해주었다. 추측하건대 그들 역시 나의 힘을 조금은 기대하겠지. 자신들의 청사진에 내가 큰 도움이 되리라고 믿을 거다. 나에게 된통 당한 염력 능력자도 눈을 반짝이며 맞이해주었다. 껄끄러울 법도 한데 먼저 다가와 잘해보자며 독려해주는 게 고마웠다. 그들도 나만큼이나 간절한 거다. 불행을 없애고 행복해지고 싶기에 이 안에서만큼은 연대할 수밖에 없었다.

결속력이 단단한 조직의 주요 인물이 된 것 같은 기분에 도취됐다. 나를 바라보는 살아있는 눈빛들이 좋았다. 학교에선 시우를 제외하곤 그 누구도 이런 눈으로 봐주지 않았다. 담임선생님조차.

"네 훈련 상대를 정하는 게 참 어려워. 혹시 상대로 쓰고 싶은 사람이 있어?"

리더의 물음에 딱 두 명이 떠올랐으나 말하지 않았다. 서클이라면 분명 그들을 당장이라도 내 눈앞에 불러낼 수 있을 거라 판단했다. 걔네 둘이 어떻게 돼버리든 이제 내 알 바는 아니지만, 나를 말렸던 미향이 퍼뜩 떠올랐다. 허겁지겁 교실로 달려와 날 끌던 작은 손을 상기할 때마다 악당들을 처치해버리고 싶다는 욕구가 수그러들었다. 그녀만 아니었더라면 지금 당장에라도 서클원들에게 부탁해 그들을 훈련용으로 썼을 거다. 미향은 어느 순간부터 내 마음의 제동장치가 돼버렸다. 악당들에게 자비 따위는 베풀고 싶지 않은데.

능력자들은 2인 1조로 팀을 이뤄 훈련했다. 염력과 순간이동 능력자가 한 팀이 돼 물체를 신속히 옮기는 이동 분야를 맡았다. 염력 능력자가 돌덩이나 작은 흙산을 한꺼번에 들어 올리면 순간이동 능력자가 재빨리 이동시켰다. 덕분에 그들 근처에는 매캐한 흙 연기가 자욱했다. 우리는 콜록거리며 자리를 피했다. 텔레파시와 천리안 팀은 보조 분야였다. 천리안을 가진 능력자가 저 멀리 위치한 도시의 풍경을 분석하면 텔레파시 능력자가 무언으로 그와 소통했다. 그들은 꼭 마음이 통하는 것처럼 보였다. 텔레파시 능력자는 알아 온 내용을 다시 리더에게 전달했다. 그래서인지 둘의 훈련은 다른 어떤 팀보다도 조용했다. 물과 불을 조종하는 팀은 재앙 분야였다. 끊임없이 불을 끄고 물을 증발시켰다. 동시에, 커다란 불을 소환하고 해일 같은 물 폭탄을 퍼부었다. 그들의 능력은 정확히 반대였기에 함께 작용하면 결국 제로가 됐다. 파도 같은 물을 일순간에 만들어도 산더미 같은 불로 덮어버리면 둘 다 사라졌다. 그 과정을 반복하며 힘의 동률을 이루려는 노력이 각자에게는 훈련이었다. 그 외에도 헐크 같은 힘을 가진 능력자, 하늘을 날아오르는 능력자, 스치기만 해도 사물을 절단하는 능력자 등 온갖 종류의 초능력자가 훈련에 집중했다. 경이로운 모습들이었다.

한편으로는 모든 광경이 각자의 처절한 불행에서 시작됐다는 점이 떠올라 씁쓸했다. 그들의 능력을 보고 있으면 저 힘과 연관된 개인의 아픔이 연상됐다. 어릴 적 집에 화재가 발생해 화상을 입은 이후 불을 다룰 수 있게 된 능력자의 이야기는 듣지 않아도 추측 가능한 불행이었다. 초능력을 보여주는 순간, 우리에게 각인된 약점도 보여주는 셈이었다. 우리는 모두 어렸고 그 누구도 불행을 극복하지 못했기에 이 어마어마한 능력을 신으로부터 받았다. 딱하다는 생각은 하지 말아야 했다. 모두 곧 행복해질 사람들이니까.

"무슨 생각을 그렇게 해? 이제 훈련에 집중하자고."

리더는 나의 눈을 감기고 똑바로 세워 몸 마디마디를 손가락으로 짚었다. 온몸에 일순간 힘을 줬다가 다시 이완시키면 아주 미세하게나마 피가 흐르는 걸 느끼게 되는데, 자기가 짚어준 특정 부분에서 그 흐름을 쫓으면 기의 움직임도 감지할 수 있다고 했다. 나는 그를 따라 눈을 감고 몸에 힘을 줬다 풀기를 반복했다. 처음에는 아무것도 알지 못했지만, 리더가 짚어준 부위에서 느껴지는 작은 흐름에 집중하니 조금씩 낯선 움직임이 인지됐다. 보통 사람들에겐 그저 혈행일 뿐이지만 그 흐름이 우리에겐 기(氣)였다.

처음보다 무엇이 다르게 느껴지는지, 그 감각을 더 키워볼 수 있는지 끊임없이 소통하며 훈련을 계속했다. 리더의 지시를 따르니 정말 평소보다 빨리 기를 모았다. 역시 서클의 수장은 다르구나. 낯선 능력도 어떻게 키우는지 금세 파악한다는 점이 놀라웠다.

그에게 경외심이 들수록, 역으로 그의 가장 여린 살갗이 궁금했다.

"저 물어보고 싶은 게 있어요."

"물어봐."

"아직 그쪽의 사연도, 능력도 몰라요."

"내 능력은 아무에게도 가르쳐주지 않아."

"왜요?"

"리더의 특권이지. 하지만 나는 누구보다도 더 열심히 능력을 쓰고 있어. 그러니 내가 능력을 쓰기 싫어서 숨긴다는 의심은 하지 않아도 돼."

난 그런 의심을 한 적이 없었다. 비밀 때문에 예전에 누군가 불만을 제기한 적이라도 있었던 걸까. 초능력자 서클의 리더가 왜 자신의 초능력을 숨기는지 이해가 되지는 않았지만, 본인이 말하고 싶지 않다는 걸 구태여 물을 순 없었다. 아쉬운 티를 내보았으나 그는 끝내 함구했다.

"혹시 그냥 일반인 아니에요? 서울대 안 나온 과외 선생이 서울대 갈 애들 가르치듯이."

"하하하하하. 그랬다면 지금 난 능력자들 손에 죽고 없을걸. 알려줄 순 없지만 내 능력은 리더 자리에 딱 맞는 능력이야."

"그럼 미향이의 불행도 없애줄 수 있나요?"

농담을 나누다 일순간 리더는 입을 다물었다. 그는 부정도 긍정도 하지 않았다. 나는 갑자기 찾아온 침묵에 당황해 그저 궁금해서 묻는 것일 뿐이라고 얼버무렸다. 만약 탈퇴한 서클원과 관련된 이야기가 그의 심기를 거스르는 일이라면 마땅히 하지 않는 게 맞겠지.

왜 자신더러 일반인 아니냐는 농담은 웃어넘기면서 미향과 관련된 이야기에는 표정이 굳어버리는지. 이유를 듣지는 못했으나 둘 사이에 무슨 일이 있었음은 확실했다. 미향은 일전에 내게 '새로운 능력자가 생기면 리더에게 알려준다'는 약속을 한 적이 있다고 했다. 그래서 나를 이 서클로 데리고 온 것이었다. 하지만 리더는 그 약속에 대한 언급은 전혀 하지 않았다. 미향도 마찬가지로 알려주지 않았다.

둘만의 비밀로 지켜지고 있는 상태였다. 또한 그 비밀이란 리더가 생각하기에 들키고 싶지 않은 내용일 거고. 그렇지 않다면 지금처럼 웃음기 없는 표정으로 미향에 대한 이야기를 피할 리가 없었다. 물론 여기까지는 나의 추측일 뿐이었다.

혹시 둘이 사귀었나? 진하게 얽혀 있던 사이, 그런 건가? 추측이 사실이라면 정말 사적인 영역이니 더 물어보지 말아야겠다. 하지만 정말 그것 때문인지 궁금하긴 했다. 왜냐면 두 사람, 진짜 안 어울리거든.

껄끄러운 이야기를 꺼낸 건 나니까 화제 전환도 내 몫이었다. 서둘러 시시콜콜한 이야깃거리를 던졌다. 뭐든지 하나라도 반응하면 분위기는 바꿀 수 있을 거다. 하지만 나는 시우처럼 아이돌을 잘 알지도 못하고 학교와 집을 오가는 것 빼곤 딱히 하는 활동도 없어서 소재에 한계가 있었다.

"얼마 전에는 학교에서 저 괴롭히는 애들을 혼내주려다가 그냥 봐줬어요."

최근에 있었던 사건 중에 말할 이야깃거리라곤 역시 이것뿐이었다.

"왜 봐줘?"

리더가 먼지 묻은 손을 비벼 털다 내 쪽으로 고개를 돌렸다. 빠른 속도였다.

"괜히 그 아이들을 다치게 하면 불편한 일이 생길까 봐서요."

"아냐. 죽여도 돼."

"네?"

그의 표정이 확 바뀌었다. 분위기 전환에는 성공했다. 더 무겁고 냉담한 분위기로 말이다. 그의 입꼬리는 조금도 올라가지 않았다. 하지만 눈동자가 섬뜩하게 빛났다.

"널 괴롭히는 아이들이 있으면 없애도 돼. 그 아이들이 네 불행에 조금이라도 기여했다면 우리가 없애줄게. 우리는 서로의 행복을 위해서 존재하는 서클이야. 우리가 행복해지는 데 걸리적거리는 아이들이 있다면 백호신도 사라지길 원할 거야."

확신에 찬 목소리, 문장의 끝까지 균일한 어조. 이건 겁주기가 아니었다. 진심이었다. 그의 얼굴이 점점 더 낯설게 변했다. 그 모습에 위협감까지 감돌았다. 없애도 된다고 생각한 건 나 역시 마찬가지지만 정말 마음먹고 없애려 하진 않았다. 아직 동급생을 죽일 정도로 간이 커진 건 아니었다. 그냥 제대로 혼쭐을 내주려고 했던 것뿐이었다. 하지만 리더는 나와 다른 사람이었다. 만약 리더가 나와 똑같은 힘을 가지고 있다면 이미 수많은 사람을 죽였을지도 모른다는 불안한 생각이 스쳤다.

그는 초능력자와 비능력자를 구분했다. 비능력자들에겐 가차 없었다. 우리 아빠를 비롯해 많은 비능력자들이 초능력자 아이들을 불행으로 내몰고 있기에 얼마든지 없애도 된다는 식이었다. 저렇게 결의에 찬 단계까지 가기 위해 얼마나 오랜 시간 능력을 수련했을까.

*
* *

우리는 흙바닥에 나란히 앉아 대화를 나누었다. 간간이 불어오는 먼지바람이 눈에 들어가 따끔거렸으나 그가 말해준 것들을 놓치고 싶지 않았기에 집중했다. 그는 참으로 굳건히 단련된 사람이며, 마음의 결까지 일반인과는 달랐다.

그가 이렇게까지 초능력자를 모으고 큰 행동을 상상하는 데는 단 하나의 이유가 있었다. 그는 그 이유를 '모두의 행복'이라 말했지만, 사실 그건 모두의 행복이 아니었다. 그는 은연중에 비능력자들을 원 망하거나 비난하는 말을 했다. 대화를 할수록 잘못된 소실점으로 달려가는 느낌이 들었다. 세계를 지배하거나 범죄를 소탕하는 등의 거대한 계획이 없음에도 불구하고 그가 말한 행복은 익숙지 않은 희생을 필요로 했다.

몰랐던 것은 아니었다. 그걸 알기에, 나는 아빠를 없애는 게 목적이니까 리더와 지금 이렇게 눈을 맞추고 있는 거다. 하지만 리더가 생각하는 비능력자의 희생은 생각보다 많았다. 우리의 불행에 직접 기여하는 사람이 아니더라도 거슬리게 하는 모든 이들을 없애고 싶어 했다. 없앤다는 건 곧 죽이겠다는 것인데 아무렇지도 않게 말하는 그의 태도가 무서웠다. 그가 어떤 능력을 가졌는지는 끝내 알아내지 못했지만 어마어마한 능력을 지녔음이 틀림없었다. 그러지 않고서야 쉽게 죽음을 말하지 못할 테니까.

나는 리더의 말에 여러 번 고개를 끄덕였지만 그건 동의한단 뜻이 아니었다. 그저 경청자가 할 수 있는 리액션 중 하나일 뿐이었다. 물론 리더도 자신의 이야기에 동의를 구하지는 않았다. 그는 지금 당장의 내 생각은 중요하지 않다고 말했다. 나의 가치관을 매몰하려는 의도가 아니라, 지금은 어쩔 수 없이 비능력자들과의 화합이나 평화에 집중해서 본인의 행복을 포기하는 쪽으로 생각할 가능성이 높기 때문이란다. 내가 그날 결판을 짓지 못한 이유도, 결국 내 마음속에 비능력자를 해치고 싶지 않은 마음이 남아 있기 때문이라나 뭐라나.

비슷한 일로 마음이 흔들릴 때마다 꼭 자신에게 연락하라 당부했다. 확신이 없으면 작은 불행도 잘라내지 못하기에 마음을 강하게 먹어야 한다면서 말이다. 없앨 사람은 칼같이 없앨 수 있어야 한다더라. 우리는 누군가와 전쟁을 하는 게 아니며 각자의 행복을 우선순위로 삼는, 마땅히 당연한 일을 하는 것뿐이라고 안심시키는 말도 잊지 않았다.

우리는 결코 악당이 아니라고 했다. 악당, 악당! 이 단어를 여러 번 사용했다. 코끼리를 생각하지 말라고 하면 그 순간부터 코끼리만 생각하게 되듯이 리더의 말을 들은 후부터 나는 역으로 악당이라는 단어에서 벗어나지 못했다.

별말 하지 않고 고개만 거듭 끄덕였다. 리더는 초능력자 서클이 세상의 악역을 자처하지 않는다는 점을 강조했다. 또한 서클은 리더가 아닌 각자를 위해 존재하는 거라며 존재 이유를 의심하지 말라 했다. 마치 꼭 그런 의심이 필수적으로 생길 수밖에 없다는 예언 같았다. 나는 그의 말이 끝날 때마다 계속해서 고개를 끄덕였다. 물론 한 번도 동의를 담지는 않았다. 여러 이야기가 오갔으나 알맹이가 있는 것은 이 정도뿐. 그냥 미향이랑 사귀었는지나 물어볼걸.

"다음엔 꼭 심판해. 초능력자의 긍지를 걸어."

그는 은근히 바랐다. 내가 직접 누군가를 끝장내길 말이다. 훈련 1주 차부터 너무 가혹하게 압박했다. 물론 죽이라는 뜻은 아닐 거다. 벌써 그렇게까지 할 수 있으리라고 생각하지는 않을 거다. 다만 그와의 대화 이후 내게 결단력이 생겼는지를 눈으로 확인하고 싶겠지.

"혹시 미향이가 널 말린다면 신경 쓰지 마. 미향이의 불행도 없애주려고 계속 고민하고 있어. 방법은 찾을 수 있을 거야. 하지만 네가 미향이의 말을 듣고 능력을 쓰는 일에 주저하게 되면 넌 결국 우리 모두의 계획에서 엇나가게 돼. 그건 우리가 더 이상 너에게 관심을 가질 수 없단 말과 같지. 네 불행을 없애고 싶다면 미향이의 연약함에 휘둘려선 안 돼."

한 가지 이상한 점이 있다면, 미향이 나를 말렸다고 말한 적은 없었다. 어떻게 알고 있는 거지. 미향이 말했을 리도 없었다. 그녀가 내게 제동을 걸고 있다는 사실을 추측한 것일까. 고민이 됐다.

아이들을 봐주거나 징벌하거나. 어떤 선택을 하든지 리더와 미향 둘 중 하나는 실망하게 된다. 그 누구도 나로 인해 실망하길 바라지 않지만 양자택일 선택지였다. 정말 그 아이들을 징벌해버리면 미향과는 완전히 멀어질지도 모른다. 이제 동생처럼 생각하지 않기로 다짐했으니 상관없어. 그렇지만……

도화지에 얼룩이 튄 걸 알아버린 이상 그 얼룩을 부정할 수가 없어진다. 마음이 찝찝했다. 본인이 원해서 한 일은 아니라지만, 내가 서클에 들어갈 수 있게 도와준 아이를 배신해도 될까. 그리고 왜 자꾸 그 아이에게 등을 돌리는 생각을 할 때마다 왼쪽 가슴이 뻐근해질까. 처음은 아니었다. 엄마가 아빠에게 호되게 당했던 날, 야밤에 짐 가방을 싸고 있는 모습을 봤을 때도 느꼈던 감각이었다. 그보다 더 옛날로 돌아가 아주 어린 시절 처음으로 아빠가 내게 '딸은 쓸모없어'라는 말을 했을 때도 비슷한 뻐근함을 느꼈다.

하지만 이 감각에는 내성이 있었다. 이후에는 더한 일을 겪어도 그만큼의 충격을 받지 않았다. 그냥 참고 버티면 무뎌졌다. 하지만 내가 착각하고 있는 거라면? 사실 그때와는 비교할 수 없을 정도로 마음이 아픈 건데 태연한 척하느라 애써 외면하고 있는 거라면? 학교에서 처음으로 만난 동류의 아이를 내가 직접 밀어내고 있는 거라면.

어떡해야 할까. 미향과의 관계가 틀어지는 건 감수해야 할지도 모르지만 상처받고 싶지는 않았다. 상처를 주고 싶지도 않았고.

하고 싶은 대로 행동하고 싶지만, 아무것도 잃고 싶지 않아. 날 이기적이라고 생각하진 말았으면 좋겠다. 누군들 그러지 않을까. 상실에 덤덤할 사람은 없으니.

"그럼 다음 주에 또 보자고."

"네. 다음 주에도 날씨가 좋았으면 좋겠네요⋯⋯."

"걱정 마. 다음 주에 비는 안 오니까."

"일기예보라도 미리 볼까⋯⋯."

"안 봐도 돼. 확실히 알아."

시종일관 강단이 있었다. 닥쳐오지 않은 일까지 훤히 알 수 있다는 그 태도가 미덥지 않았으나 나는 입을 다물었다. 곧이어 훈련을 재개하기 위해 내가 먼저 자리에서 일어났고 그가 몇 발자국 뒤에서 나를 따라왔다. 그는 나와 나란히 걷지 않았다.

꼭 혼자 남겨졌던 밤 시간의 공원에서처럼 나는 표현하기 어려운 불안감이 들었다. 리더는 분명 내가 알고 있는 사람임에도 불구하고.

11
불필요한 샌드백

몇 날 며칠 고민한 끝에 내린 결론. 정공법을 선택하기로 했다. 미향이도 잃고 싶지 않고 리더의 뜻도 거스르고 싶지 않았다. 그 누구도 실망시키고 싶지 않았기에 차라리 미향에게 양보를 구하기로 결심했다. 내 뜻대로 한 번만 날뛰어볼 테니 잠자코 못 본 척하라는 말을 전할 것이다. 사실 솔직하게 생각을 모두 다 뱉어버리고 억지로라도 넘어가려는 속셈이지만.

미향 몰래 윤영과 나연을 징벌한다 해도 그녀가 내 기억을 읽는 순간 모두 들통나버릴 테니 거짓말로 신뢰를 지키려는 건 소용이 없었다. 또한 그들을 벌하지 않으면 비상한 능력을 가진 리더가 분명 알아차리고 말 거다. 결단을 내리지 못하는 유약함이 날 서클에서 쫓겨나도록 만들지도 몰라. 다른 사람이 아니고 무려 리더의 지시야. 이 시험에 통과하지 못하면 자격을 박탈당할 수도 있잖아. 그냥 솔직하게 다 말하는 게 좋겠다. 같은 초능력자의 길을 걷는 이상 두 번 다시 미향을 보지 않을 것도 아니다. 이참에 대화도 하며 서먹한 사이를 풀고 겸사겸사 좋은 선택일지도 몰라. 죽이는 것도 아니고 리더와 내 마음이 만족하는 정도까지만 벌을 내릴 테니 참아달라고 부탁해야겠다.

비록 내가 선배지만, 언니지만, 내 쪽에서 진심을 모두 오픈한 다음 낮은 자세로 부탁하면 미향은 들어줄 거다. 그 아이의 여유가 이조차도 허락하지 않을 리 없어.

1학년 반으로 내려가본 건 이번이 처음이었다. 이미 1학년들 사이에서는 2학년 메두사에 관한 소문이 쫙 퍼졌나 보다. 복도를 걷기만 해도 날 보며 수군거리는 모습이 보였다. 미향이네 반은 복도 가장 끝에 있다. 그래서 더욱 마주쳐야 할 시선들이 많았다. 후배들일 뿐이야. 긴장하지 말자고. 마인드 컨트롤을 해보았지만 쉽지 않았다. 혹평이 가득한 시선들, 잔인한 비평가들에게 고운 마음이 생길 리 없었다. 아이씨, 나도 모르게 매서운 눈빛을 보내거나 불만을 중얼거리면 다들 알아서 도망쳤다. 동네 건달이라도 된 기분, 분명 좋은 경험은 아니었다. 마스크라도 쓰고 올 걸 그랬다.

1학년 5반. 복도 쪽 창 너머로 반 안의 풍경을 바라보았다. 모르는 아이들 틈에서 아는 사람의 얼굴을 발견하는 건 쉬운 일이었다. 금방 미향을 찾을 거라고 생각했지만 좀처럼 보이지 않았다. 화장실에 간 건가? 학교는 왔을 텐데. 도서관에 갔나. 문자라도 하고 왔어야 했나 보다.

점심시간이라 아이들은 듬성듬성 앉아 있었고 대여섯 명 되는 아이들이 맨 뒤에서 둥글게 모여 있는 모습만 보였다. 가운데 누군가를 에워싸고 있는 모양새여서 딱 보아도 좋은 일을 하는 것 같지는 않았다. 물론 내가 참견할 일은 아니었다. 나와 관계없는 일에 능력을 쓰지는 않을 거다.

아무래도 없구나. 나중에 다시 와야겠다.

"친구끼리 5만 원도 못 줘?"

요즘에도 저런 촌스러운 짓을 일삼는 아이들이 있구나. 저런 애들이 1년 후엔 나연처럼 영악해져가곤 훨씬 지능적인 빌런으로 변하겠지. 저기 주변에서 키득거리는 애는 눈감고 보아도 윤영과 다를 바 없고 말이야.

흥미 없다. 돌아가야겠다.

"정말 기분 나쁜 애야. 사진 찍는 거 도와주다가 엄마도 죽었다며? 그게 소문나서 원래 다니던 학교도 못 다니고 학기 중에 전학 왔지?"

"맞아. 기분 나빠. 마치 뭔가 안다는 듯 눈을 비릿하게 뜨고 말이야. 잘 보이지도 않으면서."

유치했다. 부모님은 건드리지 않는 게 최소한의 매너인데 무식한 후배들이네. 눈이 잘 보이지 않는 것도 놀려서는 안 되는……. 잠깐, 쟤네가 지금 뭐라고 했지?

몸을 돌려 얼른 반으로 들어갔다. 그리고 한 덩이의 동그란 무리

속을 비집고 들었다. 단단한 울타리 안에 있던 아이는 미향이었다. 설마설마했는데…….

용서할 수 없어. 비겁한 쓰레기들.

가장 심한 말을 내뱉던 아이가 고래고래 소리를 치며 몸을 비틀었다. 이윽고 주변 아이들도 괴성을 내지르며 아파했다. 나는 그 아이들이 시야에서 사라질 때까지 집중했다. 용서해선 안 되는 족속들! 내게 시험을 당했던 그 어떤 사람들보다도 더 큰 고통을 퍼부었다. 그러자 미향이 어깨를 잡고 흔들며 그만하라고 호소했다. 하지만 분노 때문에 감정이 격해진 나머지 그 말을 듣고도 멈추지 않았다. 끝까지, 눈에서 패거리가 아예 사라질 때까지 힘을 집중했다.

복도에서 오열하는 소리가 크게 퍼졌다. 옆 반 아이들이 이게 무슨 일이냐며 나오기 시작했고 반에 앉아 있던 아이들까지 모두 달음박질쳤다.

"메두사! 메두사!"

도망가면서 그 애들은 나를 향한 모욕을 외쳤다.

미향이 그만 좀 하라며 등을 확 밀어버린 이후에야 나는 몸을 휘청이며 집중력을 잃었다. 이미 한차례의 야단법석이 일어난 후였다. 여기에 계속 남아 있다가는 동물원의 원숭이로 전락할 게 뻔했다. 이번에는 내가 미향이의 팔을 잡아끌고 달려 나갔다. 학교 후문으로 향했다.

벤치에 앉자마자 언성을 높였다. 나쁜 녀석들, 가뜩이나 상처가 많은 아이인데 왜 괴롭히기까지 하는 거야, 넌 왜 당하고만 있어, 선생님이라도 부르지 그랬어, 왜 백호신은 너한테 아무런 공격도 할 수 없는 능력을 줬대, 진작 나한테라도 말하지 그랬어, 도대체 언제부터 걔네들이 괴롭혔어. 랩처럼 울분을 대신 토해냈다.

"왜 시키지도 않은 일을 해요? 언니가 뭔데?"

돌아온 건 뜻밖의 냉대였다. 그녀는 오히려 미간에 힘을 잔뜩 주고 나를 노려보았다. 초점이 엇나갔음에도 그녀의 희번득한 눈동자가 내 눈 안에 잔뜩 담겼다. 분명 도와준 건 나인데 왜 화내는 거지. 이해할 수가 없었다.

"나한테 고마워하는 게 먼저 아니야?"

"뭐가 고마워요, 뭐가! 내가 언제 애들을 다치게 하랬어요?"

"적반하장이잖아! 개념 없이!"

"왜 시키지도 않은 짓을 하냐고요!"

미향을 알게 된 후, 나는 한 번도 그녀가 화내는 모습을 본 적이 없었다. 마음에 분노 한 점 없는, 태엽이 돌아가지 않는 인형인 줄 알았는데 분명 지금 화를 내고 있다. 그녀 역시도 나와 똑같은 사람이었다. 하나 믿기 어렵게도 그 분노의 대상이 나였다. 방금 내가 한 행동은 분명 미향을 괴롭혔던 녀석들을 아프게 한 일이었지 미향을 아프게 한 일이 아니었다. 그럼에도 지금의 분노는 분명히 나를 향하고 있다. 정말이지 내가 원한 건 이런 게 아니었다.

왜 아무도 내 마음을 몰라주나. 서러웠다.

"난 널 생각해서 그런 건데 왜 나한테 화를 내? 먼저 잘못한 건 쟤들이잖아. 왜 나한테 그래. 왜 다들 나만 나쁜 사람으로 내모냔 말이야! 적어도 너는 내 마음을 알아줘야 하는 거 아니야?"

걷잡지 못할 만큼 화가 났다. 괴롭히는 아이들보다, 말리려는 미향이 더 미웠다. 주체하지 못하고 손을 뻗어 그녀의 어깨를 잡고는 마구 흔들었다. 서러운 만큼 세차게. 그녀의 얇은 머리칼이 무질서하게 흔들렸다. 언제나처럼 저항이 없었다. 이렇게 고분고분한 성격이면서 왜 나한테는 화를 낸 건지. 대꾸가 없었다. 미향은 울지도 않았다. 답답했다.

한참을 화를 퍼부은 후에야 몸에 힘이 빠졌다. 분노가 훑고 간 자리에 차가운 이성이 다시 채워졌다. 나보다 더 놀랐을 텐데 너무 몰아붙인 건 아닐까. 과잉 반응을 했다는 생각에 뒤늦게 후회가 됐다. 울분보다 차분하게 다독여주는 게 좋은 선택이었다. 그보다도 찾아온 목적을 이야기해야 하는데 이렇게 돼버린 이상 글렀다. 이미 아이들에게 또 능력을 써버렸고 게다가 된통 혼내줬으니 미향은 실망할 게 뻔했다. 윤영, 나연, 너넨 운도 좋네. 그 고통 사실 오늘 너희가 받앉아야 하는데 미향 덕에 피한 줄 알아.

"화내서 미안해요. 내 생각해준 건 고마워요. 하지만 다음부턴 절대 이런 일 없기로 약속해요."

두 눈은 내 쪽을 아예 보지 않았다. 날 쳐다보기도 싫은 걸까. 하지만 고맙다는 음성을 들었으니 조금은 마음이 누그러들었다. 미향은 새끼손가락을 세워 내 쪽으로 갖다 댔다. 지킬 수 있을 거란 확신은 없었지만 일단 걸고 봤다. 손가락을 엮자 그녀는 팔목에 걸린 염주 팔찌가 찰랑거릴 정도로 손을 세게 흔들었다. 일단 지금은 하자는 대로 해주고 싶었다.

"언제부터 그런 일을 당한 거야? 더한 일은 없었어? 왜 말을 안 했어."

"……."

"눈 닫았으면 입이라도 열어."

"……."

"입 달아서 뭐 하냐고!"

그녀가 명백한 피해자임을 알고 있지만, 그녀는 피해를 당할 이유가 전혀 없었기에 자꾸만 분노가 치밀어 올랐다. 아프면 아프다고, 열받으면 열받는다고 말이라도 하란 말이야. 답답해 죽겠어. 너를 구하기 위해 내가 느꼈던 분노가 지금 너에게 계속 쏟아질지도 모른다고!

"……쟤들도 행복한 아이들은 아니라서요."

미향은 고개를 숙이고 겨우 한마디를 내뱉었다.

"그게 무슨 상관이야?"

나는 날카롭게 되물었고, 미향은 긴 이야기를 시작했다.

"나를 괴롭힐 때마다 저 아이들의 기억이 읽혀요, 나도 모르게. 저 아이들도 학교를 나서면 지옥으로 들어가더라고요. 학교 밖 기억을 읽고 초라한 삶을 봤어요. 예전에 엄마가 살아계실 때 달동네로 출사를 간 적이 있었어요. 같은 하늘 아래 그런 세상이 있다는 게 신기해서 골목길마다 사진을 찍고 다녔어요. 꼭 작은 디스토피아처럼 보이기도 하고 누아르물 같기도 한 게 흥미로웠죠. 그런데 제 또래로 보이는 어떤 여자아이가 절 보면서 한마디 하더라고요. 여기의 주인은 우리인데 왜 멋대로 작품을 만들고 전시하려 하냐고, 아무런 이야기도 덧입히지 말라고 경고하더군요. 나처럼 출사를 왔던 사람들이 꽤 있었나 봐요. 나를 괴롭혔던 아이들의 기억에서 저는 꽤나 여러 번 그 동네를 봤어요."

"네가 지금 왜 그런 말을 하는지 나는 잘 모르겠어. 그 애들의 기억이 아름답지 못하면 너를 괴롭혀도 돼?"

"내가 함부로 사진 작품으로 전락시켜버린 그 아이들의 삶은 멋있는 누아르물 따위가 아니라 초라한 것이더라고요. 어떤 아이는 밖에서는 포식자처럼 보여도 집에서는 영락없는 약자가 되죠. 으리으리한 호텔 방에 홀로 남겨진 투숙객처럼 부모와 말 한마디도 하지 않고 누워만 있다가 학교로 오기도 하고요. 부유하거나 궁핍하거나 환경에 상관없이 불행은 각양각색이었어요. 학교는 그 세상을 감출 수 있는 가짜 집이에요. 어쩌면 저들 중 누군가는 백호신에게 능력을 받을지도 모를 만큼 불행해요. 학교에서 내게 화풀이를 하지 않으면 견디지 못할 만큼, 이렇게라도 인정받고 힘을 자랑하지 않으면 저 아이들의 삶에는 아무것도 남지 않아요. 불행이 폭력을 낳고 폭력이 다시 불행을 낳는 거예요. 호기심의 대가로 분노를 되돌려 받은 거라면 저한테도 마땅한 결과라고 생각해요. 그래서 감히 저 아이들을 멈추려고 하지 못했죠."

미향은 본인이 명백한 최약자임에도 불구하고 그들을 대변해주려 했다. 설령 그녀가 언젠가 달동네에서 위선적인 태도로 세상을 담으려 했다 하더라도, 거기에 죄책감을 느끼고 있다 하더라도 이건 필요 이상의 면죄부였다.

"그렇다고 괴롭힘이 정당화되지는 않아."

"알아요. 내가 굳이 저 아이들의 샌드백이 될 필요는 없다는 거. 그런 불행을 겪고도 남에게 피해를 주지 않는 친구들도 있죠. 그게 정상이고요. 하지만 아무것도 모르는 아이들이 당할 바에야 능력이라도 있는 내가 겪는 편이 나아요. 적어도 난 괴롭힘을 당하는 도중에도 저 친구들을 불쌍하다고 동정할 수 있으니까요. 그리고 굳이 언니의 마음을 더럽힐 필요는 없었어요. 내가 견딜 수 없어질 만큼이 되면 어련히 어른들에게 알리려고 했어요."

"쟤네들은 죽어도 싸! 마땅히 만신창이가 돼야 한다고!"

"불행은요. 나누면 배가 돼요. 나는 불행을 칼로 썰고 싶지 않아요. 내가 아니라 언니를 위해서도, 나는 언니가 불행을 나누지 않았으면 해요. 내가 보통 사람이라면 당연히 뭐든지 했겠지만, 나는 초능력자니까……. 백호는 내가 누군가의 기억을 엿보면서 보통 사람처럼 행동하길 바라지 않았을 거예요. 진실로 강해지려면 다른 방법이 필요할 거예요……."

본인이 누구보다 불행해서 초능력까지 받아놓고선 남 걱정을 하고 있다. 착하다고 말해주지 않을 거다. 이건 미련한 거다. 본인 손가락에 난 생채기부터 치료해야 다른 사람의 썩어 문드러지는 살점을 보듬어줄 수 있어. 괴롭히는 아이들의 사정을 일일이 생각하고 싶지 않아. 만약 내가 너의 능력으로 그 아이들의 기억을 읽었다면 그걸 트집 잡아 궁지로 몰아넣었을 텐데. 너는 정말 미련해. 그런 정의감 따위로 보상을 받는 세상이 아닌걸. 곱게 자란 아이라서 잘 모르는 걸까. 어떻게 이런 생각을 하는 거지.

"주말 동안 리더와 별 얘기를 다 나누고 왔네요."

기억을 읽혔다. 잠시 방심했다. 오히려 잘됐다. 내가 이곳에 왜 왔는지 구구절절 설명할 필요가 사라졌다. 모든 걸 다 알게 됐을 테니 잠자코 반응을 기다려야겠다. 고개를 끄덕이자 미향은 생각에 잠긴

듯 입을 다물고 한참을 멍하니 앞만 바라보았다. 말할 듯 말듯 꾸물 거리며 하늘을 한 번 올려다봤으며 다시 땅을 향해 고개를 숙였다.

"남의 기억을 읽었으면 네가 본 것에 대해서 뭐라고 코멘트라도 해."

답답함이 목구멍을 뚫고 나왔다.

"이번 주말에도 훈련 갈 건가요? 능력은 충분히 세진 것 같은데."

"가야지. 서클에 들어갔으니까."

"서클 활동은 계속할 건가요? 언니에게 잘 맞나요?"

도대체가! 앞이 몽땅 잘라 먹힌 문장들이 나를 미치게 했다.

"이런 말을 하는 목적이 뭐야? 네가 소개해줬잖아! 서클은 불행을 없애주겠다고 약속했어. 서클이 도와주지 않으면 난 계속 불행해질 거야. 하고 싶은 말이 있으면 그냥 해. 내 대답이 뭔지는 너한테 상관 없잖아."

또 언성을 높여버렸다. 빙빙 돌리는 화법이 어지간히도 싫었다. 괴 롭힘을 참을 때처럼 미향은 꼭 해야 할 말을 미련하게 견디고만 있었 다. 입 밖으로 시원하게 내뱉는다고 내가 다치는 것도 아니잖아. 그 냥 좀 해.

"······과연 백호신의 목적이 초능력자 아이들을 어린 살인마로 만 드는 걸까요. 언니의 아버지가 세상에서 사라지면 어머니와 언니가 행복해질까요? 언니도 알잖아요. 가정에서 누군가를 도려낸다고 해 서 그 자리에 행복이 채워지진 않을 거라는 사실을요."

"네가 살아봤어? 우리 집에서 견뎌봤냐고. 우리 집은 그 사람만 없으면 돼. 엄마에게 소리치고 날 혼내고 제멋대로인 아빠만 없으면 행복한 집이 될 수 있어. 엄마랑 나, 둘이서도 충분히 만들 수 있어. 둘만 있어도 괜찮아."

"언니 손에 피를 묻힐 만큼 그 행복을 확신해요? 언니도 그런 말을 하면서 죄책감을 느끼잖아요. 가족을 미워하는 일이 괴롭잖아요. 그런데도 확신해요?"

분했다. 짜증이 났다. 너무 화가 나서 눈물이 맺힐 정도였다. 나에게 따박따박 말대꾸하는 미향이 괘씸해서? 아니었다. 기억 정도만 읽었을 뿐이면서 마치 나를 다 아는 듯이 말하는 태도가 얄미워서? 이것도 아니었다. 그녀의 말들이 다 사실이라서, 부인할 수 없어서였다. 분했다. 불행을 없애고 싶다고 간절히 바라고 있으면서 사실은 죄책감 하나 떨치지 못했기에 분했다. 화나고 억울해서 네가 뭘 아냐고 소리치지도 못하겠다. 소리치면 날것의 진심을 들켜버릴 것만 같았다.

눈물을 훔치고 심호흡을 했다. 분한 마음이 진정되질 않았다. 미향이 주머니에서 손수건을 꺼내 쥐여줬다. '병 주고 약 주고'인가.

"언니, 리더의 능력이 궁금하죠?"

"말 돌리지 마."

"말 돌리는 거 아니에요. 아무한테도 말하지 않았지만 언니한테는 말해주고 싶어서 그래요."

"헛소리도 좀 하지 마!"

"언니가 날 가깝게 생각한 만큼, 나한테도 언니가 필요했어요. 우리 닮은 구석이 많잖아요. 외동딸에, 부모로부터 얻은 사연 그리고 손목이랑 목에 있는 촌스러운 상징까지요."

미향은 내 목걸이 펜던트 옆에 자신의 팔찌를 갖다 댔다. 나는 잠자코 화를 삭이며 바라볼 수밖에 없었다. 이 아이가 너무 밉지만, 미워한다고 말하지 못했다. 나도 자신에게 필요했다는 그 말이, 불꽃에 큰 이불을 덮어버리듯 나를 멈춰 세웠다.

"리더의 기억도 처음 만난 순간 읽었어요. 리더는요…… 현재와 과거를 넘나들 수 있어요. 시간을 이동하면서 사람들의 기억에서 자신과 관련된 내용을 지울 수도 있어요. 마음을 먹는다면 자신은 영원히 현재의 기억으로 과거를 살 수 있고, 몇 번이나 내 앞에 나타났으면서도 기억 속에서 자길 말끔히 없앨 수도 있죠."

현재와 과거를 넘나든다니……. 그의 능력은 어떤 공격도, 방어도 아닌, 시간이동이었다. 화려한 궁극기를 예상했었으나 그에 비하면 실망스러운 능력치였다.

"그 사람은 수십 번을 과거로 돌아가 살았어요. 처음 능력을 얻게 됐을 때부터 늘 똑같은 날로 돌아갔어요. 너무나 당연하게, 불행이 시작됐던 날로 말이에요. 형이 수학여행을 가던 길에 사고로 죽기 하루 전날이었어요. 형을 막아도 보고, 알람 시계를 부숴도 보고, 울며 가지 말라고 붙잡기도 했지만 어째서인지 형이 죽는 건 바꿀 수가 없었대요. 아무리 애를 써도 형은 마치 거역이 불가한 운명처럼 다음 날이면 어김없이 수학여행을 떠났고 돌아오지 않았대요. 매번 과거로 갈 때마다 온 가족이 슬픔에 잠기는 걸 다시 겪어야 했고 가족이 비극적으로 찢어지는 일도 막지 못했다고 해요."

그에게도 사연이 있었다. 그렇게 차갑고 강인해 보이는 사람일지라도 자신 몫의 슬픔을 품고 살았다. 강한 사람에게도 동정심이 들 수 있다는 걸 처음 알게 됐다.

미향은 말을 이어갔다.

"초능력으로도 이미 벌어진 불행을 없애지 못했어요. 시간을 되돌려 과거로 갈 순 있지만 과거를 바꿀 순 없었던 거예요. 그래서 서클을 만들었어요."

"그래? 그렇다면 리더도 우리랑 같은 사람이란 뜻이네. 그럼 내가 더더욱 서클 활동을 해야 하는 거 아니야?"

"아뇨. 리더는 다 함께 불행해지고 싶어 해요. 자신처럼 영원히 미래로 나아가지 못하게끔요. 비능력자들을 없앤다고 한들 누군가의 생명을 앗아버린 초능력자가 결국 죄인밖에 더 되겠어요? 불행을 준 사람들을 제거하면 행복해질 거라고 믿게 해서 영원한 죄의 굴레에 가둬놓는 거죠. 지나간 일을 도저히 극복하지 못하는 자신처럼. 그건 백호신이 원한 게 아니에요. 백호신은 우리가 과거를 극복하고 미래로 나아가길 바랄 거예요. 하지만 리더는 의지를 잃었어요. 그저 모두가 자기 옆에서 떠나지 않고 영원히 불행에 공감하며 아파해주길 바라고 있죠. 이미 시간을 되돌려 언니와 몇 번이나 만났어요. 그의 얼굴이 어딘가 익숙하지 않았나요?"

쿵. 머릿속에 굳게 잠가놓은 문이 하나 열렸다. 그 문 너머로 폐기해놓은 기억이 몰아쳤다. 익숙했던 얼굴이라, 몇 번이고 마주친 것 같은 사람. 자꾸만 나를 쫓아오는 것 같았던…… 누군가.

"어쩌면 지금 이 순간도 리더에겐 과거일지도 몰라요. 리더의 기억 속 언니는 초능력을 써서 스스로를 더 깊은 불행으로 몰아넣는 선택을 하지 않았어요. 그래도 시간을 돌려 또 설득할 테죠. 하지만 난 기억을 읽을 수 있으니까 리더를 처음 본 날부터 그를 알아차릴 수 있었어요. 그런 사람과는 함께할 수 없으니 서클을 나온 거고요. 리더 입장에서 자신을 알아차린 나는 편한 존재가 아니었겠죠. 그는 날 없애버리고 싶었겠지만, 내가…… 목숨값으로 바친 게 유인책이란 역할이었어요."

"이미…… 몇 번이나 리더를 만났다니. 그럴 리가."

"리더는 언니에게 무엇도 궁금해하지 않아요. 이번에는 자신의 뜻을 따라줄지, 오직 그것만 알면 되니까요."

알 수 없는 감정이 휘몰아쳤다. 깨달음과 배신감, 연민과 분노, 슬품과 황망함이 양념처럼 뒤섞여 심장에 버무려졌다.

그럴 리가 없어. 리더가 내게 거짓말을 했을 리가 없다. 같은 초능력자끼리 영원히 불행 속에 함께하길 바란다니, 말도 안 돼. 고작 그 이유 하나 때문에 그 많은 서클원들을 모아놓을 리가 없잖아. 모두의 불행을 뿌리 뽑아준다고 약속했던 청사진이 한낱 동병상련을 위한 계획이어선 안 되잖아. 몇 번이나 마주친 듯 낯익은 얼굴로 그런 잔인한 이유를 숨기고 있다니. 그러나 눈앞의 너는 내게 거짓말을 할 아이가 아니고, 지금은 도저히 농담으로 대화를 나눌 타이밍도 아니었다. 그럼에도 믿지 못하겠다.

"이 시간 축은 리더에게 몇 번이나 반복된 시간일지도 몰라요. 그래도 이번엔 리더보다 내가 먼저 언니를 찾았어요. 말했잖아요. 저는 학기 중에 전학 왔다고."

마음이 모래알처럼 잘게 쪼개졌다. 황당하고 화가 났다. 여러 번 반복됐을 과거가 아득하면서도 또 당장 현재의 일이 막막했다. 슬프다가 우습기도 했다. 마음의 파편이 지정하지 않은 감정을 향해 각자 흩어졌다.

역시 이유 없이 남을 도와주는 사람은 없구나. 초능력자들의 특별한 연대라고 생각했던 서클이 사실은 리더의 욕심을 이뤄주기 위한 희생 제단일 뿐이라는 사실이 허무했다. 눈치챘어야 했다. 우리가 만약 신의 대리인이라서 세상을 징벌하기 위해 능력을 받았다면 신은 죄책감도 앗아갔어야만 했다. 하지만 아빠를 아프게 할 때마다 분노 한편에는 늘 찝찝한 감정이 잔존했다. 그래서 난 아빠를 최대치로 공격하지 못했다.

신이 원한 일이었다면 신은 내게 감정을 남겨놓아서는 안 됐다. 내가 죄책감과 불편한 마음으로부터 달아나지 못했던 건……. 신이 원한 게 징벌이 아니라는 증거일까.

"그럼 이제 어떡해야 해. 어떡해야 행복해질 수 있어? 내 불행은 누가 지워주냔 말이야. 난 어떡해야 해. 방법을 모르면 지난주처럼 리더와 함께 훈련을 하고 내 능력은 계속 난폭하게 자라날 거야. 그리고 내가 리더의 계획을 거절한다고 해도 네가 말한 거처럼 몇 번이고 시간을 되돌려 내게 또 오면 어떡해."

"이제 내가 도와줄게요. 이번 주말은 훈련하러 가지 마요. 나랑 같이 머리라도 식힐 겸 놀러 가요. 그냥 우리 보통 언니 동생처럼 놀러 가요. 그리고 약속해요. 이제 그 능력 쓰지 않겠다고요. 다른 사람을 아프게 해서는 도저히 불행에서 도망칠 수 없어요. 우리는 극복할 수 있을 거예요. 분명 다른 방법으로요."

퍼즐이 맞춰지듯 그간의 의문과 감정이 정돈됐다. 처음 만났을 때의 느낌처럼 리더는 좋은 사람이 아니었다. 결국 서클은 인생을 구원해주지 않았다.

그렇다면 내가 있어야 할 자리는 어디에, 너는 어째서 하필 나를.

"왜 도와주려는 건데?"

"나도 한 번쯤은 생각했으니까요. 나한테도 친언니가 있었으면 덜 불행하지 않았을까 하고 말이에요. 꼭 닮은, 나 같은 사람이라서."

너는 다 알고 있었구나. 우리는 다행히도 같은 생각이었구나. 장황한 이야기들보다 자신도 언니를 바랐다는 말 한마디가 더 가슴에 남았다. 리더의 이야기로 복잡했던 마음에 아주 잠깐 따뜻한 바람이 불었다. 그녀의 진심이 그간 깊어진 나의 불안을 아주 조금이나마 해갈해줬다.

목을 타고 흘러가는 우리의 공기가 시원했다. 참았던 눈물이 그제야 후두두 떨어졌다. 미향을 꼭 끌어안았다. 다행이다, 우리는 동류가 맞았다. 나의 예감은 틀리지 않았다. 이젠 혼자가 아니야. 내게도 동생이 생겼어.

맞닿은 어깨로 나누는 온도가 따뜻했다. 머리 위에 앉은 햇살보다 더 뜨거운 사람을 얻은 여름이었다. 이제 우리의 시간은 결코 과거로 되돌아가지 않을 거다.

12
.....
마리아

그러나 한낮의 햇살도 창이 닫힌 집을 밝히진 못했다. 베개의 감촉이 이전과 달라 커버를 벗겨보니 얇은 천 주머니가 있었다. 그 속에는 노란색 한지 한 장이 꾸깃하게 접혀 있었다. 덜덜 떨리는 손으로 간신히 종이를 펼치니 빨간색의 뱀 꼬리 같은 글자들이 가득했다. 정체 모를 이 종이가 부적이란 걸 깨닫기까지는 오랜 시간이 걸리지 않았다. 3초면 충분했다.

가장 안락해야 하는 집에서 가장 두려운 존재로 여겨지고 있다.

나의 방까지 굳이 들어와 베개를 열고 망할 종이 쪼가리를 넣을 사람, 그 이전에, 나를 위해 굳이 번거로움을 무릅쓰고 더운 여름날 자신의 신을 등지고 무당을 찾아갈 사람, 이 치욕스럽고 수고스러운 일을 할 사람, 분명 한 명뿐이겠지.

"엄마, 나랑 얘기 좀 해."

거세게 방문을 열어젖혔다. 부엌에서 설거지하던 엄마의 등이 순간 들썩거렸다. 비겁한 아빠가 마침 집에 없으니 엄마와 내가 서로 언성을 높이더라도 눈치 볼 필요가 없었다. 엄마는 고무장갑을 빼고 내 쪽으로 몸을 돌렸다.

"이거 뭔데?"

화가 나 식탁 위로 천 주머니와 부적을 통째로 던졌다. 엄마는 부적이 팔랑거릴 정도로 한숨을 내쉬었다. 나는 그 망할 한숨이 미치도록 싫었다.

이내 정리해 천 주머니에 다시 구겨 넣어 챙겼다. 왜 한숨을 엄마가 쉬는지 모르겠다. 지금 속상하고 억울한 사람은 누가 봐도 나였다. 졸지에 귀신 씌인 사람 취급받고 있잖아. 어떻게 자식에게 이런 일을 할 수가 있죠. 숨기려면 잘 좀 숨기던가. 허술하기 짝이 없게.

"그냥 베개에만 넣어둬. 아빠가 이렇게라도 안 하면 당장 쫓아버리겠다고 하질 않니."

엄마는 핑계를 댔다. 적어도 내겐 그렇게 들렸다. 집에서 겪은 불쾌한 일은 대부분 그 배후에 아빠가 있었다. 그러나 중간에서 결단 있게 말리지 못한 엄마도 미웠다. 아빠가 아무리 딸을 귀신 씌인 사람 취급하며 비난하더라도 엄마가 의심하지 않았다면 굳이 이런 일을 시키는 대로 하지 않았겠지. 정말로 아빠의 불호령이 무서웠다면 미리 내게 '이런 시늉'이라도 하자며 입을 맞출 수도 있었다. 손쉽게 들킬 비밀을 만들지 않아도 됐단 거다. 아빠의 만행이 진저리 나게 싫었지만, 엄마의 유약함도 무척 갑갑했다.

머릿속이 어지러워질 만큼 짜증이 났다. 아빠만큼이나 엄마가 싫어졌다. 이렇게 엄마를 미워하는 게 쉽지 않았다. 속상하다는 말보다 더 깊고 진한 표현이 있다면 나는 지금 그 표현으로 책 한 권을 쓰고도 남았을 거다.

엄마가 나의 손을 잡고 안방으로 이끌었다. 우리는 침대에 걸터앉아 서로를 마주 보았다. 한 명은 상대를 뚫어버릴 듯이 노려봤고 또 다른 한 명은 흔들리는 눈동자를 감추지 못하고 힘겹게 시선을 맞췄다. 그래, 엄마라고 이런 일이 마음 편하진 않았겠지. 속상했을 거야. 자기 딸을 위해 부적을, 그것도 귀신을 물리쳐달라는 부적을 쓰는 부모의 마음이 어떻게 편하겠어. 이해하려 노력했으나 심장이 자꾸만 쿵쿵 뛰었다. 논리는 분노를 잠재우지 못했다. 당장이라도 맞잡은 손을 뿌리치고 싶었다. 이 세상에서 유일하게 나를 알아주는 사람이라고 생각한 당신인데 이래선 안 됐다.

당신마저 이런다면 나는 정말로 외로워져.

"담임선생님한테 전화 왔어. 요즘 반 아이들 사이에서 말이 많다면서. 아빠랑 겪었던 일들이 학교에서도 있었다는 거 왜 말 안 했어? 어디 아픈 곳이 있거나……."

"엄마도 내가 귀신 씌인 딸이라고 생각해? 엄마 눈엔 내가 귀신으로 보여?"

안방에는 가정의 안녕을 바라는 키치 아트 액자가 하나 걸려 있다. 마리아의 '무염수태'로, 원죄 없는 마리아가 천사들의 축복을 받는 성스러운 장면이 조잡한 붓질로 그려져 있다. 빛의 금관을 쓴 마리아는 두 손을 모으고 겸손히 눈을 감고 있다. 천사들이 하얀 숨을 내뿜으며 그녀를 감쌌다. 그녀가 온몸에 두른 천이 은은한 곡선을 이루고 있으며 그 속에는 무결한 예수가 잉태돼 있다. 엄마의 임신 소식을 들은 할머니가 축복하는 마음에서 걸어주었다는 저 그림이 나의 매서운 시선을 자꾸만 뺏어갔다.

엄마의 어두운 얼굴과 마리아의 얼굴이 겹쳐졌다. 그래서 더 화가 났다. 차라리 저 자리에 달마대사 그림이 걸려 있었다면 조금은 이해가 됐을 거다. 아니면, 애초부터 내 목에 십자가 목걸이 따위가 없었더라면 납득할 수 있었을 거다.

"아냐. 엄마는 귀신같은 건……."

"담임이 뭐라고 말했어? 내가 애들을 괴롭힌다고 해? 김나연이나 박윤영을 말했어? 다 거짓말이야. 괴롭힘을 당한 건 오히려 나란 말이야! 엄마는 내가 얼마나 힘든지 알기나 해? 나한테 먼저 물어본 적이 있어? 왜 나한텐 말하지도 않고서 이깟 종이 쪼가리가 문제를 해결해준다고 생각해!"

엄마 손에 쥐어진 천 주머니를 거칠게 구겨 바닥에 내팽개쳐버렸다. 그걸로는 모자라 목걸이까지 빼내어 던져버렸다. 천 주머니는 보란 듯이 주름을 펴며 원상 복귀됐다. 그 모습이 약 올라 발로 쾅쾅 짓밟는 시늉까지 했지만 천 주머니는 원래 납작했다. 엄마는 허억, 하는 탄식을 뱉더니 겨우겨우 내 양팔을 잡고 흔들며 급히 호소했다.

"진정 좀 해. 너 왜 이래?"

"몰라서 물어?"

발길질에 힘을 더 실었다. 참다못한 엄마가 내 등을 확 밀쳐버렸다. 엄마가 이런 식으로 나온 건 처음이었다.

"미쳤어?"

바닥에 주저앉아버렸다. 단단한 바닥과 무릎 사이에서 둔탁한 마찰음이 울렸다. 미쳤냐니, 엄마가 어떻게 나한테 그런 말을 해. 아빠한테 해야지, 왜 나한테 해! 재빨리 일어나 다시 부적을 짓밟았다. 나를 넘어뜨려도 몇 번이고 일어나서 밟을 거다.

"그만해, 그만! 엄마가 미안하다. 네가 걱정돼서 그랬어, 그만!"

"됐어. 이거 봐."

힘껏 부적을 내리찍었다. 자꾸만 눈물이 터져 나올 것 같았다. 부적은 이미 시야 안에 있지 않았다. 나는 아무것도 없는 바닥에 몇 번이고 발을 굴렀다.

"왜! 왜! 전혀 하지도 않던 일을 해. 엄마가 무당 찾아갈 일이 뭐가 있어? 아빠가 시키면 쪼르르 시키는 대로 다 하고. 그동안 너무 답답했어. 차라리 엄마도 나를 믿지 않고 아빠랑 똑같이 생각한다고 말을 해!"

192

마음에 없는 말이 나왔다. 진심이 아니었다. 내가 인정하는 유일한 내 편은 엄마뿐인데, 원망하고 답답해한 적이 있을지언정 한 번도 엄마를 포기한 적은 없었다. 적어도 나는…….

"그러면 나도 아빠를 대하듯이 엄마를 대해줄게! 그게 소원이라면 계속 이렇게 아빠한테 휘둘리면서 날 귀신 씌인 딸 취급하라고!"

엄마마저 등을 돌리는 건 상상도 하고 싶지 않았다. 난 그저 행복해지고 싶었고, 우리를 위협하는 사람들을 조금씩 벌했을 뿐이다. 엄마의 마음에 상처를 줄 생각은 전혀 없었다. 당연히 나 역시도 상처를 받고 싶지 않았다. 지금이라도 내가 먼저 사과를 한다면 모든 일이 다 괜찮아질지도…….

"엄마나 아빠나 다 똑같아!"

이게 아닌데. 내 마음은 이런 게 아닌데. 차라리 감각이 둔해 베개 속에 부적이 있다는 것을 눈치채지 못했으면 좋았을걸. 그럼 아빠가 늦게 오는 김에 함께 사과라도 깎아 먹으며 이야기를 나눴을 텐데. 오늘처럼 힘든 날은 엄마에게 너무나 기대고 싶은데. 온종일 집에서 심심했을 엄마를 위해서 해줄 이야기들이 참 많은데.

"……."

무염(無染)의 마리아가 아이를 잉태했을 때 그녀는 행복했을까. 겁나진 않았을까. 원죄 없는 당신의 아이가 세상에 태어나 박해받고 십자가에 못 박힐 때 저항하지 않았던 이유가 궁금했다. 그저 십자가를 바라보며 하염없이 울기만 한 당신의 마음이 아이에게 어떻게 전해졌는지도 알고 싶다. 그 무한한 사랑과 슬픔을 헤아릴 수 있다면 지금의 나도 화가 나지 않았을 거다.

엄마를 이해해야 한다는 걸 알지만 쉽지 않았다. 이건 사계절에 대한 이야기도, 중력에 대한 이야기도 아니었다. 언성을 높이며 기억에 남지 않는 말들을 더 지껄였다. 내 음성들이 상대의 마음을 날카롭게 베고 평생 지워지지 않을 흔적을 남기고 있었다. 그런 줄 알면서도 입은 누가 조종이라도 한 듯, 복제된 말만 뱉어냈다. 어디선가 들은 나쁜 말, 상처가 될 만한 말, 무시무시한 말.

그만, 그만.

"미안하다."

"……."

"네가 아프지 않았으면 해서 그랬어. 아빠가 무서워서 부적을 받아 온 게 아니야. 아무리 기도를 드려도 자꾸만 나쁜 일이 생기니까 그랬어. 나도 무서웠어. 마음이 약해졌나 봐. 이런 거 역시 돈만 아까워 그렇지?"

엄마가 바닥에 널브러진 천 주머니를 주워 쓰레기통에 넣어버렸다. 아까완 달리 아무렇지 않은 척 쓰게 웃으며 말이다. 그 몸짓과 표정이 나의 마음에 아프게 각인됐다. 순간이 캡처되는 기분이었다.

미안해서 견딜 수가 없었다. 당장이라도 언성을 높이고 화를 내서 미안하다고 사과해야 하는데 이상하게 그러기는 죽기보다 싫었다. 다 컸다고 생각했는데 아직 한참 멀었나 보다. 죽을 때까지 자식은 부모 앞에서 아이라더니, 어른들 말이 맞나 봐.

우리는 다시 침대 위에 걸터앉아 숨을 골랐다. 나는 공연히 손가락을 꼼지락거리며 고개를 푹 숙인 채로 겨우 마음을 가다듬었다. 원망과 죄책감, 지독한 양가감정이 한꺼번에 몰려오는 건 벅찬 일이었다. 제발 좀, 따로따로 느껴지면 안 될까? 엄마에게도 무시무시한 괴물처럼 보이는 딸을 향한 양가감정이 용솟음치고 있을까. 걱정돼.

난 괴물이 아닌데.

"내가 만약 정말 다른 사람을 아프게 하는 힘이 있다면…… 어떨 것 같아?"

"매일 약이라도 갖고 다녀야겠네."

"왜?"

"네가 아프게 하는 사람마다 대신 나눠줘야지. 너한테도 먹이고."

"그냥 도망가면 되지."

"왜 도망가. 약국을 차려서라도 따라다녀야지. 가끔 나도 먹어야겠다. 같이 아플 수도 있으니까. 그럼 괜찮겠지 우리 둘 다."

실없는 농담. 하나도 웃기지 않으면서 억지로 올린 입꼬리. 혼신을 다한 헌신에 보답해야만 했다. 하지만 아무런 말이 나오지 않았다. 어른스러운 너스레를 흉내 내기엔 아직은 마음이 너무 좁았다. 우스갯소리도 싸늘해진 분위기를 바꾸지 못했다. 아무렇지 않은 척 자리에서 일어나 방으로 돌아가지도 못했다. 그냥 목석처럼 침대 위에 그대로 굳어 걸터앉아만 있다.

보이지 않는 얼음 자갈이 바닥에 깔려 있다. 엄마는 맨발로 그 자갈들을 밟고 광대처럼 이목을 끌었다. 본인도 아프면서, 원하지 않으면서. 나는 세상에서 제일 답답한 관중이 돼 무대를 지켜봤다. 오직 나만을 배려해주는 이 무대가 언제나 무한히 이어질 거라고 믿으면서 말이다.

알고 있다. 상대도 이런 다툼을 원한 적이 없다는 사실을. 야단법석을 떠는 딸에게 큰소리 한번 내지 않는 그녀가 대단하기까지 했다. 괴팍한 딸의 마음을 감싸고자, 큰돈을 들여 받아 온 부적을 쓰레기통에 처박아버리는 일이 당연할 리 없었다. 만약 아빠였다면 이미 나는 거실에서 한바탕 타작을 당하고도 남았겠지. 나는 천근처럼 무거워진 입을 꼼질거려 어른의 너스레에 화답할 의무가 있었다.

괜히 콧방귀를 한번 뀌고는 지키지 못할 말은 하지 말라며 미운 말로 핀잔을 줬다. 역시 이런 말을 하려던 게 아니었지만, 또 멋대로 튀어나와버렸다. 대신에 나 역시도 엄마를 따라 살짝 입꼬리를 당겨보았다. 괴이한 미소가 지어졌다. 엄마는 나보다 조금 더 달게 웃어주었다. 초라한 답장이더라도 내 마음을 이해해준 거다.

지금 내가 할 수 있는 일은 딱 하나뿐이었다.

"아빠가 확인할 때까지만이야."

쓰레기통을 열어 천 주머니를 다시 꺼냈다. 그새 휴지 조각들과 뒤
엉켜 더러운 먼지를 뒤집어쓴 주머니에선 기분 나쁜 냄새가 났다. 하
지만 개의치 않았다. 툴툴 털어 바지 주머니에 챙겨 넣었다. 고작 이
런 부적 따위로 내 힘이 사라질 거라 생각하진 않았다. 엄마에게 부
적을 의뢰한 아빠를 위해서는 더더욱 아니었다. 다만 엄마의 믿음과
고통에 보답할 수 있는 능력이 내겐 없기에, 겨우 이런 행동으로나마
마음을 표현하는 것이다.

이 부적을 참고 견디는 일만으로 모두가 조금이라도 안심할 수 있
다면, 그러면 됐다. 엄마는 목걸이를 주워 내 목에 다시 정성스럽게
걸어주었다. 목걸이 줄 사이로 걸려 있는 머리칼을 빼내는 손이 부드
럽고 따뜻했다.

"만약 너에게 그런 힘이 있다고 해도 엄마는 항상 네 편이야. 알지?"

"……."

"목걸이라면 화가 날 때 언제든지 집어 던져도 좋아. 물건을 믿는
게 인생의 사명은 아니니까. 우리를 지켜주는 신이 존재한다면, 이런
물건이 아닌 우리의 안위를 더 바랄 테니까. 그러니 만약 나쁜 일들
이 모두 사실이라 해도, 네가 가장 안전할 수 있는 방향으로 행동하
길 바라."

"……."

"약속 하나만 해줘. 행여나 그런 힘이 너에게 있다 해도 누군가를 해치기 위해서 사용하지 않기로. 앞으로의 일들이 전부 신의 뜻이라고 믿을게. 적어도 내가 믿는 신은 절대 실수하지 않으니까."

우리의 믿음은 눈에 보이지 않았다. 하지만 언제나 존재했다. 서로 표현이 달라져도 마음 구석에 조용히 자리 잡고 있다. 믿음만 있다면 이 추상적인 감정을 기꺼이 이해의 영역으로 데려올 수 있다. 이 유대를 앞으로 의심하지 않아야겠다. 그녀와 나는, 세상에 둘도 없는 무한한 고리를 공유하고 있으니까.

"약속."

새끼손가락을 걸었다. 사랑을 지키겠다는 뜻이다. 엄마의 말대로 나를 만든 신은 결코 실수하지 않았을 것이다.

그러니 나는 믿어보기로 했다.

13
.....
도피

리더의 연락에 무응답으로 대처한 지 2주가 넘었다. 왜 주말 훈련에 오지 않느냐며 문자와 부재중 전화가 잔뜩 쌓였으나 보이는 족족 삭제했다. 그의 연락에 응답하지 않자 점점 모르는 번호로 연락이 오기 시작했다. 학교 친구들과 가족 외에 나와 연락할 관계는 전혀 없기에 필히 리더일 거라 짐작했다. 역시 응답하지 않았다. 침묵의 나날들이 10일을 넘어간 기점에서는 비로소 연락이 끊겼다. 하지만 리더가 완전히 나를 서클에서 풀어줬다고는 생각하지 않았다. 서클에서 공식적으로 나온 사람은 오직 미향뿐이었다.

이런 식으로 잠수를 타는 선택보다는 깔끔하게 의사 표현을 하는 게 좋다는 건 알고 있다. 서클에 가입한 지 얼마나 됐다고 벌써 잠적을 했으니 어이가 없겠지. 내가 오히려 나쁜 녀석으로 보일지도 모른다.

하지만 난, 미향의 말을 곱씹었다. 과거로 돌아갈 수 있는 리더의 능력. 그가 나를 몇 번이나 만났다는 말. 리더가 미래에서 과거인 오늘로 돌아와 끊임없이 내게 연락하고 있는지, 현재만큼은 우리에게 공평한 시간인지는 아무도 알 수 없었다. 하지만 미향의 말에 따르면, 몇 번이나 시간을 되돌려도 결국 나는 그들의 곁으로 돌아가지 않았다. 그래서 현재의 나를 설득하려는 거고.

물론 아직 이렇다 할 확신을 내리진 않았다. 혼란스러운 마음을 정리하기에 충분한 시간은 아니었다. 아빠에 대한 증오도 여전했다. 마음에 가라앉은 원망의 닻은 잔물결에도 뽑혀나가지 않았다. 하지만 나를 사랑하는 사람들을 생각하면 도저히 고통을 느끼게 하는 능력을 쓸 수도, 서클의 능력을 빌릴 수도 없었다. 힘으로 누군가를 아프게 하는 선택을 이제는 할 수 없게 돼버렸다.

스스로 약자가 되는 선택을 해야만 했다. 신의 계시로 받은 힘이 족쇄가 됐다. 힘으로 제압하지 않고도 사람을 머리부터 발끝까지 개과천선시켜주는 능력을 가진 서클원이 있다면 좋을 텐데.

그런 기쁜 능력 따위는 있을 리가 없겠지? 백호신은 분명 세상의 공평함을 위해 능력을 준다고 했다. 남들 이상으로 행복해질 능력이란 존재하지 않을 거다.

아빠를 없애고 서클원을 도와준다면 그 사람들을 내 사람으로 만들 수 있겠지. 하지만 내 사람들의 머릿수가 아무리 많아진다고 해도, 나를 믿어준 사람들을 등지고 싶지 않았다. 그렇기에 리더와의 약속을 지켜서는 안 됐다. 나는 배신해야 했다. 그들에게 도움을 줘

선 안 돼. 물론 그들도 언젠가는 깨달을 수 있을 거야. 누군가를 불행으로 몰아넣고 힘으로 지워버리는 일이 행복과 가까워지는 선택이 아니라는 사실을 말이다.

그러니 방법을 찾아야 했다. 다른 사람을 불행으로 몰아넣지 않고도 행복을 찾을 수 있는 길은 보이지 않았다. 썩 마음에 들지 않는 집에서, 아빠라는 존재를 부정하지 않으면서 평화를 가져올 방법도 떠오르지 않았다. 하지만 찾아야만 해. 어떡하면 할 수 있을까. 신이 준 선물이라곤 남을 아프게 하는 힘뿐. 이 힘이 자꾸만 나를 바닥으로 끌어내렸다. 초능력을 써서는 도저히 행복해지지 못해. 이딴 딜레마가 어디에 있어. 백호신의 계획이 도대체 무엇일지 감도 잡히지 않아. 방법을 찾아야만 해. 그 방법을 깨닫게 되면 자연스럽게 모든 인과관계가 연쇄적으로 맞춰지지 않을까. 타인에게 고통을 주는 능력으로 도대체 나는 어떤 답을 얻을 수 있을까. 그 답은 지금보다 조금 더, 행복과 가까우려나.

내일까지 미향과 함께 있기로 했다. 엄마에게는 주말 동안 다니는 운동의 연장선으로, 친구들과 타지로 훈련을 가겠다는 말을 해 대충 둘러댔다. 아빠가 이 사실을 알자 고등학생인데 정신이 나갔다며 귀신을 운운하고 또 난리를 쳤다. 물론 신경 쓰진 않았다. 내가 겨우 참고 자신의 목숨을 살려준 걸 모르는 사람이었다. 뭐, 모르는 쪽이 당연하긴 했다. 우리는 이제 휴대폰을 꺼놓고 모든 연락으로부터 도망칠 거다. 1박 2일 동안, 온전히 마음을 나눈 둘이서만 함께.

"언니, 내 불행이 시작된 곳에 함께 가줄 수 있어요? 옆을 지켜주는 것만으로도 정말 용기가 생길 것 같아요. 이젠 다 털어내고 싶어요."

미향은 꼭 내가 도와줬으면 하는 일이 있다고 했다. 초능력자가 아닌, 불행한 소녀 홍미향이 간직한 용기를 지켜달라는 것이었다. 사고가 났던 곳으로 함께 가 과거를 정면으로 마주하고 싶다는 의도였다. 나는 미향이의 부탁을 거절하지 않았다. 그녀가 원하면 얼마든지 들어주고 싶었다. 그게 우리 여행의 시작이었다.

마지막 출사 장소로 향했다. 어머니와의 관계가 끊겨버린 곳이자 두 눈을 두고 온 장소였다. 미향의 아버지는 차를 타고 먼 길을 떠나는 동안 친절히 장소를 설명해주셨다. 무엇이 아름답고, 무엇을 꼭 보아야 하는지 말이다. 말씀하시는 도중 여러 번 목소리가 떨리는 것이 느껴졌다. 아저씨에게도 쉽지 않은 일이었으나 미향의 선택을 존중하기 위해 치열히 노력하셨다.

"강 하구는 겨울 철새로 유명하지만 지금 같은 계절엔 쉽게 볼 수 없어. 대신 강과 하늘 그리고 땅의 색채가 어느 때보다도 영롱하단다. 오늘의 하늘은 낮고 푸르구나. 구름이 조금 있지만, 그마저도 하얗게 녹아드는 게 참으로 아름다워. 강물 빛이 가까이에서 빛나고 곳곳에 윤슬이 생기는 것도 마찬가지야."

아저씨는 풍경 하나하나를 말로 그림 그리듯 미향에게 알려주었다. 미향은 아무 말 없이 잠자코 듣고만 있다가 흥미가 생기면 '풀잎은 어때?'라든가 '나비는 있어?'라며 질문을 던지기도 했다. 운전하는 와중에도 무언가를 물어보면 아저씨는 사방을 살피며 최대한 눈에 담기는 풍경을 자세히 말해주었다. 눈을 감고 그 설명을 듣고 있으면 머리에 강의 모습이 훤하게 그려졌다. 아마 미향도 나처럼 마음으로 세상을 그리고 있겠지. 나는 둘의 소중한 교류를 방해하고 싶지 않았다. 그들만의 수업을 청강하는 순간이 그저 평온했다. 차창을 살짝 내리니 물 냄새가 담긴 바람이 코를 간질였다.

너도 이 냄새를 맡으면 좀 더 선명히 강을 느끼겠지. 정오의 따뜻한 바람이 우리의 머리칼 사이를 구석구석 파고들었다.

나쁜 생각일지도 모르지만 이대로 영원히 차가 달렸으면 좋겠다. 그저 바깥 풍경을 성실하게 설명하고 내음을 맡으며 무한히 반복되는 궤도를 달렸으면. 도피의 순간이 끝나지 않기를 바랐다.

"미향이를 잘 부탁해. 여기 메모한 주소로 가면 예약해놓은 숙소가 나올 거야. 모르면 꼭 아저씨한테 전화하고. 미향이가 앞을 잘 못 보니 부디 오늘 하루 동안 좋은 나침반이 돼주길 바란다. 그리고 여긴……."

"걱정 마세요."

"미향이에겐 아주 힘든 장소일 수도 있어. 옆에 꼭 붙어 있어주면 좋겠구나."

"명심할게요."

"고맙다. 내일 데리러 올게."

궤도의 끝에 다다랐고 아저씨는 딸의 오른손을 내 왼손에 쥐여주며 부탁하셨다. 나와 단둘이서만 하루를 보내고 싶다는 그녀의 부탁이 있었기에, 그는 더 이상 우리를 따라오지 않았다. 지금부터는 내가 이 아이의 보호자고 눈이다. 1분, 1초, 매순간 눈에 담긴 모든 모습을 끊임없이 복기했다. 미향에게 생생한 기억을 전해주기 위해서였다. 미향은 갓 만들어진 기억을 읽고 길을 안내했다. 기억을 만드는 일과 엿보는 일이 즉각적으로 이뤄졌다. 꼭 머리를 활짝 열어둔 기분이었다. 목적지에 가까워질 때마다 그녀는 더욱 용기를 내 기억을 읽었다.

20분 정도 걸었다. 날씨가 더운지 땀이 났다. 아랑곳하지 않고 그녀는 지금 온 힘을 다해서 생애 최대의 용기를 내는 중이었다. 그 마음을 감히 헤아릴 수 없었지만 응원하고 싶었다. 서둘러 그녀의 이마에 맺힌 땀방울을 닦아주었다. 내가 해줄 수 있는 전부였다. 무리라고 생각될 땐 언제든 멈추어도 좋다고 했지만, 미향은 멈추지 않았다.

도요새 떼가 앉아 있었다던 물가에서 조금 떨어진 길가의 전봇대. 미향은 힘겹게 손을 뻗어 철 기둥을 만졌다. 이제는 저 멀리 어디에도 도요새가 없지만, 손바닥의 촉감만으로도 그녀는 묵혀둔 기억을 끄집어 올려냈다. 미향의 얼굴이 붉게 변했다. 여름날의 공기보다 그녀의 마음이 더 뜨거워져 있었다. 나는 땀을 닦아주던 손수건을 주머니에 넣었다. 마음껏 울게끔 시간을 주고 싶었다. 행여나 어깨를 들썩이는 모습을 부끄러워할까 봐 등을 돌렸다.

흐느끼는 소리를, 내 목소리로 감춰주고 싶었다. 묻지도 않은 이곳의 풍경을 읊기 시작했다. 다문 입 틈으로 새어 나오는 소리가 더욱 커졌다. 아무렇지 않은 음성으로 그녀의 옆에서 울음을 덮었다. 마치 조금 전까지 아저씨가 미향에게 해주었듯이 더욱 집중해 묘사했다. 하늘의 색감, 오늘 하늘에 뜬 구름의 모양, 낡은 전봇대 표면의 긁힘 자국들, 강가의 원근감, 모든 게 그때와는 달라졌다는 마음을 담아서 말이다. 비록 아픈 기억이 여기에 묶여 있지만 그 기억만 극복한다면 손에 스치는 공간을 다시 채울 수 있다. 아픈 그날의 기억을 복기하지 않아도 된다. 지금, 나의 눈에 들어오는 여름날의 풍경이 그녀의 상처를 대체할 수 있으면 좋겠다.

"같이 걸어요. 아프지만 여길 더 보고 싶어요."

간신히 고비를 넘긴 미향이 진정된 목소리를 되찾았다. 우리는 손을 잡고 길을 따라 걸었다. 신록이 지나간 세상이 더 푸르게 빛났다. 그녀가 이 초록 속에 다시 녹아들 수 있을까. 그러기를 바랐다.

다른 사람의 기억 속에서 지나간 세상만을 바라봐야 하는 기분은 어떨까. 초 단위로 시시각각 바뀌는 현재를 미향은 누리지 못했다.

그녀에게 현재란 타인의 과거일 뿐이었다. 시원히 피어난 야생화에 앉아 있는 나비는, 날아간 뒤에야 나의 기억이 됐다. 마음에 떠도는 잔상은 사라져버린 나비의 날갯짓만큼이나 덧없었다. 그녀가 아무리 세밀히 물어도 모든 걸 설명해주진 못했다. 그녀의 마음에 머무는 생동감이란 현실에선 이미 밀려난 과거였다.

그러나 내가 속상해하는 건 반칙이었다. 불행을 평가할 수 있는 건 오직 그 불행을 쥐고 있는 당사자여야만 하니까.

"꼭 좋은 사진사가 되고 싶었는데⋯⋯. 지금 아무리 나를 둘러싼 풍경이 아름답다고 해도 셔터 버튼을 누르지 못해요. 엄마는 내가 세상의 아름다움을 담길 바라면서 '미향(美鄕)'이라는 이름까지 지어줬는데 이름값도 할 수 없게 됐어요. 난 이제 쓸모없는 사람이에요. 돌아가신 엄마가 내 앞에 나타날 가능성이 없듯 잃어버린 꿈과 재능을 다시 찾을 방법도 없어요."

마음이 아프지만, 부인할 수가 없었다. 냉정히 생각해본다면 미향이의 말은 틀린 점이 하나도 없었다. 그렇다고 베토벤은 귀가 들리지 않아도 작곡가로 활동했잖아, 따위의 위로를 해서는 안 됐다. 사랑과 재능을 잃어버린 이 작은 아이의 마음을 감히 헤아리진 못해. 다만 치열히 찾아야겠지. 조금이라도 그녀를 절망에서 꺼낼 방법을 말이다. 내가 무엇을 해줄 수 있을까. 돕고 싶었다. 나쁜 기억을 덜어주고 싶었다.

"엄마를 다시 돌려달라고 떼를 쓰고 싶은 건 아니에요. 그건 초능력으로도 할 수 없는 일이란 걸 알아요. 리더가 아무리 시간을 되돌려도 형을 살리지 못했듯이 나 역시 잃어버린 사람을 되찾진 못해요. 하지만 그것보다도 더 화가 나는 건 그로부터 수년이 지났는데도 나는 이 마음을 극복하지 못한다는 거예요. 나를 위해 무엇이든지 다른 길을 찾아야만 한다는 걸 알아요. 카메라도, 흐린 세상도 내 인생을 잡아먹게 둬서는 안 되는걸. 하지만 정말로 모르겠어요. 이 모든 슬픔을 스스로 극복해야 하는 걸 잘 알면서도 그러지 못한다는 점이 나를 미치게 해요. 나는 영원히 어른이 되지 못하는 걸까요. 이대로 멈춰서……."

아니다. 미향은 나보다 더 많은 것을 알고 있다. 그저 나를 힘들게 한 아빠를 없애고만 싶어 한 나와 달리, 그녀는 근원적인 발전을 위해 애를 쓰고 있었다. 과거에 집착해서 이미 지난 페이지를 바꾸려고 발버둥 치는 일이 소용없다는 점을 누구보다 잘 알았다. 그렇기에 내게 초능력으로 과거의 상처들을 징벌하지 말라 부탁한 것이었다.

상처는 후벼 팔수록 덧난다. 치유되지 않고 흉터만 남는다. 그녀는 이 점을 알고 있었다. 비록 자신의 슬픔을 한탄했지만 내게는 오히려 그녀가 더 어른 같았다.

"미향아."

엄마가 일전에 해준 말이 있다. 모든 사람은 태어날 때부터 근사한 선물을 하나씩 갖고 태어난다는 말. 그 선물은 타인이 뺏어가지 못하고 남에게 양보하지도 못한다. 언제나 주인과 함께 머무른다. 'Present'가 '현재'와 '선물'이라는 의미를 동시에 갖고 있는 이유다. 숨 쉬는 동안 신이 준 선물을 찾아내 현재를 빛내는 일이야말로 우리의 삶이자 곧 축복이다. 이토록 갸륵한 소녀에게 신이 쉽게 사라질 재능만 줬을 리가 없다. 사진사가 아닌 다른 꿈을 찾아준다면 희망이 있지 않을까. 미향의 안에, 아직 자신의 힘이 닿지 않은 재능이 숨어 있지는 않을까.

네가 신에게 받은 선물은 개봉조차 되지 않았을지도 몰라. 사진을 사랑했던 네가 더 사랑할 수 있는 무언가가 분명 있을 거야.

"더 좋은 기억을 만들 수 있을 거라고 믿어. 넌 그럴 만한 가치가 있거든. 내가 힘이 닿는 데까지 도와줄게."

"하지만 전 이제 사진을 찍지도, 세상의 풍경을 눈으로 담지도 못해요. 기억을 엿보는 일에는 한계가 있어요."

"세상은 색과 빛이 전부가 아니잖아. 다른 면을 발견하면 돼. 눈에 보이지 않는 것들을."

"예를 들자면?"

무엇이 있을까. 그녀의 눈이 아닌 것으로 세상을 바라볼 방법이. 멋있는 말들을 잔뜩 뱉은 게 무색할 정도로 기발한 생각이 떠오르지 않았다. 나는 눈을 감았다. 너처럼 세상을 잘 보지 못한다면 과연 어떤 기분일까. 시각이 사라진 공간에서 내가 느낄 수 있는 건.

눈을 감자 당연히 아무것도 보이지 않았다. 하지만 나는 여전히 강가의 산책로를 걷고 있음을 인지했다. 오른쪽에는 물이 흐르고 왼쪽에는 키가 큰 나무들이 잔뜩 있다. 변하지 않는 사실이었다. 바람이 불어올 때마다 코를 간질이는 풀 향, 그 사이에 흐릿하게 숨은 강가의 짠 내음은 모두에게 같으리라. 이건 분명 너도 느낄 수 있을 거다.

"향기! 눈을 모두 가려도 지금의 향기는 맡을 수 있잖아."

"향기요? 하지만 그걸로 뭘 할 수 있을까요."

얼마 전 시우와 나누었던 대화가 머리를 빠르게 스쳐 지나갔다. 그녀는 참으로 고마운 친구였다.

"조향사라는 직업이 있대. 세상에 존재하는 향을 조합해서 가장 아름다운 향기를 창조하는 직업이야. 형태를 잘 볼 수 없다면 감각의 공백을 온전히 향기에 집중해보는 거야. 눈을 감고 지금의 향기에 집중해봐. 그리고 그 향기를 사진처럼 줌인하고 줌아웃해봐. 지금 이 대기 속에는 풀과 강의 향이 모두 섞여 있어. 그건 우리가 걷고 있는 산책로를 완성해주지. 향기로 이 장면을 만드는 거야."

미향이 멈춰 서서 눈을 감았다. 우리를 향해 균등한 바람이 불었다. 질끈 묶은 머리 옆으로 삐져나온 잔머리가 살랑이며 그녀를 간질였지만, 집중을 잃지 않았다. 혹시라도 바람이 얇은 린넨 면 스커트를 날려 그녀의 다리를 드러낼까 봐 나는 살며시 그녀 뒤로 가 치맛자

도피

락을 보호해줬다. 온몸을 훑는 바람마다 계절이 담겨 있었다. 여름의 온도에 달궈진 땅에서는 까슬한 냄새가 올라왔다.

대기에도 저마다의 결이 있었다.

"물, 풀, 흙 그리고…… 언니 샴푸 냄새가 나요."

"내게서 이 풍경에 대한 기억을 가져가. 향기와 조합해봐. 그러면 네 기억 속 멈춘 세상도 다시 움직일 거야. 시시각각 바뀌는, 바람이 주는 냄새를 기억에 입히고 네 뜻대로 변화시켜서 그려봐. 네 손으로 만드는 사진이 될 거야."

"향기……."

미향의 앞으로 가 양쪽 어깨에 손을 올렸다. 그녀가 나의 진심을 좀 더 또렷이 볼 수 있게끔 최대한 얼굴을 바짝 갖다 댔다. 비록 흐린 눈으로 보더라도 이 거리라면 나의 마음이 숨을 따라 미향에게 전해질 것이다.

"아름다운 사진으로 찰나의 순간을 담았던 너라면 그 관찰력으로 분명 순간의 향기도 찾아낼 거라고 믿어!"

그녀도 나의 접근을 인지했는지 몸을 살짝 뒤로 젖혔다. 너무 가까이서 부담을 준 건가 싶어 한걸음 물러났다. 내 등 뒤로 불어오는 역풍에서 샴푸 향이 났다. 조금 전 느낀 나의 향기였다. 마주 보고 선 서로의 코끝 사이로 묘한 냄새들이 드나들었다.

손을 잡고 다시 길을 걸었다. 길가의 수목들이 바뀌면 냄새도 바뀌었다. 작은 꽃밭을 건널 땐 단내가 났다. 향기가 바뀔 때마다 꽃과 나무의 모습을 상세히 묘사했다. 미향이 냄새와 형상을 함께 기억하길 바라는 마음에서였다. 그녀는 한참 동안 말이 없었지만, 어느 순간부터는 먼저 방향을 제시하기도 했다. 물 냄새를 더 맡고 싶다는 부탁을 하면 나는 산책로를 벗어나 최대한 강둑과 가까이 걸었다. 흙냄새를 원하면 땅에서 흙을 한 줌 퍼다 코 가까이에 가져다주었다. 흔한 향기라 할지라도 미향에게는 순간마다 특별히 새겨지고 있었다. 다른 사람의 기억이 아닌, 자신만의 새로운 기억이 냄새로 쓰이길. 기억으로 불행해진 그녀가 향기로 조금씩 불행을 극복하기를.

동기부여를 위해 대화가 끊길 때마다 급히 찾은 조향사에 관한 정보들을 알려주었다. 이미 시우가 웬만한 내용을 모두 말해준 덕이었다. 물론 시우의 희망 직업은 이미 며칠 전 의상 디자이너로 또 바뀌었지만 말이다. 그 이야기를 해주었더니 미향은 귀여운 선배라며 피식거렸다. 경직됐던 마음이 조금씩 풀어졌다.

우리의 세계에 존재하는 향은 다채로웠다. 그녀의 마음이 열린다면 바다, 산, 도시, 정원, 어디든지 고유한 향을 찾아 떠날 수 있다. 향기는 분명 미향이의 흐린 세상을 선명히 바꿔줄 수 있다. 미향은 옅게 웃으며 길을 걷던 중 두 팔을 위로 뻗어 기지개를 켰다.

"아름다운 향을 만드는 직업이라. 흥미롭네요."

"꽃들도 종류에 따라 수백 가지 향이 난대. 네가 후각으로 느낀 가장 예쁜 꽃들을 골라 섞으면 너만의 향수가 돼."

"한 번도 생각해본 적 없는 일인데 잘할 수 있을까요."

"이제부터 시작인 거지. 너만 받아들인다면 분명 잘해낼 거야."

고개를 끄덕이지 않아도 알 수 있다. 분명 나와 같은 마음이리라.

우리는 강을 바라보는 벤치에 앉아 잠시 휴식을 취했다. 강물을 따라 짙은 물 냄새가 올라왔다. '이게 강의 냄새······', 혼잣말을 하며 곰곰이 생각에 빠진 미향이가 귀여웠다. 나는 계속 휴대폰으로 정보를 더 찾았다. 한술 더 뜨는 마음으로 공모전도 알려주었다. 그녀가 동기를 가지게끔 최대한의 도움을 주고 싶었다.

매년 연말마다 청소년 조향대회가 열린다더라, 너무 급작스러운 일이에요, 흥미가 생긴다면 도전해봐도 좋을 것 같아, 아직은 잘 모르겠지만요, 작은 웃음이 낯선 꿈과 함께 오갔다. 당장 미래를 계획하는 건 무리였지만 그녀가 자신의 존재 가치를 찾을지도 모른다는 희망이 보였다.

신이 이 아이를 버렸을 리가 없었다. 아직 열리지 않은 선물 상자엔 미향의 무궁무진한 꿈이 숨어 있었다. 분명! 그녀가 손을 더듬으며 상자를 찾을 때 지나치게 헤매지 않도록 방향을 찾아주고 싶다. 지금처럼 말이다. 왜일까. 이유는 잘 모르겠다. 누군가를 이 정도로 생각한 적은 처음이었다. 시우를 대할 때와는 전혀 다른 감정이었다. 차라리 엄마를 걱정할 때와 비슷한 마음이었다. 아무런 보상이 없다고 해도 결코 포기하고 싶지 않은 열정. 이런 걸 어른들은 사랑이라고 할까, 글쎄 모르겠다.

확실한 점은, 작은 소녀가 내 안에서 자꾸만 몸집을 키워가고 있다는 사실이었다. 그것도 아주 밝고 환한 빛을 뿜으며 말이다. 나는 이 아이를 이제 덜어낼 수 없었다. 아마 내가 아닌 다른 누구라도 그녀와 가깝게 지낸다면 이 감정을 느꼈을 거다.

너는 무척 사랑스러운 존재다.

14

·····

우리의 세계

숙소에 도착하자마자 샤워를 하고 그대로 뻗어버렸다. 호텔 룸에나 있을 법한 높은 침대에 몸을 폭 던지니 나른해져 도저히 일어날수 없었다. 배가 꼬르륵거렸지만 너무 많이 걸은 탓에 밥 생각이 나지 않았다. 잠들기에는 아까운 시간이라 간신히 눈을 뜨고 버텼다. 분명 해가 길어지고 있는 계절인데도 우리의 하루가 저무는 게 신기했다. 조금은 더디게 어둠이 찾아와주어도 좋을 텐데. 소중한 순간은언제나 야속하기만 해. 그래서 미향과 한마디라도 더 나누기 위해 노력했다. 미안한 말이지만 너도 잠들지 않았으면 좋겠어.

"오늘 내가 한 게 없는데, 도움이 됐을까?"

"처음 온 공간에서 저랑 온종일 같이 있어줬잖아요. 제가 가진 어두운 시간이 언니 덕에 누군가와 함께한 즐거운 기억으로 덧칠됐어요."

"그렇다면 정말 영광이야."

"향기에 관한 것들도요. 아까 집중해서 맡아보았던 풀 향이 아직

214

도 코끝에 남아 있어요. 야생화에서 그런 향기가 나는지도 오늘 처음 알았고요. 보이지 않는 향기에 집중하면 더 선명해져요. 내가 그리는 이미지가.”

미향은 손을 천장으로 쭉 뻗더니 좌우로 부드럽게 곡선을 만들었다. 염주 알들이 함께 흔들리며 익숙한 소리를 더했다. 그녀가 풀 향을 떠올린다면 지금 그 손은 풀숲을 헤집을 것이며, 물 향을 떠올린다면 바다 위를 우아하게 헤엄칠 것이다. 어떤 이미지를 그리든 향기와 함께하는 너만의 세상이 확장되길.

게으른 저녁을 방해하는 소리가 들렸다. 자꾸만 휴대폰이 울렸다. 몸을 일으키고 싶지 않아 버텼다. 늦은 시간 나에게 연락할 사람은 딱 둘뿐이었다. 엄마라면 굳이 중요한 이야기는 아닐 테니 나중에 연락해도 괜찮을 거다. 하지만 엄마가 아닌 그 사람이 다시 걸어온 연락이라면…… 무시해야겠다.

“중요한 연락 아니에요?”

“광고 전화야.”

누군가가 우리의 위치를 알아내 방해하길 원하지 않았다. 무시무시한 세상이 여전히 우리 둘의 외부에 펼쳐져 있지만 알고 싶지 않았다. 알아야만 한다고 해도 그러고 싶지 않았다. 비록 보통 사람들과는 다른 존재지만, 초능력자들도 평온하게 하루를 보낼 자격이 있어. 여태까지의 고민은 우리에겐 충분히 벅찬 일이었어. 우리가 원하는 안정은 그리 멀리 있지 않아. 그냥 이렇게 침대 위에 잔뜩 풀어져 흐느적거리는 게 전부야. 난 너와 함께 있는 순간이 그저 좋아. 엄마도 함께였다면 참 완벽했을 텐데. 그리고 이게 내 집이라면. 내 가족이라면. 처음부터 그랬다면.

"네가 내 진짜 동생이었으면 좋겠어."

마음이 기침처럼 튀어나왔다. 고백이라도 하듯 갑작스럽게 말이다.

"그럼 지금은 가짜 동생이에요?"

그녀의 대답에 내 얼굴이 멋대로 움직였다. 콧김을 뿜으며 혼자 피식대는 모습을 봤으려나.

꼼지락거리며 좀 더 미향이의 옆으로 다가갔다. 침대보가 몸에 살짝 쓸리며 기분 좋은 소리가 났다. 뽀송뽀송하게 말려진 한낮의 냄새도 함께 풍겼다.

"아쉽다. 자매로 태어났다면 좋았을 텐데! 앗 미안해. 나도 모르게……."

"아니에요. 다음에는 같은 엄마에게서 태어나요."

"그런 말을 해도 괜찮아?"

혹시나 실언을 한 걸까 걱정스러웠다. 마음의 거리가 좀 더 가까워졌다는 생각에 그만 선을 넘어서버렸다. 미향의 입에서 저런 말이 나오게끔 해서는 안 됐는데. 내 잘못이었다.

또 아무런 말이 없는 공백이 생겼다. 오늘만 해도 몇 번이나 다른 모습으로 우리 둘을 찾아온 침묵이 다시 시작됐다. 사과할까 망설여졌다. 섣부르게 사과를 하는 게 오히려 더 미향을 속상하게 하진 않을까 염려스러웠다. 난 왜 이 모양일까. 고작 한다는 것이 상대방을 배려하지 못한 말실수뿐이고 말이야.

"괜찮아요. 엄마는 분명 같은 하늘 아래에 있다고 믿어요. 3년이나 지났으니까요. 언니 그거 알아요?"

미향은 무언가 하고 싶은 말이 생각난 듯 상체를 일으킨 다음 고개를 내 쪽으로 돌렸다. 시선이 마주칠 듯 묘하게 빗나가며 마주치지 않았다. 나는 미향의 시선이 내 눈으로 바르게 떨어지게끔 머리를 움직여 각도를 맞추었다. 이제야 서로가 서로를 또렷이 마주 보았다. 물론 그녀가 보는 나는 흐릴 뿐이겠지만.

"불교에선 사람이 죽으면 3년 동안 열 번의 재판을 받는다고 해요. 그동안은 지옥에 있어야 하는데 덕을 많이 쌓으면 아프지 않고 힘들지도 않대요. 열 번의 재판이 끝나고 선한 삶을 살았다는 판결이 떨어지면 오도 전륜대왕이 원하는 모습으로 환생을 시켜준대요. 사람으로 태어나고 싶다면 사람으로, 강가의 들풀로 생겨나고 싶다면 들풀로요. 선하게 살았다면 돌고 도는 세상에서 자유를 얻는 거예요. 엄마도 바라던 모습으로 태어났을 거라 믿어요. 엄마의 윤회는 생전의 모습만큼이나 아름다울 거예요. 나는 그렇게 믿어요. 하지만 지금 내 곁에 엄마가 없다는 걸 깨달을 때마다 외로워지는 건 아직도 적응이 안 되긴 해요."

커다란 슬픔을 얼마나 잘게 파쇄하고 또 파쇄해야 이만큼이나 보드라운 알갱이로 변할까. 홀로 감당하기 힘든 응어리를 오랫동안 부수고 내려쳐 겨우 다듬어낸 그녀만의 구슬이었다. 이 세상에서 이토록 불행한 건 오직 나뿐일 거라고 생각한 과거가 부끄러웠다. 백호신은 불행한 아이들에게 초능력을 주었지만, 그 능력을 품을 만한 깊이가 있는 아이는 어쩌면 한정적일지도 모른다. 혼자서 마음을 내려치며 수련해온 아이와 그러지 못했던 나. 나이만 나보다 어릴 뿐 내가 너보다 우쭐댈 만한 건 아무것도 없네.

그녀에게 무한한 응원을 보내는 마음으로 염주 팔찌를 찬 손을 두 손으로 감싸 쥐었다. 상기된 나의 체온이 염원이 깃든 염주를 타고 흘러갔다.

"너는 분명 백호신이 바라는 대로 불행을 극복할 거야. 너는 나와 달라. 네 말대로 어머니도 분명 좋은 세상에서 다시 태어나셨을 거야. 그러니까 넌 절대 외로운 사람이 아니야. 이 팔찌만 보아도 널 사랑하는 아버지를 떠올릴 수 있잖아. 지금 네 옆엔 널 진심으로 생각하는 언니도 있고."

"정말?"

"그래. 피는 섞이지 않았지만 내가 너의 언니가 돼줄게. 엄마가 그랬어, 신은 절대 실수하지 않아. 네가 나의 동생이 되는 것도 신이 계획한 멋진 일 중 하나겠지!"

조용히 미향을 안았을 때 그녀는 나보다 더 정성껏 몸을 감쌌다. 무언가가 마음속에서 움텄다. 설명하기 어려운, 한 번도 느껴본 적 없는 감정이 풍선 터지듯 한순간 온몸을 채웠다가 잠잠해졌다. 팔뚝과 허리께에 일순간 닭살까지 돋았다가 사라졌다. 여태껏 느껴온 기쁨과는 분명 달랐다. 그보다도 더욱 크고 복잡한, 하지만 더 오랫동안 맛보고 싶은 감정. 심장이 뛸 때마다 신비한 즙이라도 나오는 걸까. 가슴이 젖어 들어 저릿하기까지 했다.

마음이 커졌다. 나의 우주가, 나의 세상이 조금씩 확장됐다. 이 아이 덕분이었다. 태어나서 처음 만나본 동생, 내가 마음으로 품은 자매.

"좋은 말을 해줘서 고마워요."

"어려운 것도 아닌데 뭘."

"신기한 거 하나 알려줄까요? 제가 리더의 기억을 엿봤을 때요, 리더가 시도한 수많은 시간 축 속에서 우리는 계속 지금처럼 끈끈했던 거 알아요? 꼭 무슨 인연처럼. 그래서 어쩔 수 없이 언니에게 서클에 대해 알려주는 동안에도 사실은 믿고 있었어요. 언니라면 절대 리더의 계획대로 움직여주지 않을 거라고."

"그래? 인연…… 그런 게 진짜로 있나."

"아무렴 뭐 어때요."

우리는 웃으며 시답잖은 대화를 이어갔다. 무겁거나 마음이 아픈

이야기는 더 꺼내지 않았다. 저녁을 먹지 않은 탓에 번갈아 꼬르륵 소리가 울렸으나 그마저도 재미난 이야깃거리로 바뀔 뿐이었다. 온갖 말소리로 채워나간 침대방의 공기는 새벽 2시가 돼서야 조용히 가라앉았다. 잠드는 걸 확인한 후 자고 싶었지만, 함께 있는 이곳이 너무나 아늑했기에 먼저 잠들어버렸다. 화장실에 가기 위해 잠깐 눈을 떴을 때야 그녀가 나의 곁을 지키고 베개까지 양보했다는 사실을 알아차렸다.

베개의 반을 그녀에게 되돌려주고선 다시 잠을 청했다. 그 어떤 날보다도 깊게 잠에 빠져들었다. 여태껏 엄마 몰래 먹어온 독감 약보다 효과가 더 훌륭했다.

15
.....
이런 순간

　예상은 빗나가지 않았다. 잠잠했던 리더의 연락 역시 다시 빗발쳤다. 왜 리더가 조바심을 내는지 잘 알았다. 서클의 존재 이유인 '그날'이 다가오고 있었다. 기존 서클원들의 능력으로는 본인이 원하는 최상의 결말을 만들 수 없나 보다. 이 정도로 내 능력에 집착할 줄은 몰랐다. 미향은 아무리 리더가 시간을 되돌려 수십 번을 부탁해도, 언니는 흔들린 적이 없었다며 나의 마음을 지켜주었다.

　몇 번이고 리더의 계획을 거부했던 나, 어떤 시간에 살든 되돌리지 못할 실수를 하지는 않았나 보다. 그게 아니라면 아빠를 없애고도 남았을 텐데. 그가 하루에도 몇 통씩 보내는 문자가 소름 끼쳤다. 이런 사람이 나를 갈구해왔다니 섬뜩해.

　아빠와의 관계는 역시 개선되지 않았다. 그러나 능력을 사용하지 않을 것이다. 엄밀히 따져보자면, 능력을 사용해서 아빠를 괴롭히면 당장 내 마음은 통쾌해질지 모른다. 그러나 엄마와 한 약속을 어기지는 않겠어.

백호가 말한 궁극적 행복을 바라서가 아니었다. 찾을 수 있는 모든 답을 다 찾아보고, 최선을 다하고 싶었다. 그리고 나의 소중한 친구. 시우에게도 괴물 대신 늘 변함없이 따분하고 고지식한 친구로 남고 싶었다.

*
**

부재중 기록으로만 존재했던 리더가 다시 얼굴을 내비친 건 분명 반갑지 않은 일이었다. 순간이동 능력자와 함께 아파트 현관 계단에 걸터앉아 나를 기다리고 있었다. 불시에 찾아온 그들에게 불쾌한 내색을 했으나 소용없는 짓이었다. 순간이동 능력자는 눈인사조차 건네지 않았다.

나와 리더의 대화가 시작되자 그녀는 요란하게 사라지며 자리를 비켜주었다. 현관 정원에 거센 흙바람이 불어 쑥대밭이 됐다. 놀이터에서 우리를 지켜보던 꼬마가 비명을 지르며 도망갔다. 리더는 신경쓰지 않는다는 듯 아무렇게나 기른 머리칼을 손으로 넘기며 날 응시했다. 꼭 죽일 것 같은 눈이었다.

"오랜만이네."

언젠가 이런 순간을 맞이해야 한다는 걸 알고 있었다. 전화와 문자로만 연락을 끝내리라 생각한 건 아니니 말이다. 오늘이 그와 결판을 낼 기회였다. 말하지 않은 집 주소는 어떻게 안 걸까. 시간을 되돌려 날 미행했겠지. 그 모습이 구차한 스토커와 다를 바 없었다. 이제 그의 모든 순간이 무서웠다. 한편으로는 이렇게까지 간절하게 날 바라고 있음에도 선택받지 못할 그의 운명이 가여웠다.

"설득하려고 왔어."

그러나 대화는 언제나처럼 일방적이었다. 설득이 아니었으며 타협도 아니었다. 그는 강압적인 태도로 구걸했다. 자신을 위해서 여전히 사람들에게 고통을 주길 바랐다. 이제 그의 방식대로는 움직이지 않을 거다.

"다 알고 있어. 시간을 되돌려서 몇 번이고 날 찾아와 부탁하는 거지?"

지지 않을 기세로 되받아쳤다.

"홍미향이 알려줬나 보네. 그 애가 너를 못 만나게 했어야 하는데."

"상관없어. 미향이가 읽은 네 기억 속의 난, 절대 수긍한 적 없다고 했으니까."

"맞아. 그래서 내가 다시 온 거야. 넌 또 내 부탁을 거절하려 하고. 하지만 이번은 좀 달라."

마치 내가 어떤 선택을 할지 이미 다 알고 있다는 표정이었다. 카리스마 넘쳐 보이던 얼굴이 이제는 비열하게만 보였다. 사실 그의 행동은 변한 게 없었다. 단지 내 마음이 변했을 뿐이었다.

"난 알아. 내 능력이 남들을 아프게 하고, 또 막강한 수준까지 성장할 수 있다 해도 이걸 사용해선 안 된다는 걸. 서클에 내 발로 들어가 놓고선 갑자기 함께하지 않은 건 미안해. 단지 능력자를 찾으면 백호신이 말한 궁극적인 행복에 다가갈 수 있겠다고 생각했어. 물론 그때는 신의 계시에 따라 사람들을 징벌하는 일이 방법이라 믿었어."

리더는 웃지도, 고개를 끄덕이지도 않았다. 그는 내 쪽으로 더 가까이 걸어왔다.

"넌 매번 새로운 핑계로 내 부탁을 거절해. 백호신이 선택한 능력자를 꽤 모았다고 생각했지만, 유일하게 너만이 날 따르지 않았어. 왜 그렇지? 똑똑해져야 해. 너와 네 어머니를 괴롭히는 아버지가 계속 존재하는 이상 넌 행복해질 수 없어. 현실적으로 생각해봐. 아무리 공부를 열심히 해서 좋은 대학을 가도, 좋은 직장을 얻어도, 가족은 꼬리표처럼 평생을 따라다닐 거야. 일반인이 아버지를 없앤다면 살인이야. 하지만 우리 능력자들은 세상에 흔적을 남기지 않고 그 일을 할 수 있어. 법의 테두리 안에 있지도 속세의 범주에 포함되지도 않아. 넌 왜 엄청난 능력을 가졌으면서도 행복해지길 거부하지?"

더 이상 그의 말에 동의하지 않았다. 분명 나의 마음을 대변하고 있지만 그가 속단하는 결과는 이제 내 세상에선 틀린 답이었다.

"아빠를 원망하는 건 사실이야. 날 힘들게 만든 아빠는 용서하기 힘들어. 하지만 아빠를 위해서 능력을 쓰지 않는 것이 아냐. 나를 위해서 쓰지 않을 뿐이야. 내가 진실로 사랑하는 사람들에게 나 역시 소중한 사람으로 남고 싶으니까. 괴물이 되지 않아!"

"괴물이 되는 게 아니라 단지 현명한 선택을 하란 거야."

"그리고 이미 다 안다고 했잖아! 초능력자들을 영원히 불행하게 만들어 네 옆에 두려 하는 속셈을! 넌 시간을 아무리 되돌려도 과거를 바꾸지 못해. 가족을 잃은 과거를 벗어나지 못하기 때문에 네 곁에 평생토록 남아줄 사람들을 만들고 싶은 거야. 모두에게 불행이라는 족쇄를 채우고 싶겠지! 능력자들이 폭력으로 불행의 씨앗을 뿌리 뽑으려 해봤자 그들이 궁극적으로 행복해지지 못할 거란 걸 넌 이미 알고 있어. 애초에 불행을 극복하는 일이 과거에 얽매여 누군가를 죽이는 일일 리가 없어."

"시끄러워! 아무리 노력해도 행복해질 수 없는 불행을 네가 알기나 해? 소중한 가족이 떠나가는 고통을 알아?"

그는 어느새 나와 한 발짝 정도밖에 되지 않는 거리까지 와 있었다.

"홍미향이 너에게 무슨 말을 했는지는 몰라도 이번엔 상관없어. 네 아버지를 없앨 거야. 그리곤 두 번 다시 시간을 되돌리지 않을 거야. 넌 영원히 아버지를 잃는 거야. 네 초능력 때문에! 잠깐이라도 아버지를 없애고 싶어 한 마음 때문에! 넌 결국 불행한 초능력자로 남아 내 곁에 돌아오게 돼 있어. 그걸 막고 싶다면 어디 한번 날 죽이기라도 해보시지. 아버지를 살리고 싶다면 날 죽여! 결국 네 아버지랑 나, 둘 중 한 명은 너 때문에 죽어. 넌 어떤 선택을 해도 행복해지지 못해. 살인자가 될 운명이야. 우리의 능력은 저주니까!"

리더가 눈을 부릅뜨며 폭주했다. 그는 미친 사람처럼 내 코앞까지 얼굴을 들이밀고는 거칠게 말을 이어나갔다. 가까이서 본 그의 삼백안은 원한이 서린 듯 허옇게 빛났다. 그 모습에 겁을 먹고 뒤로 물러났지만 그럴수록 거세게 몰아붙였다. 제멋대로 휘날리는 그의 머리칼이 내 코끝에 닿을 정도였다. 등을 뒤로 젖히다 결국 화단의 돌담에 바짝 붙어버렸다. 그를 통과하는 저녁 바람이 결마다 서늘했다. 심장이 쿵쿵 요동쳤다. 지나가던 주민들은 젊은것들의 사랑싸움이라며 혀를 찼다. 하지만 이건 전혀 다른 상황이었다. 지금 우리는 사랑이 아닌 전쟁을 논하고 있었다.

머리가 돌아버리지 않고서야 이런 생각을 할 리 없었다. 그는 온 힘을 다해 나를 불행한 사람으로 만들고 싶어 했다. 작정하고 왔다. 손쓸 방법이 생각나지 않았다. 눈앞의 리더에게 다신 날뛰지 못할 고통을 주거나, 리더가 아빠를 해치는 계획을 눈감아야만 했다. 지금 이 녀석에게 내 힘을 보여주지 않으면 그는 약속한 '그날' 반드시 서클원을 데리고 다시 나타날 거다. 그땐 나도 이 녀석을 막을 수 없겠지.

어떡해야 해. 어쩌지, 누구를 없애야 해. 아무도 다치게 하지 않을 거라 약속했는데.

그래, 이 능력은 저주다. 애초에 누군가에게 고통을 주는 능력을 받았을 때부터 나는 알아야만 했다. 남을 아프게 하는 능력을 가졌다면 필히 상처와 슬픔에서 벗어날 수 없다는 걸. 백호신은 이미 내 행복을 박탈했구나. 남을 아프게 하고 그 죄책감으로 평생 괴로워하는 운명을 줬다. 차라리 나의 불행이 다른 종류였다면 이딴 능력을 받지도 않았을 텐데. 나의 삶은 시작부터 저주받았어. 역시 세상에서 가장 불행한 딸은 나였어. 지금 입에 거품을 물 기세로 바싹 몰아붙이는 이 녀석보다 내가 더 큰 불행의 구렁텅이로 떨어지겠지. 누군가를 죽이고선 도저히 행복이라는 구원을 얻지 못할 거야. 하지만 이놈과 아빠, 둘 중 한 명이 사라져야 이 굴레를 막을 수 있다면 난······.

"그럼 난 더 이상 네 비밀을 지켜주지 않겠어!"

갑자기 등장한 고성이 우리의 긴장을 방해했다. 외침이 들려온 곳으로 재빨리 고개를 돌렸다. 그 자리에 서 있던 훼방꾼은 내게 가장 필요한 존재였다.

"네 비밀을 모든 서클원에게 다 알려버릴 거야. 네가 서클원들을 불행의 구렁텅이로 몰아넣으려 한다는 걸 알린다면 어떨까? 그들의 불행을 없애주겠다던 약속이 사실은, 평생 죄인의 옷을 입혀 불행의 나락으로 떨어트리려는 계획이라는 거! 초능력자들이 알고서도 널 가만히 놔둘까? 언니를 위협하면 이젠 나도 가만있지 않아."

"넌 서클원 중에서도 가장 더러운 배신자야. 멋대로 내 능력을 엿봤었지! 지금 날 거절해도 난 시간을 되돌려서 몇 번이고!"

"그래! 몇 번이고 네 기억을 읽어서 내가 먼저 언니를 찾아낼 거야. 지금부터 몇 번이고."

"쓸모도 없는 능력을 갖고서는 매번 방해질이야!"

리더가 갑자기 몸을 돌리더니 미향에게 돌진해 멱살을 쥐었다. 시야가 흐린 미향은 그를 피하지 못했다. 그가 손등에 핏줄이 설 정도로 잔뜩 힘을 줘 목깃을 움켜쥐자 체구가 작은 미향은 몸을 가누지 못하며 휘청거렸다.

그는 곧이어 오른팔을 확 들어 올렸다. 찰나의 순간에 벌어진 일이었다. 팔이 아래로 향하면 미향은 속절없이 바닥에 나뒹굴고 말 거다. 그를 막으려면 당장 능력을 써야만 한다. 순수한 물리력으로는 그를 막는 일이 불가했다.

그의 모습에서 아빠가 겹쳐졌다. 화가 나 이성을 잃어버린 건장한 체격의 존재, 공포의 대상이었다. 나는 저 모습에 평생을 고통받았고 두려워해야만 했다. 능력이 없는 난 이길 수 없었다. 저 폭력에서 벗어나지 못했어.

하지만 분명 약속했다. 어떤 상황에서도 능력을 사용하지 않기로. 엄마와 새끼손가락을 걸었다. 지금 저 녀석을 죽인다면, 정말로 죄를 짓게 돼버린다. 안방의 싸구려 마리아 그림 앞에서도 회개하지 못하

228

리라. 원죄를 짓지 않고 어떻게 그를 막을 수 있을까. 당장 막지 못하면 미향에게도 멍과 상처가 생길 거다. 달아오른 손으로 타작당한 고통은 죽을 때까지 뇌리에 각인된다. 밥을 먹다가도, 세수하다가도 그 고통은 예고 없이 찾아온다. 감히 리더 너 따위가 뭔데 미향을 한 번 더 고통으로 몰아넣으려는 거야.

지켜야 했다. 엄마와의 약속을 어기지 않으면서 저 아이를 지키기 위해서는…….

16
......
시간을 거슬러도 몇 번이고

"무, 무슨 짓이야, 뭘 한 거야!"

리더가 가슴팍을 쥐어짜며 땀을 흘렸다. 그 바람에 미향은 던져지 듯이 리더의 손에서 벗어났다. 무릎이 까지긴 했지만 크게 다치지는 않았다. 내 선택이 효과가 있었다.

"결국 넌 폭력을 쓰고 말았구나! 이제 날 죽여봐. 어디 한번 해봐!"

"아니, 네 몸에 생채기 하나 내지 않았어."

그가 비틀거리며 머리를 쥐어 잡고 괴로워하는 동안 나는 미향을 일으켜 세웠다. 그리고 다시 공격받지 않도록 등 뒤로 숨겼다.

"내가 너에게 준 건 마음의 고통이야. 나를 초능력자로 만든 아픔 들을 지금 너에게 고스란히 넘겨주는 거야. 부모를 원망할 때 드는 죄책감, 버림받았다는 상실감, 행복할 수 없다는 좌절감, 너에게 내 과거의 아픔을 모조리 전해줄 거야. 시간을 아무리 되돌려도 넌 남이 겪은 아픔을 헤아리진 못했지."

리더가 온몸을 들썩거리며 벌벌 떨었다. 지난 밤마다 내가 홀로 흘린 눈물을 모조리 응집해서 주었다. 그의 살과 근육, 그 어떤 것도 아프게 하지 않았지만 이젠 그를 울게 할 수 있다. 마음을 아프게 하는 것도 고통이기에.

"이렇게 아프고 싶지 않아. 그만해!"

고통스러워하는 그를 향해 다가갔다. 콩벌레처럼 온몸을 동그랗게 말고 후두둑 눈물을 흘리기 시작했다. 꼭 새벽마다 이불 속에 숨어 울음소리를 감추던 나의 모습 같았다.

"너를 절대로 죽게 하지 않아. 하지만 영원히 고통스럽게 할 순 있지. 우리의 삶을 방해하면 그렇게 만들어주겠어. 네 계획이 실행되는 날, 넌 평생 마음의 고통을 얻게 될 거야. 시간을 거슬러도 몇 번이고."

리더가 상체를 앞뒤로 휘저으며 괴성을 질렀다. 한 손으로는 가슴을, 한 손으로는 머리칼을 쥐어뜯었다. 눈물을 펑펑 쏟으며 보이지 않는 아픔과 사투를 벌였다. 온 힘을 다해 그에게 내가 겪은 심적 고통을 주입했다. 슬픔, 우울, 한탄, 비통. 내가 겪어온 수많은 결의 고통이 그의 심장에 주입됐다. 그는 건강히 팔딱이는 신체를 가지고도 하염없이 눈물을 쏟아냈다. 주체하기 어려운 고독과 두려움 속에서 부들부들 떨었다.

괴로워하는 마음이 꼭 과거의 내 것 같아 바라보기 힘들었지만 그럼에도 나는 더욱 능력에 집중했다. 이렇게 해서라도 내 일상에서 저 녀석을 분리해야만 했다. 더 나아가, 이렇게라도 리더가 우리의 고통을 알길 바랐다. 자신이 겪어온 슬픔과 진배없는 고통을.

"내가…… 내가 너를 더…… 대단한 존재로 만들어줄 수 있는데 왜!"

"아니."

"넌 지금 어리석은 선택을 하는 거야!"

"나한테 중요한 건 무탈한 일상이지 그깟 대단한 존재가 되는 게 아니야."

"분명 후회하게 될 거야!"

"내 손으로 선택했으니 후회도 내 몫이야. 상관 말고 꺼져."

결국 그는 비틀거리며 달아나기 시작했다. 아파트 정문을 통과할 즈음 순간이동 초능력자가 나타나 그를 감쌌다. 둘은 눈 깜짝할 새에 함께 사라졌다. 짧은 순간 내가 본 것은 고개를 돌려 나를 매섭게 노려보던 얼굴이었다. 눈가엔 눈물이 가득 맺혀 있었지만, 눈동자에는 광기가 서려 있었다. 그러나 파들파들 떨리던 두 손과 어금니를 힘껏 다물어 겨우 제자리를 지키던 입술, 분노라고 칭하기엔 비참한 모습 이었다. 차라리 그 모습은 절망으로 해석됨직했다.

마른침을 꼴깍 삼켰다. 남은 것은 바람이 남긴 흙먼지뿐이었다.

서클원 몇몇이 나의 번호를 알아내 연락해왔다. 서클로 돌아와달란 말이 아니었다. 리더의 행방을 찾아달라는 호소였다. 그날 이후로 리더와 순간이동 능력자를 두 번 다시 만날 수 없었다. 그는 적잖이 충격을 받았는지 스스로 자취를 감추었다.

미향은 걱정할 필요가 없다고 했다. 어느 세월로든 돌아갈 수 있는 사람이니 어딘가에서 또 과거를 향해 무섭게 질주하고 있을 거라며 말이다. 그는 정말 과거로 도망간 것일까. 아니면 그가 원래 존재해야 하는 시간으로 돌아간 걸까. 꿍꿍이를 꾸민 후 다시 나타날지도 모르지만 이제 걱정은 없었다. 내겐 초능력보다 더 값진 힘이 생겼으니까. 약속을 반드시 지켜내겠다는 의지, 항상 내 곁에 머물러주는 존재. 난 이 두 가지를 잃지 않기로 했다.

두렵지 않았다.

약속한 '그날'에는 아무 일도 일어나지 않았다. 리더가 빠진 자리를 대신 이끌어줄 능력자가 없었다. 그들은 리더가 잠적하자 두려워하는 듯 보였다. 하지만 모든 걸 다 말해줄 순 없었다. 용기를 내지 않은 자들은 알 권리가 없었다.

내가 그들의 간절한 소망을 꺾어버린 것과 다름없었다. 염력 능력자는 처음 볼 때부터 탐탁잖았다며 공연히 시비를 걸기도 했다. 예고 없이 집 앞이나 학교 앞에 불쑥 나타나 곤란하게 하는 건 리더와 똑 같았다.

유쾌하지 않은 소란이 몇 차례 있었으나 좌우지간 서클원은 세상을 바꾸지 못했다. 'can't'인지 'don't'인지 굳이 단정 지을 필욘 없겠지만 아마도 전자였다. 그들에게 리더는 생각 외로 큰 존재였다. 하지만 그 의미를 추적하는 건 내 몫이 아니었기에 나는 더 이상 그들과 함께 서사를 만들지 않기로 했다. 안간힘을 써 멀어졌다. 초능력자로 살았던 순간이 있었나 싶을 정도로.

나는 이 세상을 바꾸지 않을 거다. 오직 나의 세계를 지켜내는 일에만 성실히 임할 거다. 그것이 내가 할 수 있는 가장 능동적인 선택이자, 이룰 수 있는 가장 궁극적인 목표다.

동시에, 진심으로 바랐다. 그들 역시 행복해지길 말이다. 이기적으로 보일 수 있어도 이 마음은 온전히 다 진심이야.

*
**

우리는 그럭저럭 평범한 일상에 적응했다. 남들에게 설명 못 할 일들이 잔뜩 일어났다 해도 바깥에서 보기에 나와 미향의 삶은 달라진 게 없었다. 미향은 여전히 반 아이들에게 미운 눈초리를 받았지만, 예전처럼 당하지만은 않았다. 아버지와 선생님에게 적극적으로 자신의 고통을 알렸다. 보복하려는 낌새가 느껴지면 주저하지 않고 어른들의 도움을 받았다. 나 역시 증언을 해주고 등하굣길을 함께하며 그녀를 지켰다. 미향의 거칠었던 세상은 걸으면 걸을수록 아주 조금씩, 비포장도로에서 흙길로, 흙길에서 간간이 풀이 돋아난 들판으로 바뀌었다.

나연 역시 변하지 않았다. 은근슬쩍 기 싸움을 걸며 나를 예민하게 만드는 건 여전했다. 언제나처럼 난 불쾌한 감정을 얼굴에 잔뜩 담으면서도 별다른 공격 없이 넘겼다. 며칠 전처럼 굴어보라며 도발을 해왔지만 응수하지 않았다. 내가 슬퍼하지도, 반응하지도 않는 걸 보자 처음에 나연과 윤영은 더 약이 바짝 올라 날뛰었다. 대신 나는 항상 소형 녹음기를 들고 다니며 그들이 내게 뱉는 모든 말을 대놓고 녹음하기 시작했다. 그리고 한번은 SNS와 교육 기관 홈페이지에 게시물을 업로드해 학교를 왈칵 뒤집었다. 보복이 들어오기 전에 스스로를 보호하기 위해 내 상황을 알릴 수 있는 모든 곳에 도움을 요청했다.

"헛수고하지마. 짜증 나게 진짜. 네가 발악해봤자 아무것도 안 바뀌거든?"

"아무것도 안 바뀐다면 내가 무슨 일을 하든지 상관없는 거 아냐?"

"말 다 했어?"

"아무것도 안 바뀐다면서 왜 그렇게 열을 내고 불안해해?"

"미쳤나 보구나. 보자 보자 하니까!"

"어쩔 건데. 그렇게 열받을 일 만들고 싶지 않으면 날 그냥 가만 놔 두면 되는 거 아냐? 난 얼마든지 지금보다 더 귀찮은 일을 너한테 만 들어줄 수 있어. 집요하게."

물리적인 폭력 대신에 다른 자구책을 찾아가고 있다. '그리하여 잘 살았습니다'라는 동화식 엔딩은 찾아오지 않았지만 일상은 아주 조 금씩 원래의 자리로 돌아갔다. 마법이나 데우스 엑스 마키나 따위가 없어도 아주 조금씩, 가장 긴 시곗바늘의 속력만큼 달라져갔다. 그들 은 예전처럼 남을 쉽게 괴롭히지 못했으며, 그것이 어떤 까탈스러운 결과를 가져올지 걱정해야만 했다.

겉으로 보기엔 몰라도, 적어도 우리의 마음만큼은 달라졌다. 우리 는 사소한 불행에 슬퍼하지 않았다. 불행이 절벽으로 내몰아도 생니 를 드러내며 치열히 버티기 시작했다. 나는 무력하지 않아.

이 단계까지 와서야 학생의 본분이 떠올랐다. 치열히 공부에 전념 해야 하는 신분이라는 걸 잊고 있었다. 그래도 우리는 요즘을 평화롭 다고 말했다. 더 이상 골치 아프고 낯선 존재로 살지 않아도 되니까 말이다. 그나마 미향은 1학년이라 나보다 마음이 여유로운 편이었다.

"언니가 나랑 수다를 떨 때가 아닐 텐데요."

함께 있을 때면 약 오르는 말을 던지곤 했다. 자리를 박차고 일어 나버리면 허겁지겁 손을 잡으며 농담이었다고 배시시 웃는 모습이 밉지만 사랑스러웠다. 학생의 본분은 그녀와 함께 있을 때 슬며시 현실 밖으로 사라졌다. 자주 그랬다.

"이번에는 J사의 헤비우드 향을 모티브로 만들어봤어요. 어때요?"

"지난주에 같이 갔던 수목원 느낌이 나."

"이건 지난달에 다녀온 산림을 표현한 거예요. 인공적인 수목원이 아니라!"

나태해진 초능력자 둘은 주말마다 만나는 일을 멈추지 못했다. 아니, 않았다. 때로는 시우와 함께 셋이서 여행을 떠나기도 했다. 미향이 땅 위에 펼쳐진 갖가지 냄새를 맡고 느끼게끔 도와줬다. 시우까지 함께한 이유는 다시 차분해진 나의 일상을 그녀가 진심으로 반겨주었기 때문이다. 주말마다 내 빈자리가 아쉬웠다며 먼저 연락해주는 친구가 있다는 사실을 이번에서야 알게 됐다. 하지만 처음에 시우는 앞을 잘 보지 못하는 미향을 경계했다. 굳이 왜 후배를 끼워서 놀아야 하냐며 딱딱한 말로 거부 의사를 나타내기도 했다. 그러나 겨우 얻은 내 사람들을 포기하고 싶지 않았던 욕심이 끈질겼다. 결국 시우 역시 천성은 선한 아이여서 마음을 열고 미향을 포용해주었다. 오히려 그녀가 조향사에 한 발짝 더 다가갈 수 있게끔 이것저것 정보 보따리를 풀기도 했다.

아 참, 요즘 시우의 꿈은 게임 스트리머로 바뀌었다.

백호신의 이야기도 일상에서 후순위로 밀려났다. 불행을 자초하지 않는 일만으로도 행복에 근접했다는 도취감 덕분이었다.

"근데 언니는 왜 백호신이 그런 일을 하고 다니는지 안 궁금해요?"

"공평함을 위해서라며."

"그러니까 왜 백호신이 굳이 공평함을 지키고자 하는지요."

"안 궁금해. 알 게 뭐야. 내 안에 담을 수 없는 세상까지 걱정하기
엔 내 일상이 더 소중한걸. 나한테는 오늘 저녁 메뉴가 더 중요해."

"그럼요. 저녁 메뉴는 중요하죠."

"그리고 난 이렇게 생각해. 백호신이 원한 건, 우리가 이 세상의 모
든 이치를 깨닫는 일이 아니라 그저 각자의 자리에서 행복해지는 일
이라고. 그게 모두에게 가장 공평한 행복일 테니까."

눈을 감고 집중해보면 여전히 내 몸에 초능력의 기운이 흐르는 게
느껴졌다. 아직 나의 궁극적인 행복이 찾아오지 않았다는 증거였다.
걱정은 하지 않았다. 조금씩 약해지고 있었다. 곁에 머물러주는 사
람들과 함께라면 언젠가 이 불청객을 몸 밖으로 뽑아낼 수 있지 않
을까. 막연할지라도 믿음이 생겼다. 적어도 요즘은, 행복까진 사치라
하더라도 평탄한 일상이 얼마나 소중한지 알게 됐다.

물론 모든 문제가 속 시원히 사라진 건 아니었다. 여태껏 삶을 짓
누른 문제가 고작 몇 달 사이의 변화로 사라질 리 없겠지. 하지만 모
든 게 여전하다는 건, 다른 말론 더 나빠질 걱정이 없다는 것과도 같
아. 그렇게 생각하면 마음이 편했다.

아빠는 자신의 의도대로 부적이 별난 일들을 없애주고 있는 거라

생각했지만 사실 치열히 참고 양보하는 사람은 나였다. 매번 가족을 괴롭힌 사람과 나는 다르다. 적어도 난 현재를 불행의 수렁으로 밀어 넣지 않고자 이렇게 애를 쓰고 있다. 그 점을 곱씹는 일만으로도 조금은 위로가 됐다.

그러고 보니 들은 적이 없었다. 불행을 극복한 능력자가 정말로 존재하는지 말이다. 불행을 초월하면 어떻게 될까. 능력을 없애기까지의 여정은 어디에도 기록돼 있지 않던데. 존재하지 않아서일까 아니면 그 여정이 특별하지 않아서일까. 신이 준 선물이 기꺼이 사라지도록 행복을 좇고 싶었다. 백호신이 기대한 모습을 실현할 수 있을까.

미향이 선물해준 향수를 집으로 가져가 베개 포에 살짝 뿌려놓았다. 머리를 좌우로 움직이니 그 속에 들어 있는 부적의 윤곽이 두피에 닿았다. 그러나 향기 덕에 거슬리는 이물감을 잊을 수 있었다. 선풍기를 틀어놓고 누우니 삼림욕을 하는 기분이 들었다. 함께 떠난 여행을 회상하니 머리가 맑아졌다.

리더와의 대면 이후로 미향은 타인의 기억을 읽는 일을 관두었다. 초능력이 몸속에서 움직일 때마다 의도적으로 그 힘을 참았다고 한다. 그녀는 자신이 느낀 향기에 집중하는 법을 배웠고, 후각이 남긴 기억을 조합하는 일에 전념했다. 그래서 머리와 마음속이 언제나 향긋하다고 하더라. 나의 세상에도 아직 향기가 남아 있길, 내일이 시작되길 바라며 보내는 밤이 익숙하진 않으나 분명 싫지 않았다.

나는 더 이상 독감 약을 모으지 않았다.

*

아침의 부엌. 세 명이 두루 앉아 있다. 변하지 않는 폭군과 변하지 못하는 신하 그리고 변해야만 했던 내가 자작한 김치찌개를 사이에 두고 있다. 신하는 가장 맛있게 익은 돼지고기와 김치 조각을 덜어 폭군에게 바쳤다. 내가 고기를 좋아한단 사실을 잘 알고 있지만, 차례가 폭군보다 앞서서는 안 됐다. 만약 이를 어겼다간 신하가 타작을 받을 테니. 잔뜩 오른 입맛을 참아내고 차라리 달걀말이라도 먹을 참이었다.

"요즘 공부는 똑바로 하고 있는 거야? 좀 봐줬더니 빠져가지곤."

폭군은 우리가 군침을 삼키는 여유조차 못마땅해했다. 신나게 밥숟갈을 뜨면 그 모습이 게걸스럽다며 화를 낼 사람이지. 미리 입맛을 뚝 떨어트리는 말을 하는 건 자신의 권력을 확인받고 싶기 때문이리라. 으레 아침마다 있는 일이다. 나는 예전과 달리 잠자코 입을 다물어 그의 말로를 상상해볼 뿐.

"당신도 아침부터 너무 그러지 말아요."

"지금 내 탓하는 거야?"

"아뇨, 그게 아니라 좋게 좋게 말하란 거예요."

도망치고 싶을 때마다 목에 달린 십자가를 만졌다. 이렇게 하면 펜던트에 깃들어 있는 엄마와의 추억이 떠올랐다. 언젠가 엄마는 힘으로 쌓은 권력의 탑은 너무나도 허약해 쉽게 무너진다는 이야길 해주었다. 아빠는 그 문장들을 따라 구약성서 속 여호람으로 변했다. 신이 준 복을 폭력으로 바꾸어 세상을 다스린 자였다. 모두가 여호람에게 무릎을 꿇었다. 그는 황금의 시대를 바랐지만, 정신을 차리고 보니 곁의 사람들은 전부 죽고 없었다. 품에 안았던 작은 나라도 여호람이 만든 왕권에 등을 돌려버렸다. 결국에는 창자가 문드러져 죽는 비참한 끝을 맞이했다. 권력이 너무나 부질없었기에 죽고 난 뒤 장례조차 초라했다. 힘으로 다스리는 우두머리는 비극을 피하지 못한다. 어깨와 어깨를 맞대지 않고, 무릎 아래에 어깨를 두려 하는 사람들은 필히…….

아빠의 언행은 스스로를 불행하게 만들 거다. 그러므로 나는 애써 그의 말에 날을 세우지 않기로 다짐했다. 가엾게 여기리라. 무자비한 네로 황제에게 관용을 말했던 세네카의 마음이 이해됐다.

십자가를 꽉 쥐었다. 고리타분하더라도 지금은 용기 따위가 필요한 순간이었다.

"……가요."

"뭐?"

"독서실 다시 가요. 공부할 거니 걱정 마요."

아빠와 짧게 눈을 맞추고는 식사를 끝냈다. 한바탕 언쟁이 시작될 걸 대비해 미리 목구멍에 한숨을 잔뜩 모아두었던 엄마의 눈이 동그래졌다. 재미있는 표정이었다. 공격 후 방어 태세를 취하던 아빠 역시 예상외의 김빠지는 답변에 아무 말 않고 찌개를 휘저었다. 헛기침 소리만 두 번 정도 들렸다. 아버지 이전에 성숙한 어른이라면 분명 부끄러움을 알 것이다. 사소한 수치심 한 조각이 그의 마음에 피어나길 바랐다. 물론 그저 바람일 뿐이지만.

요즘은 독립과 자취에 관심을 가지기 시작했다. 성인이 되면 경제력을 키울 것이고 점점 아빠와 거리를 둘 생각이다. 나의 초능력으로 아빠를 가정적인 사람으로 바꿀 수 없으며 신에게 기도한다 해도 그는 변하지는 않는다. 남들에 비해 비극을 많이 짊어진 나지만, 그럼에도 절망하지 않을 거다. 스스로를 위해 방법을 찾고, 열심히 계획을 이어갈 거다.

너는 다 계획이 있구나. 영화 속 대사가 떠올랐다. 그럼요, 인생이 가끔 서글퍼져도 계획이 있답니다. 잘 먹고 잘 살 미래를 그려나갈 거예요. 힘든 날에는 가끔 쉬고, 또 다음 날이 되면 스스로를 다독이면서요.

입을 대충 헹군 뒤 신발장으로 향했다. 신발 끈을 고쳐 묶는 순간까지 이렇다 할 소음이 생겨나지 않았다. 이 정도면 무탈한 시작이었다. 문고리를 잡고 집을 나서려는데 엄마가 작은 소리로 날 불러

세웠다.

"장하다 내 딸. 다 컸네."

손에는 귤 세 개를 담은 비닐봉지가 들려 있었다. 고개를 끄덕여 웃어보았다. 아주 활짝은 아니고 정말 살짝, 입꼬리를 올리는 정도로만. 충분한 미소였다. 엄마 역시 등을 토닥거려주곤 나와 비슷한 색채로 웃어주었다. 선명하지 못한 웃음. 작은 현관에서야 겨우 주고받는 옅은 감정이 오늘의 아침을 밝혔다. 현관 밖에는 여전히 꽃밭이 없지만, 어긋난 톱니바퀴는 겨우 제자리를 찾아 느리게 굴러갔다.

알고 보니 내 바퀴를 굴리는 열쇠를 내가 갖고 있더라고.

**

변함없는 시간 오전 7시 30분. 집에서 나와 10분 정도 걸으면 보이는 동네 슈퍼와 편의점, 이 시간대면 꼭 화단에 물을 주고 있는 이름 모를 이웃, 스쿨버스를 기다리는 옆 중학교 학생. 모두가 똑같았다. 익숙한 이 공간에서 내가 조금은 바뀌었단 걸 알아차릴 이는 아무도 없을 거다. 발걸음이 가벼워졌다. 낯선 일은 이제 생기지 않을 거야.

항상 마주치던 남자아이가 오늘도 나보다 2미터 정도 앞질러 걷고 있다. 처음 초능력을 얻게 됐을 때 괴롭힌 그 학생이었다. 솔직하게 말하자면 그 이후로 힘이 세지는지 시험하기 위해 여러 번 고통을 쳤었다.

그의 등 뒤로 바짝 따라붙었다. 항상 잔인한 마음으로 실험대에 오르게 했던 그의 등에 살며시 손을 얹었다. 화들짝 놀라며 뒤를 돌아봤다. 귀에 꽂고 있던 이어폰을 뺄 때까지 나는 그를 바라보기만 했다. 평범하게 생긴 남학생, 안경을 끼고 뾰루지가 조금 난 피부, 얼굴에 당황이 피어났다. 갑작스레 고백이라도 할까 봐 두근거리는 걸까. 미안하지만 그건 아니네.

"혹시 요즘 등교하다가 이유 없이 아픈 적 많지 않았어요?"

"네? 절 아세요?"

"두통을 느끼거나 주저앉을 정도로 뼈마디가 아프거나 하는 경험, 있지 않았어요?"

안경알 뒤에 숨은 눈이 안경테에 닿을 듯이 커졌다. 표정이 살짝은 일그러졌다. 얘 눈에 내가 귀신으로 보이려나. 내가 매일 자신의 등 뒤에서 함께 등교했다는 사실을 알아차리지 못한 걸까.

"어떻게 알았어요? 무당이에요?"

나는 펜던트를 잡고 보여주었다.

"아니요. 그냥 아파 보이더라고요. 이제 아플 일 없을 거예요. 미안했어요."

남자의 머리 위로 물음표가 열 개는 더 떠 있는 것 같았다. 별안간 웬 여고생이 자신의 과거를 꿰뚫어 보질 않나, 사과하질 않나. 고백이 아닌 생소한 대화에 당황한 걸지도.

고해성사 덕에 마음이 홀가분해졌다. 이번에는 내가 앞장서 길을 걸었다. 남자는 벙벙한 표정으로 앞질러 가는 나를 바라보다 이내 이어폰을 다시 꽂고 길을 걸었다. 우리를 둘러싼 등굣길은 역시나 아무것도 바뀐 게 없다지만 어제까지와 달리 편안한 기분은 왜일까. 뒤를 함께 걷고 있는 저 남자와 난 이제 아무것도 다를 게 없는 익숙한 풍경에 녹아들겠지. 우리 역시도 특별할 게 없는 평범한 사람으로, 아픈 사람도 아프게 하는 사람도 아닌 그저 아침의 고등학생으로 돌아갔다. 나의 세상에 동류가 많아졌다.

학교 정문 앞까지 도착하자 오늘따라 일찍 온 시우와 마주쳤다. 히죽거리는 날 보고선 주말 동안 이상형이라도 만났냐며 그녀다운 농담을 걸어왔다. 우리는 손을 잡고 교실로 향하며 실없는 이야기를 나누었다. 바뀌지 않는 아이돌 토크가 메인이었다.

능력을 얻기 전에는 하루빨리 어른이 되고 싶었다. 시간을 질주해 나가면 현실에서 벗어날 거라 생각했다. 하지만 비일상의 영역에서 방황하다 겨우 찾은 현실은 생각보다 소중한 것이었다. 되찾고 싶어 염원하게 될 만큼 말이다. 불행이 비록 완전히 지워지지 않고 현실에 남았지만 행복이 현실에 없는 것은 아니다. 정확히 어디 있는지는 아직 찾지 못했다. 그래도 분명한 사실은, 그것이 반드시 일상 안 어딘가에 숨어 있으리라는 점이었다.

지금 우리는 병아리다. 나는 하마터면 아무것도 모른 채 서둘러 닭이 될 뻔했다. 스스로에게 날갯짓을 연습할 새도 주지 않은 채 말이다.

나는 더 자라나고 싶다.

"내가 만약 예전처럼 다시 무서운 사람으로 변하면 어떡할 거야?"

"난 네가 무서웠던 적이 없었는데."

"예전에 내 주변에서 이상한 일이 생겼을 때 너도 무서워했잖아."

"그건 걱정한 거지."

"진심이야?"

"아니 농담이야! 그냥 너 없으면 누가 내 아이돌 썰 들어주겠냐고 생각했지!"

시우의 어깨를 팔로 감싸며 체중을 확 실어보았다. 시우가 순간 앞으로 휙 고꾸라지려다가 두 발로 나의 무게를 버티더니 이내 자신도 내 어깨에 손을 올렸다. 넘어질 듯 넘어지지 않았다.

오뚝이 같았다. 범람하는 방황에도 넘어지지 않는 오뚝이.

17
·····
숨 쉴 때마다 커지는

문학 선생님이 그런 말을 한 적이 있다. 사람의 마음은 물가와 같아서 언제나 문을 열어두어야 한다더라. 바깥에서 들어오고 안에서 내보내야 고이지 않고 감정이 흐른다. 만일 문이 닫혀 흐름이 멈추면 표면에 잔물결 하나 일렁이지 않아 평화롭게 보이지만, 결국 썩고 만다. 고인 감정은 아주 아래에서부터 썩기 시작하는데 악취가 감정의 깊이를 초월하여 표면에까지 닿아버리면 그때는 이미 늦은 것이다.

그러니 우리는 부지런히 마음을 말하고 또 채워야만 한다. 혼자서는 할 수 없는 일이다. 반드시 사랑하는 이들을 곁에 두고 치열히 지켜야만 감정을 흘려보낼 수 있다. 서로의 물가를 채우며 영원히 썩지 않고 분주히 흐르는 것이다. 아픈 일, 힘든 일, 속상한 일, 갖가지의 불행과 고통들을 견디는 것만이 인내가 아니다. 다른 이들과 감내할 수 있을 만한 크기의 감정을 꿋꿋이 주고받으며 그 흐름을 지켜나가는 일이 우리에게 필요한 인내다.

슬픔이 감정 기저에서부터 메스꺼운 기포를 만들며 올라왔을 때 내가 잡았던 문은 가족이었다. 가족만이 근원적인 슬픔에서 나를 구원해주리라 믿었다. 하지만 엄마가 만들어준 문은 이미 물을 흠뻑 먹어버린 목재처럼 퉁퉁 불어 있었다. 나는 어디에서 어디로 감정을 방류해야 할지 몰랐다. 고인 물 위에 부표를 띄워도 한 자리에서 답답히 머물기만 할 뿐 표류조차 불가능했다. 그렇게 타인의 눈에 띄지 않던 물가는 조용히 썩어갔다. 내가 할 수 있었던 건 허약한 부표가 움직이길 바라면서 낡은 문에 기대는 일뿐이었다.

그때 새로운 문을 열어준 사람이 나타났다. 나만큼이나 고인 물가를 가진 미향에게 느꼈던 동질감, 그건 그 자체만으로도 큰 위로가 됐다. 미향은 설명하지 못할 오묘한 감정으로 나를 채웠다. 그녀를 생각하면 밤중에도 어딘가 가슴이 뻐근해지고 갈증이 차올랐다. 만나고, 말을 하고, 교류하고 그녀를 더 알아야만 해소되는 감정. 그녀야말로 나의 물가를 가장 기쁘게 채워줄, 나의 자의로 선택한 첫 가족이 아닐까. 태생으로 이어지진 않았지만 강한 마음으로 포용하고 싶은 자매, 혹은 그 이상의 어떤 것. 백호신이 내게 준 선물은 어쩌면 초능력이 아닐지도 모른다.

이렇게 추론하면 어떨까. 만일, 내가 바라는 궁극적인 행복이 사랑하는 가족과의 평온한 일상이라고 해보자. 홀로 행복해진다고 해서 사랑하는 가족과의 평온을 이루진 못해. 그들이 함께 행복해져야 결국 나의 행복이 완성된다. 나의 행복은 의존적이고 그렇기에 더욱 궁극적이다.

백호신이 찾으라 한 나만의 행복이 사실은 1인분이 아닌, 드넓고 커다란 크기의 감정이었다고 생각하면 가슴이 벅차올랐다. 그렇기에 더더욱 나는 내가 가진 초능력으로 타인을 괴롭혀선 안 된다. 능력을 꾹 참고 모두의 행복을 간절히 바라는 일만이 도착지로 가는 가장 빠른 길이니까.

추론이 맞는다면 이 삶에 배당받은 그릇이 너무나 크구나.

"J사 모티브 버전 괜찮더라. 잠도 잘 오고."

"다행이네요! 공모전 테마가 '자연과 평화'여서 최대한 차분한 향을 연구해봤어요. 역시 우드 향이 좋겠네요. 자연에서 따온 소재라 현장 답사를 다니면서 더 잘 수집할 수도 있고요! 조향 연습은 정말 즐거워요. 설레기도 하고요. 냄새로 남기는 기억들이 각별해졌어요."

지금 눈앞에서 신이 난 아이가 행복해진다면 그것은 내가 선택한 여동생의 기쁨이고 곧 가족의 기쁨이니 결국 그토록 바라던 행복과도 닿는 일이다. 나를 사랑하는 이들이 나로 인해 기뻐야만 감정의 총량이 내게 다시 돌아온다. 그러니까 네가 언제나 나와 함께 행복했으면 좋겠어. 힘들었던 시간과 괴로웠던 기억이 너의 삶에 흉터를 남겼지만, 새살이 돼 채워주고 싶어. 너와 마찬가지로 엄마와 시우에게도 좋은 사람이 되고 싶다.

"노력하는 만큼 반드시 좋은 결과를 얻을 거야. 넌 그럴 만한 자격이 있거든. 네 이름부터 미향이잖아. 아름다울 미, 그리고 향 자는 오늘부터 '향기 향'으로 하면 어때? 넌 분명 세상에서 제일 아름다운 향기를 만들 거야. 어떤 일을 하든지 응원할게. 나는 항상 네 편이야."

둥근 미향의 이마가 계절의 열기를 머금고 밝게 빛났다. 주머니에서 손수건을 꺼내 땀방울을 닦아내도 붉은빛이 가시지 않았다. 그녀의 기쁨이 온 얼굴에 가득 맺혔다. 그 모습을 보니 덩달아 입꼬리가 올라가고 말았다. 이마까지 번진 붉은 꽃이 보기 좋게 만개했다. 내 말이 너무 낯 뜨거웠던 걸까.

가방 속에 넣어놓은 물병을 꺼냈다. 두 손바닥에 살짝 물을 묻힌 다음 그대로 미향의 볼을 감쌌다. 차가운 물이 두 뺨에 닿자 그녀는 어깨를 들썩이며 놀랐지만 무척 시원했는지 금세 온 감각을 손바닥에 집중하여 눈을 감았다.

"매주 답사도 같이 가주고 고마워요."

"답사, 이번 주는 못 갈 것 같아."

"왜요?"

"아빠한테 할 말이 있어서. 오늘은 기억을 읽어볼래? 내 입으로 말하긴 부끄럽네."

손을 잡았다. 기억을 읽어보라는 신호였다. 미향은 이제 타인의 기억은 읽지 않지만, 가끔 나의 기억은 읽었다. 그저 가만히 손을 맞대고 머릿속에 떠오르는 이미지에 집중했다. 미향이 나의 기억 안에 들어오고 있었다. 하지만 한참을 집중하더니 잘 모르겠다는 듯 고개를 갸우뚱거리며 입을 열었다.

"잘 읽히지 않아요."

"그럴 리가. 얼마 안 된 기억이야."

"이상해요. 잘 안 보여요."

나는 그녀를 바라보았다. 손을 잠시 떼고 다시 잡아주었다.

"벌써 능력 사용법을 까먹었어?"

"그럴 리가요."

몇 번을 시도해도 미향은 기억을 잘 읽지 못했다. 아침에 아빠와 나누었던 대화를 선명히 떠올렸으나 전달되지 않았다.

"어?"

"설마?"

서로를 바라보던 시선이 잠깐 흔들렸다. 세상에! 미향은 크게 숨을 들이마시고는 이마에 주름이 생길 정도로 눈을 크게 떠 놀란 기색을 감추지 않았다. 그리고는 와락 안겼다. 나 역시 그녀를 꽉 안고 흔들었다. 역시 해낼 줄 알았다.

마음이 벅차올랐다. 금방이라도 터져나갈 것같이. 우리의 두근거림이 가슴을 타고 서로에게 마구 닿았다. 같은 감정, 같은 감동, 지금 내 심장이 터진다면 분명 미향의 가슴속으로 파편이 들어가고도 남을 것이다. 이건, 이건!

"고마워요. 다 언니 덕분이야."

"거봐! 넌 할 수 있어."

나는 믿는다. 세상에 신이 존재한다면 그 어떤 생명도 잘못된 작품일 리 없다고. 백호신이 초능력으로 깨닫게 해준 공평함이란 결국 내겐 이런 것이다. 내 세상이 불공평하지 않고 남들처럼 자그마한 여유를 갖고 있다는 증거. 나는 소중한 이들과 그들의 행복을 받은 거다. 설령 백호신은 신이 아니며, 허상이라 하더라도 괜찮다. 그럼 이 세상에 운명이란 틀은 없을 테니 나의 미래는 자유롭게 확장해나가겠지. 오직 나의 선택으로 수축하고 팽창하면서 말이다. 영원히 자매로, 가족으로, 또 누군가로 함께하리라. 끝이 모호한 마라톤일지라도 어딘가에 우리를 반겨줄 도착점이 존재한다면 뛰고 싶다. 절망보다는 치열한 인내를 선택하며.

숨 쉬는 순간마다 우리의 우주가 커진다. 지나간 고통과 등가교환된 새로운 우주가.

작가의 말

스물한 살이었습니다.

지역 청소년센터에서 멘토링 도우미 활동을 했습니다. 봉사활동이
지만, 소정의 교통비를 준다는 말을 듣고 친구들과 과잣값이나 벌자
며 비교적 가벼운 마음으로 신청했습니다.

다양한 청소년들에게 수학과 영어를 가르쳤습니다. 아이들은 공부
보다는 제 첫사랑 얘기를 더 궁금해했고, 대학생은 어떤 맛집을 이용
하는지, 틴트는 어디 것을 바르는지에 더 호기심을 가졌습니다. 저는
외동딸이라 형제자매가 없었기에 사소한 것에 관심을 보이는 동생들
이 마냥 귀여웠습니다.

그래서는 안 됐지만, 때로는 수업 대신에 아이들과 대화를 나눴습
니다. 처음에는 쭈뼛거리다가도 그 친구들은 누구보다 열심히 자신
의 이야기를 들려주었습니다. 저마다의 사정으로 청소년센터를 찾는
친구들에겐, 제가 감히 담을 수 없는 각자의 우주가 있었습니다.

"저는 집에 가는 게 싫어요. 저도 언젠가 행복해질 수 있을까요?"

저 역시 편부가정의 딸이었기에 그 친구들이 십 대 나이에 품었던
아픔을 모르지 않았습니다. 그럼에도 그때의 저는, 어른에게 따뜻한

위로를 받아본 적이 없었기에 그 친구들을 어떻게 위로해줘야 할지 몰랐습니다. 비슷한 상처를 가졌던 어른임에도 불구하고 참으로 비겁했지요.

한 여중학생이 멘토링 마지막 날 저에게 선물을 주었습니다. 로드숍에서 구매한 선크림이었습니다. 그 친구의 일주일 용돈이 작은 포장 안에 고스란히 담겨 있었습니다.

"선생님, 언젠가 또 만날 수 있다면 좋겠어요."

저는 지금까지도 그녀의 다정한 작별에 부채감을 느낍니다. 그때, 열심히 살아간다면 너에게도 꼭 행복한 일들이 많을 거라 위로해주지 못해 미안합니다. 비겁한 변명이지만 저도 그때는 과연 행복이란 게 찾아올지 확신하지 못했나 봅니다. 하지만 이제는 알게 됐습니다. 당신의 물음에 긴 이야기로 답을 전합니다. 어디에 있든 행복하길 바랍니다.

이 소설을 쓰던 순간처럼 저는 언제나 여러분의 이야기를 듣고 싶습니다. 제 인스타그램 계정은 artiswild_입니다. 가끔 들러 후기를 나눠주세요. 정말로 감사합니다.

2022년, 그때와 같은 초여름 아래에서

청예 씀